Annika Reich

34 Meter über dem Meer

Roman

Carl Hanser Verlag

1 2 3 4 5 16 15 14 13 12

ISBN 978-3-446-23863-3

Satz: Gaby Michel, Hamburg
Druck und Bindung: CPI – Ebner & Spiegel, Ulm
Printed in Germany

FSC
www.fsc.org
MIX
Papier aus verantwortungsvollen Quellen
FSC® C006701

»Wir erzählen Geschichten, um zu leben.
Und diese Geschichten ändern sich laufend.«
Joan Didion

1. Teil

Woandershin

Alles ist Ufer. Ewig ruft das Meer.
Gottfried Benn

1

Manchmal tauchte sie ab, um in einem anderen Leben wieder aufzutauchen. Sie konnte das – verschwinden und wieder auftauchen in einem anderen Leben. Meist verschwand sie nur in ihren Gedanken, aber manchmal verschwand sie auch ganz und gar. Und wenn sie dann wieder auftauchte, strahlte sie, erzählte von Unfällen und Zufällen und streichelte dabei mit flachen Fingerkuppen sein Bein. Wenn sie wieder auftauchte, berührte ihr Arm seinen Arm, ihr Fuß seinen Fuß, ihre Schulter seine Schulter, als müsste ihr Körper sich vertäuen. Manchmal brach sie mitten in der Erzählung ab, um ihn zu küssen, manchmal schaute sie traurig, schwieg eine Weile oder lächelte vor sich hin; und manchmal war sie so erschöpft, dass sie gleich neben ihm einschlief, zusammengerollt wie eine Katze.

Als Paul sie das erste Mal sah, glich Ella einem Knaben mit langem, braunem Haar, der sich die hohen Schuhe seiner Mutter ausgeliehen hatte. Sie wirkte anders als die Frauen, die er sonst kennenlernte, entrückter und frischer zugleich. Sie erinnerte ihn an Holly Golightly aus *Frühstück bei Tiffany* – wie sie mit Schlafbrille auf der Stirn und Stöpseln in den Ohren aus ihrer Wohnung blinzelte. Ella war genauso orientierungslos und mit allen Wassern gewaschen wie Holly. Beide hatten grün-braun-blau gesprenkelte Augen und diese ungelenke Eleganz; nur war Ella eben eine Berliner Holly, die gerade ihr Studium beendet hatte und schmale, seidige Hosen, weich fallende T-Shirts und hellgrüne Haarbänder trug – von Cocktailkleid und Perlenkette keine Spur.

Beim zweiten Rendezvous schenkte Paul Ella eine Schlafbrille. Sie ließ den türkisblauen Samt den ganzen Abend auf der Stirn, strich immer wieder darüber und tastete den Rand ab, doch erst beim Abschied fragte sie, warum er ihr eine Schlafbrille geschenkt habe. Er erzählte ihr von Holly, und sie schaute ihn ungläubig an: »Frühstück bei Tiffany?« Sie konnte keinerlei Ähnlichkeit zwischen Holly und sich feststellen und fand den Vergleich trotzdem überzeugend.

Sie ließ sich ohnehin leicht überzeugen, behauptete sich nicht, und doch war sie eine der unabhängigsten Frauen, der er je begegnet war. Sie glaubte nicht an Standpunkte, sondern daran, dem Lauf der Dinge zu folgen, und manchmal folgte sie dem Lauf der Dinge so lange, bis sie verschwand; und manchmal verschwand sie dabei so lautlos, als gäbe es in ihrem Leben eine Katzenklappe, durch die sie unbemerkt auf Streifzüge gehen konnte. Unheimlich war das, und immer und immer wieder verlockend.

Ellas Flüchtigkeit blieb ein Rätsel für ihn. Fühlte sie sich von anderen Menschen bedrängt, entzog sie sich; fühlte sie sich von ihnen im Stich gelassen, entzog sie sich. Nie machte sie eine Szene, nie gab es Streit. Paul hatte noch nie eine Frau kennengelernt, die gleichzeitig so viel Nähe und so viel Distanz brauchte. Einmal hatte sie zu ihm gesagt, dass sie sich schlichtweg weigerte, sich selbst, das Leben und die Menschen, die sie liebte, festzunageln, um ihnen nahezukommen.

Paul saß in der Küche von Horowitz' Wohnung. Es war schon spät, der Abend des zweiten Weihnachtsfeiertags, er hatte gerade mit Ella telefoniert. Die Wohnung war noch festlich geschmückt, in dem Zimmer, das der »große Salon« genannt wurde, stand ein ausladender, mit Kugeln behängter Weihnachtsbaum, auf dem Küchenboden eine Tüte vollgestopft mit zerrissenem Geschenkpapier.

Nach dem Telefonat hatte er seine Sachen gepackt und den Kühlschrank leer geräumt. Er wollte zurück in seine Wohnung fahren, hier hatte er nun nichts mehr verloren. Doch dann hielt er inne, schenkte sich ein letztes Glas Wein ein und dachte über ein Gespräch nach, das er einmal mit Ella und Horowitz geführt hatte. Als Meisterin der Selbsterzählung hatte Horowitz Ella damals beschrieben, als eine Frau, die das besondere Talent besaß, sich ihr Leben zu wünschen. Und tatsächlich malte Ella die Welt in bunteren Farben aus, als der Alltag sie vorzeichnete. Dass sie mit dieser Fähigkeit nicht nur ihn und Horowitz, sondern sogar sich selbst um den Finger wickelte, war kein Wunder. Es gab kaum etwas Schöneres, als mit jemandem zusammen zu sein, der sich sein Leben so wünschte. Wahrscheinlich war das auch der Grund, warum er nicht mehr ohne sie sein wollte, auch wenn er ihr gerade am Telefon etwas anderes zu verstehen gegeben hatte.

Paul stand auf, ging aus der Küche in den »großen Salon« und schaute auf den Weihnachtsbaum und das große, leerstehende Aquarium, das den hinteren Teil des mit Büchern und Meeresfundstücken gefüllten Raums einnahm. Er zog die schweren, staubigen Vorhänge zu und dachte an das sommerliche Wochenende vor ein paar Monaten, an dem Ella und Horowitz ihre Wohnungen getauscht hatten. Es war das Wochenende nach dem ersten Kuss, das Wochenende von Natalias Unfall, das Wochenende, an dem so viel passiert war wie die ganzen Monate zuvor nicht.

2

Freitagmorgen. Ella ging gleich nach dem Duschen aus dem Haus, um einen Kaffee in dem kleinen Laden an der Ecke zu trinken, in dem die Gäste damit beschäftigt waren, der schönen Schwedin beim Schäumen der Milch zuzusehen. Einige blieben so lange, dass sie zu spät zur Arbeit kamen, andere verliebten sich heillos und kamen nie wieder.

Ella saß auf der kleinen Fensterbank mit blauweiß gestreiften Kissen, trank ihren Kaffee und dachte an gestern Abend. Paul war nach dem ersten Kuss gegangen. Kaum hatten sie sich vor ihrer Haustür geküsst, hatte er sich umgedreht, war in sein Auto gestiegen und abgefahren. Einfach so. Es hatte nicht wie ein Spielchen gewirkt, sondern eher wie neunzehntes Jahrhundert.

Die Schwedin ging nun quer durch den Raum, ihre langen Arme schlackerten um ihre schmale Taille, und die vielen dünnen Armreifen klimperten dabei. Der ganze Laden hielt den Atem an. Ella schaute sich um. Die Stimmung hier war wie für sie gemacht, sie konnte ein bisschen mitknistern und war nicht gemeint. Sie las eine Zeitschrift, beschloss, sich nicht bei Paul zu melden, trank ihren Kaffee aus, winkte der Schwedin und ging hinaus. Zwei Männer stolperten mit verklärtem Blick hinter ihr aus der Tür, hielten inne, warfen einen erschrockenen Blick auf ihre Armbanduhren und eilten davon.

Ella schlenderte zurück nach Hause und überlegte auf dem Weg, was sie mit ihrem freien Tag anfangen sollte. Vier Wochen waren seit dem Ende ihres Studiums vergangen, vier lange Wochen. Ihre neue Arbeit beim Radiosender würde am

Montag endlich beginnen. Wenn es nach ihr gegangen wäre, hätte sie sofort angefangen, aber das hatte nicht geklappt. Wenn sie studierte oder arbeitete, waren die Ziele klar, aber wenn sie nichts zu tun hatte, dann ließ sie sich so ausgiebig vom Weg abbringen, dass sie manchmal abhandenkam.

Nun stand das letzte arbeitslose Wochenende bevor, und dass Paul sie gestern Abend vor dem Haus stehengelassen hatte, machte es nicht leichter. Paul, der so wohlproportioniert und zielstrebig wirkte, der schon morgens zu wissen schien, was der Abend brachte, und abends, wie der nächste Morgen aussah. Dieser Paul, der Tag und Nacht in Verbindung bringen konnte wie kein anderer, hatte den gestrigen Abend einfach in vollem Lauf abgebrochen.

Ella stand vor einem kleinen Blumenladen, als sie den Chef des Cafés bemerkte. Er fuhr mit dem Fahrrad an ihr vorbei, eine Kiste mit Croissants auf dem Gepäckträger, und rief: »War gestern bei deiner Schwester in der Praxis, mir tut immer noch alles weh. Ist 'ne harte Nummer, deine Schwester.«

Ella lachte, zuckte mit den Schultern und winkte ihm hinterher.

Ihre Schwester. Früher konnte Ella sich an den Zielen ihrer Schwester ausrichten, dann wusste sie wenigstens, was sie nicht wollte. Doch das war irgendwann vorbei. Danach hatte das Studium die Orientierung übernommen, sie hatte dieses ernsthafter betrieben als die meisten ihrer Kommilitoninnen und immer ihr eigenes Geld verdient, nie auch nur einen Pfennig von ihrer Mutter angenommen. Die meisten Leute, die sie aus dem Studium und ihren diversen Jobs kannten, waren erstaunt über ihr haltloses Privatleben, und die meisten, die sie nie bei der Arbeit erlebt hatten, trauten ihr nicht zu, auch nur einmal pünktlich in der Vorlesung oder am Arbeitsplatz zu erscheinen.

Und so hatte sie nun vier Wochen lang versucht, sich nicht

zu viel herumzutreiben und sich stattdessen ihr künftiges Leben auszumalen: wie sie Reportagen, Porträts und Hörspiele schreiben und wie ihre Stimme im Radio klingen würde; wie sie vom Sender zu Paul fahren und ihm erzählen würde, was sie alles Neues gehört hatte, und wie Paul ihr ins Ohr flüstern würde, dass er ihre rauhe Stimme mochte; wie er sich ihre Geschichten anhören und sie ihm ihr Leben erzählen würde – in immer neuen Versionen, bis es sich gut anhörte, bis es zu ihr passte und anders war als das, in das sie hineingeboren war, anders als das, was ihre Mutter ihr vorgelebt, und auch anders als das, was ihre Schwester gewählt hatte.

Wenn sie sowieso auf den Beginn ihrer Arbeit warten musste, dann konnte sie heute auch ihre Schwester Jasmin besuchen. Ihre Entweder-oder-Schwester, die kein Sowohl-als-auch aushielt; ihre Schwester, die ihre eigenen Wünsche immer nur an Dinge heftete, die unmittelbar erreichbar waren, und diese, sobald sie sie erreicht hatte, mit einer Sicherheitsnadel durchstach. Ihre Schwester, zu der kein Name weniger passte als der einer tropischen Blume – und die trotz allem ihre Schwester war.

Ella holte ihr Telefon aus der Tasche und wählte Jasmins Nummer. Dann riss der Film.

Zuerst nur die Geräusche: Bremsen quietschten, ein dumpfer Schlag, kurz Stille, dann Schreie von links, von rechts, dann wieder Stille. Dann die Szene: Ein Lastwagen erfasste eine Radfahrerin, riss sie vom Sattel und schleuderte sie hoch. Sie flog wie eine Puppe durch die Luft – mit krummem Rücken. Beine, Arme und Kopf schlapp nach unten hängend. Die Radfahrerin flog in Zeitlupe auf Ella zu und landete direkt vor ihr, ein Arm auf ihren Füßen. Der Aufprall auf dem Asphalt. Ella hatte nicht einmal ihren Fuß weggezogen, sie war einfach stehengeblieben. Jetzt kam ein dicker Mann im Unterhemd angerannt – mit aufgerissenem Mund. Der Lastwagenfahrer. Er starrte Ella an und fuchtelte wild mit den Armen. Links von ihr tauchte eine Frau in einem Hosenanzug auf, beugte sich über die Fahrradfahrerin, deren Arm immer noch auf Ellas Füßen lag. Auch sie schrie etwas in Ellas Richtung und machte Handbewegungen, die Ella nicht verstand. Sie blickte von einem zur anderen und schüttelte den Kopf. Es rauschte in ihren Ohren. Sie hörte die Stimmen des Lastwagenfahrers, der Frau mit dem Hosenanzug und eine ferne Sirene so gedämpft, als wäre die Straße geflutet worden und sie allein unter Wasser. Dann hörte sie plötzlich ihren eigenen Atem, laut und deutlich.

Ella atmete schwer und schaute auf ihre Füße. Die Frau auf Ellas Füßen atmete auch. Ihr Brustkorb hob und senkte sich kaum wahrnehmbar, aber er bewegte sich. Die Frau war bewusstlos, ihr Gesichtsausdruck friedlich, obwohl schon jetzt Schwellungen und Schrammen sichtbar waren. Ihre Lippen waren dick und aufgeplatzt. Aus ihrem Ohr blutete es. Die Frau mit dem Hosenanzug war verschwunden. Während Ella sich nach unten beugte, verging eine Zeitspanne, auf die sie keinen Zugriff hatte. Sie hörte ein paar Vögel über sich zwitschern und schaute auf das Blut, das auf den Asphalt tropfte. Dann kniete Ella neben der Frau und schaute sie genau an, als müsste sie eine Vermisstenanzeige aufgeben: Mitte zwanzig, hellblond gefärbt, Fahrradkurierin. Orangefarbene Rückentasche mit schwarzem Streifen an der Seite, abgewetzte Radlerhose, kein Helm. Auf dem großen schwarzen Walkie-Talkie waren Reste eines Aufklebers zu erkennen. Unter dem enganliegenden, silbern-grau glänzenden T-Shirt blitzte ein buntes Tattoo hervor, das vom Dekolleté den Hals heraufkroch. Zuerst dachte Ella, es wäre das Ende eines Drachenschwanzes, aber es war ein Pfauenrad. Die blauen Pfauenaugen leuchteten auf der hellen Haut. Das Blut tropfte in exaktem Sekundentakt aus ihrem Ohr, als liefe ein Countdown. Zehn, neun, acht. Ella fühlte den Puls der Frau am Handgelenk, aber sie spürte nichts. Sieben, sechs, fünf. Die Frau hatte feste Waden und eine große, lange Narbe auf dem rechten Schienbein. Um Ella herum plötzlich Gemurmel, Gehupe, aufgeregte Rufe, Kindergeschrei, dann wieder Stille. Irgendjemand in ihr schien die Lautstärke mit groben Handgriffen zu regeln. Ella wurde schwindelig. Sie nahm die Hand der blonden Frau und hielt sie. Vier, drei, zwei. Jetzt stand die Frau mit dem Hosenanzug wieder neben ihr und versuchte ihr etwas mitzuteilen, das sie nicht verstand. Bild- und Tonspur passten einfach nicht zusammen. Eins. Ella hatte die Hand der Fahrradkurierin in ihrer Hand und dachte nur: Sie halten. Sie halten. Sie halten.

Da packte jemand Ella an der Schulter und schob sie zur Seite. Ein Sanitäter. Ella setzte sich einen Meter entfernt auf den Bürgersteig und legte den Kopf in die Hände. Noch mehr Sirenen, das Kindergeschrei verstummte. Ein junger Mann kniete sich neben sie, sein Gesicht war plötzlich ganz nah und viel zu groß: »Brauchen Sie Hilfe?«

Ella schaute ihn an, wusste nicht, was er meinte. Als er wieder kleiner wurde, nickte sie.

»Wasser?«, fragte er.

Sie nickte erneut.

Er stand auf, nahm die Flasche des ramponierten Fahrrads aus der Verankerung und hielt sie ihr hin.

Sie schüttelte den Kopf.

»Entschuldigung«, murmelte er, »Entschuldigung.«

Sie nickte.

Der junge Mann holte ein Telefon aus der Tasche, wählte eine Nummer und sagte atemlos: »Kannst du mal kommen? Da war ein schlimmer Unfall an der Kreuzung bei der Schwedin … Nein, ihr ist nichts passiert.« Er schwieg kurz, dann sagte er: »Ach so, na dann, nein, klar, geht auch so«, und legte auf.

Ella schüttelte wieder den Kopf, nahm die Flasche aus seiner Hand und trank.

»Ein Schlag, und alles ist anders. So schnell geschnitten, nichts passt mehr zusammen«, sagte der junge Mann vor sich auf den Boden.

Wieso dachte man in solchen Situationen eigentlich immer: Das war wie im Film? Wieso dachte man nicht: Das war wie im Leben?

Das Wasser erreichte Ellas Magen.

Der junge Mann schüttelte den Kopf und stand auf. Mit Tränen in den Augen ging er davon.

Plötzlich hörte Ella die Geräusche um sich herum wieder in normaler Lautstärke, ohne Unterbrechungen, Ton- und Bildspur passten wieder übereinander.

Die Sanitäter hatten die junge Frau auf eine Bahre gehoben.

Ein Polizist kam auf sie zu: »Haben Sie den Unfallhergang gesehen?«

Sie nickte.

Hergang, Gehörgang.

»Sie hat aus dem Ohr geblutet«, flüsterte sie.

»Wir kümmern uns um sie.«

Jetzt weinte Ella auch.

»Würden Sie mir Ihren Namen nennen?«, fragte der Polizist.

Ella hielt ihm ihre Tasche hin.

Er reagierte nicht.

Die Sanitäter schoben die Bahre in den Wagen. Zwei weitere Polizeiwagen parkten, die Kreuzung war längst gesperrt.

»Ihr Name?«, fragte der Polizist Ella jetzt noch einmal.

Sie öffnete ihre Tasche und holte ihren Personalausweis heraus. Sie schaute auf ihren Namen: Ella Rot.

»Kommt sie in die Charité?«, fragte sie.

»Geht es Ihnen gut?«, fragte der Polizist in einem gleichmäßigen Tonfall.

Sie schüttelte den Kopf: »Sie hat aus dem Ohr geblutet.«

»Kommen Sie, wir nehmen Sie mit ins Krankenhaus, dort gibt man Ihnen was zur Beruhigung«, sagte er wieder, und nichts hob sich in seiner Stimme, nichts senkte sich.

Wenn der Film reißt, dann tritt nicht das Leben dahinter hervor, dann wird nur ein anderes dazwischengeschnitten. Alles findet auf einer Ebene statt, keine Bewertungen. Jemand spricht über seine Steuererklärung, und gleich danach steht er auf und knallt jemanden ab, alles im gleichen Film, im gleichen Leben.

Ella hörte auf zu weinen und stieg in den Krankenwagen ein.

Der Fahrer sagte mit Blick nach vorn: »Wir sind gleich da. Näher an der Charité kann man sich kaum zusammenfahren lassen.«

Ella drehte sich weg.

»Entschuldigung, ich wollte nicht …«, murmelte er.

Da hielt der Krankenwagen, und alles wurde ganz hektisch. Als die Sanitäter die Bahre herunterließen, öffnete die junge Frau einmal kurz die Augen und schaute Ella an. Ella lächelte und sagte: »Ich warte auf Sie.«

Die junge Frau nickte und schloss die Augen wieder. Die Schwellung ihrer Lippen war monströs.

Man bedeutete Ella, in einem Warteraum Platz zu nehmen. Hier saßen eine türkische Familie, ein Bauarbeiter mit einem blutigen, von Staub bedeckten Verband um den linken Arm und ein junges, bleiches Mädchen, das an einem neongrünen Schal strickte, der bereits bis auf den Boden reichte und dem Schwanz einer Nixe glich.

Ella grüßte nickend, nur der Bauarbeiter grüßte zurück. Dann überfiel sie schlagartig eine solche Müdigkeit, dass sie sich auf die freie Stuhlreihe legen musste. Das strickende Mädchen schaute sie unverwandt an. Ella stierte eine Weile auf die Fotos, die an der Wand hingen, billige Wechselrahmen an Nylonfäden, sie zeigten Bilder vom Meer, windstilles Blau, Schaumkronen, aufgewühlte See, dann schlief sie ein.

Ella trug eine magentafarbene Badehaube, die mit einer Strassschnalle unter dem Kinn geschlossen wurde. Sie bewegte sich nicht, um sie herum raschelte es. Das Meer raschelt doch nicht, wunderte sie sich, das Meer plätschert, peitscht, tost, aber es raschelt nicht. Wo war sie? Sie tastete mit ihrer linken Hand die Schnalle ihrer Badehaube ab: Sie hatte die Form eines Seesterns. Sie fuhr mit der Hand über ihre Lippen (noch da), über ihrer Nase (groß) bis hin zu ihren geschlossenen Lidern. Ihre Wimpern fühlten sich drahtig an, künstlich, aufgeklebt. Sie riss einen Wimpernbogen ab, dann öffnete sie das Auge. Um sie herum kräuselten sich aufgerollte Filmrollen. Ihr ganzer Körper steckte in einem Meer aus Zelluloid. Sie versuchte den Kopf anzuheben, Land zu sehen, und es gelang ihr tatsächlich mit zwei Beinschlägen, etwas höher zu kommen. Sie war nicht weit vom Ufer entfernt. Am Ufer stand die blond gefärbte Fahrradkurierin und winkte ihr.

»Gerissen«, rief sie Ella zu.

»Der Film?«, rief Ella zurück.

»Das Trommelfell.«

»Hallo?«, hörte Ella plötzlich eine tiefe Stimme sagen, und eine Hand rüttelte sie leicht. Sie öffnete die Augen, vor ihr weiße Knie. »Sie gehören doch zu der Frau aus der Torstraße, oder?«, sagte die Stimme, die zu den weißen Knien gehörte.

Ella richtete sich auf, strich sich durch die Haare, übers Gesicht. Wie lange hatte sie geschlafen?

»Sie hat ziemliches Glück gehabt«, vernahm Ella die Stimme wieder. Sie gehörte zu einem frisch rasierten jungen Mann, der versuchte, seriös zu sein oder zumindest so zu wirken.

Ella rieb sich die Augen.

»Geht es Ihnen gut?«, fragte der Arzt, und das Arztsein gelang ihm von Satz zu Satz besser.

»Ich glaube schon«, sagte sie.

»Sie hat nach Ihnen gefragt und würde Sie gerne sehen. Ich kann Sie zu ihr bringen, aber nur kurz.«

»Was?«, stammelte Ella und richtete sich auf. »Und das Trommelfell?«

»Brauchen Sie was zur Beruhigung?«, fragte der Arzt.

»Wenn es so was gibt«, sagte sie.

Der Arzt lächelte (kurz blitzte etwas hinter der Arztfassade hervor, das ihr gefiel) und nahm sie mit in eines der vielen offenstehenden Zimmer.

»Darf ich mir eine Farbe aussuchen?«, fragte sie.

Er schaute sie fragend an.

Die Pille war grün-weiß gestreift, und er drückte sie Ella direkt in die Handmulde.

»Danke.«

Er reichte ihr einen Plastikbecher mit Wasser, sie schluckte und gab ihm den Becher zurück. Dann bat er sie, ihm zu folgen.

Endlose Gänge und Kreuzungen, durch die an einigen Stellen zwei Betten aneinander vorbeirangiert wurden, automatische Türen; Tropfe, die an faltigen Armen befestigt waren; Schwesternzimmer; Ärzte, die Patienten verabschiedeten. Die türkische Großmutter aus dem Wartezimmer saß nun auf einem Gang und hatte eine Plastikschachtel mit geschnittenen sauren Gurken auf dem Schoß. Einer der Enkel verzog das Gesicht, aber die Großmutter hatte ihn am Schlafittchen und schob ihm die runden Gurkenscheiben zwischen die Lippen, eine nach der anderen, als befüllte sie einen Münzautomaten. Die Schritte des Arztes hallten in Ella wider. Dann traten sie in ein Schleusenzimmer. Sie musste sich waschen, desinfizieren, Schutzkleidung anziehen, eine Maske über Mund und Nase ziehen und fühlte sich erstaunlich wohl in ihrer neuen Hülle.

Als Ella endlich vor dem Krankenbett stand, schaute die junge Frau sie mit erschöpftem Blick an. Sie begrüßten sich leise mit heiseren Stimmen, die Fahrradkurierin mit einem leicht osteuropäischen Akzent. Um den Kopf der Frau war ein Verband gewickelt, auf ihrer Stirn klebten strohige Haarbüschel. Die Schürfwunden und geschwollenen Blutergüsse auf der rechten Gesichtshälfte traten nun deutlicher hervor als noch vorhin auf der Straße. Und auch die Lippen waren inzwischen so gebläht und wächsern, dass Ella unwillkürlich zurückwich, sobald ihr Blick auf sie fiel. Nur der tätowierte Pfau, der über dem randlosen Kragen des Krankenhauskittels hervorlugte, schien nichts abbekommen zu haben. Vom Hals abwärts war sie von einem strammgezogenen Leintuch bedeckt.

»Du hast den Unfall gesehen?« In ihrem linken Handrücken steckte ein Katheter, der mit einem Tropf verbunden war, aus dem farblose Flüssigkeit rann.

Ella versuchte, nicht auf das helle Blut zu schauen, das am Anfang des Schlauchs zu sehen war, und nickte wieder.

»Ich heiße Natalia«, sagte sie.

»Hallo Natalia, ich bin Ella.«

»Danke, dass du mitgekommen bist«, sagte Natalia.

»Du bist auf meinen Füßen gelandet, direkt auf meinen Füßen. Du warst bewusstlos.«

»Das tut mir leid«, sagte sie.

Warum, dachte Ella und fragte: »Tut es weh?«

»Ich weiß nicht«, sagte sie, »mein Kopf wummert, ich bin total müde. Mein Kopf… Ich kann mich an nichts erinnern. Sind meine Lippen, ich meine, sind sie …?«

Natalia versuchte sich mit der linken Hand an den Mund zu fassen, wurde aber vom Katheter daran gehindert. Kraftlos ließ sie die Hand wieder sinken.

Ella rieb sich die Oberschenkel, schaute Natalia an und schwieg.

»Sind meine Lippen …, ich meine, sind sie irgendwie aufgeplatzt?«

Ella wagte einen längeren Blick: »Nur ziemlich stark geschwollen, aber das wird wieder.«

»Ich weiß nicht, was die Schwellung bedeutet.«

»Bedeutet?«, fragte Ella.

»Ich habe sie mir gerade erst machen lassen, weißt du? Und ich habe so viel dafür riskiert. Wenn das jetzt alles umsonst war …«

Ella schaute sie fragend an.

»Ich hab sie mir aufspritzen lassen, so wie die in Hollywood, Wahnsinns-Lippen, echt irre. Wenn die jetzt im Eimer sind …«

»Das wird wieder«, sagte Ella und versuchte, Natalia in die Augen zu schauen. »Jetzt musst du erst mal gesund werden und dann …«

»Mein Kopf«, stöhnte Natalia.

»Soll ich eine Schwester holen?«

»Bloß nicht«, sagte Natalia.

»Bloß nicht«, wiederholte Ella.

»Ich hab mir die Schuhe zugemacht, daran erinnere ich mich noch. Das war's. Der Klettverschluss, danach nichts mehr.«

Ella nickte.

»Kannst du mir denn erzählen, was passiert ist?«, fragte Natalia.

Ella erzählte von den Geräuschen, dem Schreck, dem fuchtelnden Lastwagenfahrer, der Frau in dem Hosenanzug, dem

Pulsieren, dem Lautstärkeregler in ihrem Kopf und ihrem Traum.

Als Ella fertig war, schaute Natalia sie mit geröteten Augen an und sagte: »Kannst du mir morgen wieder was erzählen? Mich wird sicher niemand besuchen.«

Ella nahm kurz ihre Hand.

»Was denn?«, fragte Ella.

»Was denn?«

»Was soll ich dir denn erzählen?«

»So was wie eben. Über mein Leben. Noch nie hat mir jemand was von meinem Leben erzählt. Und du erzählst so schön, so langsam.«

»So langsam?«, fragte Ella.

»Na ja, allein eine Geschichte zu erzählen, ist doch schon was irre Langsames, findest du nicht? Viel mehr als drei, vier Sätze sagt doch sonst keiner am Stück.«

»Das kann sein«, sagte Ella und wunderte sich.

Natalia schloss die Augen und legte den Kopf auf die Seite. »Ich kann nur hoffen, dass meine Lippen wieder werden.«

Ella schwieg.

»Wie war das noch mal, als ich auf dem Boden lag?«, flüsterte Natalia.

»Du sahst ganz friedlich aus, ganz friedlich. Dein Arm lag auf meinen Füßen …«, fing Ella an, und dann erzählte sie Natalia die Geschichte noch einmal von vorn.

Als Ella erneut fertig war, weinte Natalia ganz leise vor sich hin: »Weißt du, wie sich das alles anhört: wie die Geschichten, die Eltern ihren Kindern erzählen, von früher, als sie noch kleiner waren … Hast du morgen überhaupt Zeit?«

»Ich habe zu viel Zeit im Moment. Ich warte darauf, dass meine erste Arbeit endlich losgeht.«

Natalia lächelte sie an: »Das ist gut.« Dann fragte sie: »Was ist denn deine erste Arbeit?«

»Radio. Ich hab für die vor kurzem ein paar Porträts über berühmte Frauen geschrieben, und jetzt haben sie mir einen festen Job gegeben. Kaum zu fassen. Das hatte ich mir schon lange gewünscht, auch wenn ich ziemlichen Respekt davor habe, weil ich nicht weiß, ob ich das alles gut hinbekomme.«

»Das ist doch total egal. Ich meine, du hast den Job doch jetzt, was will man mehr? Du bist verräumt, versichert, bekommst Kohle, und wahrscheinlich nicht zu knapp«, sagte Natalia und schaute zur Seite.

»Ich freue mich ja auch … Dann komme ich also morgen wieder?«, fragte Ella.

»Ja«, sagte Natalia, »bitte.«

»Ich kann dir was von einer meiner Frauen erzählen, wenn du magst …«

Natalia lächelte Ella an, wollte wieder die linke Hand heben, um ihr zu winken, und zeigte dann mit dem Kopf auf den Katheter: »Ich bin Linkshänderin, das haben sie natürlich nicht gewusst, als sie dieses blöde Ding hier gesetzt haben.«

»Bis morgen«, sagte Ella und schaute zum Schluss noch einmal auf Natalias Lippen, die wahrlich monströs aussahen.

Als Ella schon fast aus dem Zimmer war, fragte Natalia: »Sag mal, was ich dich noch fragen wollte …«

Ella drehte sich um: »Ja?«

»War da eigentlich ein Mann am Unfallort, so mittelalt mit weißem Haar?«

Ella stutzte: »Mit weißem Haar?«

Natalia schaute sie erwartungsvoll an.

»Nein«, antwortete Ella, »hab ich nicht gesehen, aber das heißt nichts, ich war ja ziemlich durch den Wind. Warum? Was ist denn mit ihm?«

»Ach, nichts«, sagte Natalia, »ich dachte nur … Bis morgen, Ella.«

»Bis morgen«, sagte Ella und ging aus der Tür. Ein Mann mit weißem Haar?

Ella zog ihre Schutzkleidung aus, ging durch die Gänge des Krankenhauses, verlief sich ein paar Mal und fand endlich doch noch die automatische Tür. Die Luft war kühl, zu kühl für einen Spätsommertag.

Sie hatte auch einmal in einem Krankenhaus gelegen, als kleines Mädchen nach einem schlimmen Fahrradunfall, und ihre Mutter hatte sie nicht besucht, nicht ein einziges Mal. Sie würde morgen wiederkommen und Natalia nach dem Weißhaarigen fragen.

Jetzt fror Ella, und ihre Haarwurzeln taten weh. Das war das untrügliche Zeichen, dass sie nicht allein bleiben konnte. Ihre Haarwurzeln schmerzten nur zu Beginn einer fiebrigen Grippe und in Momenten, in denen ihr Entschluss, sich nicht mehr verloren zu fühlen, verloren ging. Hatte sie vorhin im Café noch gedacht, dass sie Paul nie wieder anrufen würde, holte sie jetzt ihr Telefon heraus und wählte seine Nummer.

»Paul?«

»Ja?«

Beide schwiegen.

»Schön, deine Stimme zu hören«, sagte er. »Wieso ist sie eigentlich so rauh? Du bist doch keine Italienerin, oder?«

Sie räusperte sich.

»Ist was passiert?«, fragte er.

»Nein«, sagte sie.

»Sicher? Du klingst so komisch.«

»Nein, nein, ich bin nur durcheinander.«

»Wegen gestern Abend?«

Sie nickte.

»Der Kuss war …«, begann er.

»Warum bist du gefahren?«, fragte sie leise, und die Szene von gestern Abend lief noch einmal vor ihr ab: Eine ganze Weile konnte sie einfach nicht glauben, dass er tatsächlich gefahren war. Paul hatte so anders auf sie gewirkt als die Männer, in die sie sich bisher verliebt hatte, fast so, als könnte es mit ihm etwas werden. Und dann hatte er sie stehengelassen und war gefahren, und sie hatte vor der Haustür mit der Schlafbrille auf der Stirn das Klingelbrett betrachtet: ihr Name mit Kugelschreiber auf einem ausgefransten Klebeband, die Namen ihrer Nachbarn sauber getippt unter kleinen Plastikschildern.

»Ich weiß nicht«, antwortete er sanft, »ich hab's selbst nicht verstanden.«

Ella schwieg. Im Bett hatte sie dann an ihrer Armbeuge gerochen und an ihren Handflächen.

»Als ich dich nicht mehr im Rückspiegel hatte, wäre ich fast wieder umgedreht«, sagte er, »aber wie hätte das denn ausgesehen?«

»Gut«, sagte Ella leise, »wie ein schöner Abend.«

»Da war ich mir nicht so sicher«, sagte er.

»Mit dem schönen Abend?«, fragte sie.

»Es war wunderschön«, sagte er. »Ich wollte dir auch noch ganz viel sagen, aber das hab ich mich nicht getraut, und deswegen bin ich lieber gefahren.«

Das klang nicht gut, dachte sie. Und was auch immer es war, was da nicht gut klang: sie wollte es nicht hören. Schnell was sagen. »Ich hoffe, du hattest stinklangweilige Träume«, sagte sie mit einem Lachen in der Stimme, das ihr gelang.

»Ich hab gar nichts geträumt«, sagte er, »aber ich hab beim Einschlafen an dich gedacht.«

»Und?«

»Dann konnte ich nicht mehr einschlafen.«

»Wenigstens etwas.«

»Sehen wir uns denn heute Abend, Holly?«, fragte er.

»Ja«, sagte sie, »aber nur, wenn du diesmal nicht erst deinen Rückspiegel befragen musst, ob du zu mir willst.«

»Ich komme mit dem Fahrrad«, sagte er.

»Ich will es nicht hören«, sagte sie noch leise, aber da hatte er schon aufgelegt.

3

Ella setzte ihre große schwarze Sonnenbrille auf und lief von der Charité zurück in ihre Wohnung. Sie schaute fast die ganze Zeit auf den Boden, doch das Muster der Pflastersteine sagte ihr nichts. Mit jedem Schritt fiel die Spannung von ihr ab. Sie fühlte sich leer und müde. Sie würde jetzt nach Hause gehen und die Wohnung heute nicht mehr verlassen.

An einer Ampel blieb sie stehen. Eine Kreuzung. Sie ließ zwei Ampelphasen vergehen. Als sie die Straße endlich überqueren wollte, fiel ihr Blick auf einen Zettel, der an den Ampelmast geklebt war. Die altmodische Handschrift stach ihr ins Auge. Was sollte ein älterer Mensch auf einen solchen Zettel schreiben: Kaufe Elektrogeräte? Tausche Wohnung? Haben Sie meinen Kanarienvogel gefunden?

Tausche Wohnung! Auf dem Zettel stand tatsächlich: *Tausche Wohnung*. Und darunter: *Älterer Herr möchte seine Wohnung tauschen. 6-Zimmer-Wohnung in Charlottenburg zu tauschen gegen 2/3-Zimmer. Kein Aufpreis, keine Nebenkosten, keinerlei Avancen.*

Sie musste lachen. »Keinerlei Avancen« – wer schrieb denn so etwas? Die Annonce war mehrfach eingeschnitten, die einzelnen Telefonnummern hoben sich etwas von dem Rund des Ampelpfeilers ab. Alle noch da. Ein Wohnungstausch? Sie riss einen der Zettel ab, steckte ihn in ihre Hosentasche. Später, morgen, wenn sie wieder zu sich gekommen war, würde sie dort anrufen. Ein Wohnungstausch! Das war doch endlich mal ein Abenteuer, das nichts mit Männern zu tun hatte, jedenfalls nicht so wie sonst. Keinerlei Avancen – sie hatte es schwarz auf weiß. Außerdem wäre es ein Abenteuer, das sie ablenken würde, wenn Paul sich heute Abend erneut aus der Affäre ziehen und der erste der letzte Kuss bleiben würde.

Beim nächsten Grün ging sie über die Kreuzung. Sie würde ihre Wohnung mit einem Wildfremden tauschen, nicht mehr so viel an Paul denken und Natalia von Lady Stanhope erzählen. Lady Stanhope war eine Abenteurerin, die es allein und in Männerkleidung von England bis nach Syrien geschafft hatte. Da Ella es meist nicht einmal allein bis nach Hause schaffte, konnte sie von der Lady offensichtlich einiges lernen. Natalia würde sie gefallen. Natalia war vielleicht auch eine Abenteurerin, selbst bewusstlos hatte sie noch etwas Draufgängerisches ausgestrahlt.

Als Ella vor ihrem Haus ankam, meinte sie kurz, einen Mann mit weißem Haar auf der anderen Straßenseite gesehen zu haben, aber sie drehte sich nicht um. Sie sperrte die Wohnung zweimal von innen ab, legte sich aufs Sofa und schlief eine Stunde so tief, dass ihr beim Aufwachen kurz entfallen war, was passiert war. Dann fiel ihr Blick auf ihre Schuhe neben dem Bett, und schlagartig sah sie Natalias Arm auf ihrem Fuß und das Blut wieder vor sich.

Sie machte sich einen Kaffee, zog die dunkelroten Vorhänge zur Seite und setzte sich an den Schreibtisch. Sollte sie jetzt den Mann wegen des Wohnungstauschs anrufen? Aber was, wenn er ein Spinner war, ein Perverser, ein Mörder? Vielleicht war es doch keine so gute Idee. Da fiel Ellas Blick auf ein Buch über Lady Stanhope, und sie dachte: Würde die Lady heute noch leben, hätte sie bei so einer Lappalie wie einem Wohnungstausch nicht einmal mit der Wimper gezuckt. Also würde sie das jetzt auch in Angriff nehmen, sie würde sich das jetzt trauen. Neues flößte ihr ohnehin weniger Angst ein als Altbekanntes.

Das Telefon lag direkt neben dem Drink, den sie sich vor dem Rendezvous mit Paul gestern Abend noch gemacht hatte. Sie griff das dickwandige Glas und drehte es in ihren Fingern hin und her. Eine halb ausgedrückte Limone hatte die ganze Nacht an der Glaswand verbracht, obwohl sie nur ein paar Zentimeter in die hellgelbe Flüssigkeit hätte hinabgleiten müssen. Gleich würde sie anrufen, gleich. Sie gab der Limone einen Schubs und lehnte sich auf ihrem Stuhl so weit zurück, bis sie den Fernsehturm sehen konnte, dessen Kugel heute aussah wie ein silbern kandierter Apfel. Dann stellte sie den Drink zurück auf den Schreibtisch, holte den Zettel aus ihrer Hosentasche, nahm das Telefon und wählte die Nummer.

»Horowitz«, meldete sich eine ältere Männerstimme.

Ella stockte.

»Hallo?«, fragte die Stimme.

»Ich …«, stammelte sie.

»Wer sind Sie?«

»Horowitz?«, fragte sie. »Sind Sie *der* Horowitz?«

»Meinen Sie den Pianisten? Der ist tot. Haben Sie das nicht mitbekommen, junge Dame? Er starb vor zwanzig Jahren in New York.«

»Ach so«, sagte sie, »in New York.«

»Ach so?«, entgegnete er. »Rufen Sie wegen der Wohnung an?«

»Ja, ich hab Ihren Zettel gesehen«, antwortete sie. »Ich war nur gerade etwas durcheinander. Heute …«

»Ich höre gerade Horowitz im Hintergrund, und Sie haben meinen Namen und die Musik in Ihrem entzückend jungen Gehirn wahrscheinlich zusammengeschaltet. Das ehrt Sie doch, das ehrt Sie. Ich heiße Horowitz und habe kein Klavier.«

Sie lachte – trotz des ›entzückend jungen Gehirns‹ – und hörte nun tatsächlich leise Klavierklänge im Hintergrund.

»Wollen wir jetzt endlos telefonieren, oder kommen Sie vorbei und wir trinken einen Tee und Sie schauen sich meine Wohnung an? Ich beiße nicht.«

»Jetzt gleich?«

»Wann denn sonst?«, entgegnete Horowitz. »Ich habe schon genug Zeit verloren, Wanda.«

»Wanda?«

»So hieß die Frau vom großen Horowitz, eine ziemliche Granate, diese Wanda.«

»Granate?«, fragte Ella und begann wieder zu zweifeln, dass das alles eine gute Idee war, doch dann sagte sie: »Morgen früh.«

»Morgen früh.«

Heute würde sie sowieso nichts mehr schaffen: »Oder jetzt?«

»Jetzt ist noch besser«, antwortete er.

»Haben Sie schon gefrühstückt?«, fragte sie.

»Gefrühstückt?«, fragte er.

»Es ist schon spät, ich weiß, aber ich habe noch nicht gefrühstückt. Und Sie?«

»Ich auch nicht, ich frühstücke nicht.«

»Mögen Sie Croissants?«

»Croissants«, sagte Horowitz mit einer belegten Stimme, »ja, ich mag Croissants.«

Die Wohnung lag in der Fasanenstraße direkt gegenüber vom Literaturhaus. Ella klingelte. Der Summer ertönte, sie stieg die grandiose Steintreppe hinauf in die Beletage. In der Tür stand ein schmaler, kleiner Mann mit grauem Haar, karierten Hosen, diesen Schuhen, die man auf Booten trug, und einer Hornbrille, an deren Bügel ein dünnes weißes Bändsel geknotet war; und auch wenn er klein war, viel kleiner, als sie sich einen Herrn Horowitz vorgestellt hatte, war er eine imposante Erscheinung.

Er musterte sie mürrisch von oben bis unten, dann öffnete sich sein Blick, und er strahlte sie an: »Kommen Sie doch rein.« Er schloss die Tür hinter ihr und murmelte etwas, das in Ellas Ohren klang wie: »Wenn ich das geahnt hätte …«

Ella trat ein und strich sich durchs Haar. In Horowitz' Blick lag etwas Weltmännisches und Offenes, das sie mochte, und die Art, wie dieser Blick auf ihr ruhte, entspannte sie. Sie fühlte sich überraschend wohl in ihrer Haut. Selbst ihre große, gebogene Nase gefiel ihr plötzlich, und sie hatte nicht den geringsten Impuls, ihre seltsam geformten winzigen Fingernägel zu verstecken.

Sie stand im Eingang. Vor ihr lag ein holzgetäfelter Flur, der sich über knapp zwanzig Meter erstreckte, bevor er eine Biegung nach links in den hinteren Teil der Wohnung machte. An den Wänden waren Kristallspiegel, Ölbilder und mehrere ausladende Wandlampen angebracht. Gerade hatte sie ein Foto von Norman Mailers New Yorker Apartment in der Zeitung gesehen. Es stand zum Verkauf und erinnerte sie an die Wohnung, die sie gerade betrat.

Horowitz griff ihren überwältigten Blick auf und sagte: »Das ist nur der Flur, der ist karg im Vergleich zu den Zimmern. Die Zimmer sind noch voller. Ich weiß einfach nicht, wohin mit meinem ganzen Kram.«

Horowitz schaute sie mit einer seltsamen Mischung aus mürrischen Mundwinkeln und funkelnden Augen an. Sie blickte sich weiter um, dann sagte sie leise und mit angerauhter Stimme, die den Timbre der Wände sofort aufgenommen zu haben schien: »Schön ist es hier.«

»Schön? Sie machen Witze!«

»Nein, wieso?«

»Kommen Sie, gleich sehen Sie das Ausmaß des Grauens.«

»So bekommen Sie Ihre Wohnung nie los«, sagte sie und lachte.

»Bin ich Verkäufer?«, fragte er. »Kommen Sie, Sie werden sehen, es ist grauenhaft.«

Sie gingen den Flur entlang. Und als sie einen Blick in das prachtvolle Esszimmer warf, dachte sie: Nicht Norman Mailer. Titanic. So musste es in der Präsidentensuite der Titanic ausgesehen haben.

»Sie leben ja in einem Dampfer«, sagte sie.

»Ha!«, rief er aus. »Ein Dampfer? Das ist gut, sehr gut sogar. Ja, nur ist der zu lange in eine Richtung gefahren, und Sie wissen ja wahrscheinlich selbst, wie schwierig es ist, im vollen Lauf den Kurs zu korrigieren.«

»Wo wollen Sie denn hin?«, fragte sie.

»Erst mal nur woandershin.«

»Woandershin?«, fragte sie. »Tauschen Sie deswegen Ihre Wohnung?«

Horowitz schwieg wieder eine Weile, dann antwortete er: »Wissen Sie, das war so eine Idee, die ganz plötzlich kam. Ich arbeite seit unzähligen Jahren an einem Werk, und im Moment stockt es ein bisschen, und da dachte ich, eine Unterbrechung täte mir vielleicht ganz gut. Wie soll man bloß ein Werk abschließen, wenn immer neue Erkenntnisse dazu veröffentlicht werden, die alles in einem anderen Licht erscheinen lassen? Mir wird das immer schleierhafter. Und als mir dann ein Freund erzählte, dass er seine Berliner Wohnung im Sommer immer mit einer New Yorker Wohnung tauschte, fand ich das ideal. Wenn ich für eine Weile meine Wohnung los wäre, könnte ich mir das Ganze von der Seite anschauen und vielleicht endlich mal wieder etwas erkennen. Alles ziemlich unausgegoren, wie Sie sehen, aber jetzt sind Sie hier, und das ist phantastisch!«

Ella lächelte ihn an und dachte: Wer ist dieser Horowitz?

»Wissen Sie, ich war in den letzten Jahren so beschäftigt, dass ich dabei nicht gemerkt habe, wie das Leben vergeht.«

Kannte sie Horowitz vielleicht aus der Zeitung? War er ein berühmter Forscher oder ein Schriftsteller wie Norman Mailer? Aus dem Fernsehen kannte sie Horowitz jedenfalls nicht, dafür wirkte seine Grandezza zu altmodisch.

»Mir ist es übrigens auch ganz egal, wie es bei Ihnen aussieht«, fuhr Horowitz fort. »Jedenfalls fast. Ich habe einen kleinen Spleen, nein, falsch: ich habe natürlich massenweise Spleens, aber nur einen verrate ich Ihnen jetzt: Ich kann kein Blau ertragen. Blaue Wände, blaue Vorhänge, blaue Sofas – ein Graus!«

»Blau ist doch eine schöne Farbe«, sagte sie, »der Himmel, das Meer, Kornblumen, Veilchen.«

»Mit Pflanzen habe ich es nicht so, und das mit dem Meer ...«, er stockte.

»Und das mit dem Meer?«

»Das mit dem Meer ist eine lange Geschichte. Haben Sie nun blaue Vorhänge oder nicht?«

»Apfelgrün und dunkelrot«, antwortete sie, »die Vorhänge sind das einzig wirklich Schöne in meiner Wohnung.«

»Und das Bad? Das Bad ist prekär. Da kommt schließlich noch das Wasserrauschen hinzu.«

»Mein Bad ist klein und scheußlich, Siebziger-Jahre-Kacheln, dunkelbraun, beige, wirklich scheußlich.«

Er würde es keinen Tag in ihrer winzigen Wohnung aushalten, dachte Ella, er würde das Ganze abblasen, sobald er ihre Wohnung gesehen hatte.

»Wunderbar, ganz wunderbar. Sehen Sie, das merkt man gleich. Sie sind ein kleines Kraftwerk. Geben Sie mir mal Ihre Hand?«

Kleines Kraftwerk? Ihm ihre Hand geben? Warum wollte er ihre Hand? Außerdem: das hätte mal jemand anderes zu ihr sagen sollen: ›Sie kleines Kraftwerk.‹ oder ›Sie mit Ihrem entzückend jungen Gehirn!‹, aber sie wollte nun wirklich wissen, wer Horowitz war, an was für einem Werk er gearbeitet, was er mit dem Meer zu tun hatte und warum er allein in so einer riesigen, eigenartigen Wohnung wohnte.

Ella schaute auf seine Schuhe. Sie waren dunkelbraun und hatten weiße, abgelaufene Gummisohlen. Sie streckte ihm die rechte Hand hin, er nahm sie zwischen seine Hände und ließ sie wieder los. Jetzt hatte er ihre flachen Fingerkuppen und die seltsamen Nägel gesehen.

»Sind Sie ein Meeresbiologe?«, fragte sie.

»Gott bewahre! Wozu denn? Von denen gibt es ja nun wirklich genug. Nein, nein, ich versuche, das Meer – wie soll ich sagen? – in seiner Gesamtheit zu erfassen. Die Wissenschaft hat das schon längst vergessen, aber es gibt auch die Naturgeschichte, und auch die muss erzählt werden, sonst läuft alles aus dem Ruder. Das Wasser prägt uns viel mehr als wir das Wasser. Ich habe versucht, das Meer zu rehabilitieren als das, was es ausmacht, als das, was es in seinem Wesen ist: das große Ganze! Und ich habe es fast geschafft. Ich brauche jetzt nur noch diesen einen frischen Blick, um es endlich abschließen zu können, und deswegen muss ich hier raus.«

Also ein Forscher, dachte Ella, aber ein Forscher von Weltrang. Wie kam er sonst zu einer solch prachtvollen Wohnung?

Horowitz fuhr fort: »Trinken wir erst mal einen Tee? Danach zeige ich Ihnen die ganze Wohnung und erzähle Ihnen vom Meer – wenn Sie davor nicht Reißaus genommen haben. Die meisten nehmen schon vorher Reißaus. Aber die sind auch nicht seefest, und Sie sind es, das merke ich gleich.«

Sie schaute ihn zögerlich an: Seefest? Vielleicht war Reißausnehmen keine schlechte Idee, vielleicht sollte sie jetzt einfach verschwinden und das Ganze wieder vergessen?

Sie folgte ihm in die Küche.

Auf dem Weg fragte er: »Und Sie? Warum wollen Sie Ihre Wohnung verlassen?«

»Meine Wohnung verlassen?«, fragte sie. »Ich will meine Wohnung doch gar nicht verlassen. Ich weiß auch nicht, ich hab gar nicht so viel darüber nachgedacht, ich hab den Zettel gefunden und die Nummer gewählt, und jetzt bin ich hier.«

Sie setzten sich an den Küchentisch: »Zucker?«

Sie schüttelte den Kopf: »Danke.«

Der Tee schmeckte modrig und schal, aber sie schluckte ihn mit einem Bissen vom Croissant herunter.

»Wissen Sie eigentlich, wo Berlin liegt, ich meine, wo wir gerade sitzen?«, fragte er.

Sie schaute ihn ahnungslos an.

»34 Meter über dem Meer«, sagte er und freute sich, dass ihr der Gedanke offensichtlich gefiel.

Nachdem sie eine Weile weitergeplaudert hatten, führte er sie in den »großen Salon« seiner Charlottenburger Titanic und erzählte ihr währenddessen Geschichten vom Meer: von Meerjungfrauen, U-Boot-Kapitänen und eigentümlichen Meermännern; er konnte wunderbar erzählen. Zwischendurch schwieg er, und sie konnte seinen Geschichten nachhängen.

Der »große Salon« war bis unter die Decke mit Regalen vollgestellt. Darin stapelten sich Bücher, Papiere und Dutzende vergilbte Papprollen. Zwischen diesen Papierbergen gab es überall Miniaturausgaben von alten Segelschiffen und alle möglichen Formen von Seegetier zu entdecken. In einer Ecke stand ein oben offener Glaskasten von der Größe eines Kleinwagens auf vier verrosteten Metallfüßen. Der Glaskasten schien schon länger seine Funktion verloren zu haben, jedenfalls war er nun leer, nur ein haariges Etwas lag in einer verkalkten Ecke.

»War das mal ein Aquarium?«, fragte sie ihn.

Horowitz schaute sie mit einem bedrückten Gesichtsausdruck an und schwieg.

»Ich ...«, versuchte sie.

»Nein, nein, ist schon gut. Sie haben recht, es war eine Art Aquarium, aber natürlich keines mit Goldfischen. Ich wollte dort was ausprobieren. Ein Experiment. Normalerweise mache ich ja keine Experimente, ich bin ja wie gesagt keiner dieser Naturwissenschaftler, sondern vielleicht so etwas wie der letzte, vereinsamte Generalist des Meeres, in Nietzsches Fahrwasser unterwegs; nicht dass ich mich jetzt mit Nietzsche vergleichen wollte, das wäre vollkommen vermessen.« Horowitz überlegte kurz, dann fuhr er fort: »Auf die Gefahr hin, Sie zu langweilen, erzähle ich Ihnen ganz kurz, warum das Meer Nietzsches Lieblingsbild seiner Philosophie war. Darf ich?«

Ella nickte: »Ja, gern.«

»Also für Nietzsche war das Meer das reine Werden, die Wellen standen für ewige Wiederkehr, und der Horizont für die Erkenntnis, dass die Wahrheit nichts als Schein ist. Aber Nietzsche hat das Meer vor allem als Metapher benutzt, und für mich ist es natürlich viel mehr nur als eine Metapher.« Horowitz brach ab und schüttelte den Kopf: »Er wäre auch niemals so dämlich gewesen, ein solch lächerliches Experiment zu unternehmen wie ich, aber vielleicht habe ich ihn auch falsch verstanden. Ich bin mir da nicht mehr so sicher, wie das mit dem Horizont und der Wahrheit ist. Aber ich will Sie jetzt gar nicht mit all diesem Kram quälen. Sehen Sie die beiden Bilder dahinten?«, fragte er unvermittelt.

Sie schüttelte den Kopf.

»Da hängt Nietzsche direkt neben Michelet, einem der großen Naturhistoriker, leider schon lange tot. Der hat mich auf die Idee mit dem Urschleim gebracht.«

Ella entdeckte zwei alte, hölzerne Rahmen, in denen ein Bild von Nietzsche mit seinem gewaltigen Schnauzbart und daneben das eines älteren Herrn steckte. Der ältere Herr trug das weiße Haar sichelförmig über die Schläfe gekämmt, hatte den Mund eingezogen, die Nasenlöcher gebläht und die eine Hand napoleonisch in den schwarzen Rock geschoben.

»Ich dachte, ich könnte etwas herstellen, das ich bis ins kleinste Detail verinnerlicht hatte. Ich wollte meine Wünsche materialisieren – auf der Basis von genauester Kenntnis, aber das ging nicht. Und jetzt steht hier dieses Ungetüm. Ich kann mich nicht davon trennen. Es ist das Wrack meiner Möglichkeiten.«

Sie schaute ihn an und spielte an ihrem Ohrring: »Oder Unmöglichkeiten.«

»Möglichkeiten? Unmöglichkeiten? Keine Ahnung. Wenn man in meinem Alter ist, dann hat es ja fast etwas Tröstliches, dass sich nicht alle Vorstellungen realisieren lassen«, sagte er heiser.

Sie schwieg.

»Oder?«, Er schaute sie an, als glaubte er seinen eigenen Worten nicht und hoffte, dass Ella sie entkräftete.

»Ich glaube noch daran«, sagte sie und strich sich über den Nasenrücken.

»An den Urschleim in meinem Wohnzimmer?«, fragte er schmunzelnd.

Sie lachte: »An den auch.«

Sie ging ein paar Schritte durch den Raum: »Zeigen Sie mir jetzt die anderen Zimmer?«

Er lächelte und sagte: »Sie meinen es ernst, oder?«

»Ich weiß noch nicht, ob ich mich traue«, sagte sie zögerlich, »aber ernst meine ich es.«

Er schaute sie einmal kurz an, dann blickte er zu Boden und wollte gerade eine der großen Flügeltüren öffnen, die den »großen Salon« mit dem Esszimmer verbanden, das sie vorhin schon kurz erspäht hatte.

»Darf ich Sie noch was fragen?«, fragte Ella.

Er hob die Augenbrauen.

»Warum liegt in Ihrem Aquariumswrack eine Perücke?«

»Eine Perücke?«, fragte er ungläubig. »Da liegt doch keine Perücke …«, sagte er, dann hellte sich sein Gesicht plötzlich auf: »Ach, Sie meinen den Bart?«

»Den Bart?«

»Das ist einer der schlechten Scherze meiner Zwillingsschwester. Erzähl ich Ihnen später. Wenn ich jetzt schon alles verrate, dann kommen Sie womöglich nicht mehr wieder.«

Er streckte sich, beugte sich über das Aquarium, griff mit seinen Fingerspitzen nach dem Bart und warf ihn in den Papierkorb, der direkt daneben stand.

»Haben Sie auch Geschwister?«, fragte er.

»Eine Schwester«, sagte sie.

»Wie heißt sie?«

»Jasmin.«

»Ein zartes Pflänzchen?«, fragte er.

»Eher das Gegenteil«, sagte sie, »meine Mutter hat ein Faible für alles Arabische, aber der Name passt wirklich überhaupt nicht zu meiner Schwester. Außerdem denken jetzt alle, wir wären in der DDR aufgewachsen.«

Horowitz lachte. »Und?«

»Und was?«

»Können Sie sich leiden: Sie und Ihre Schwester?«

»Wir sind sehr verschieden.«

»Ach so«, sagte er, »das kann ich mir vorstellen.«

Sie atmete aus.

Nun öffnete er die zweite Flügeltür.

»Und wieso Ella?«

»Ella Fitzgerald. Meine Mutter liebt arabische Männer und Ella Fitzgerald.«

»Das passt schon besser, oder?«

»Ja, ja«, sagte sie, »Ella, die vergnügt vor sich hin trällernde Vollwaise.«

Diesmal lachte Horowitz nicht, er schaute Ella lange an: »Entschuldigung, ich wollte nicht …«

»Haben Sie auch nicht. Sie sind ja nicht meine Mutter«, sagte Ella. Mit Blick auf den langen schwarzen Tisch, über dem ein Lüster hing, stellte sie fest: »Hier essen Sie aber nicht oft.« Die Tafel war festlich gedeckt und eingestaubt.

»Nein, nie, ich mag das Zimmer nicht, und außerdem kann ich nicht kochen.«

An den Wänden hingen riesige Fotografien von goldenen und silbernen Pistolen, die so gar nicht zu dem Rest der Einrichtung passen wollten.

»Die Fotos macht mein Neffe. Grauenhaftes Zeug, aber ich hab sie ihm trotzdem abgekauft. Ich glaube, mit seinen Pistolenbildern will er sich selbst davor bewahren, seine Mutter, also meine Schwester, zu erschießen.«

Als Ella direkt vor dem Tisch stand, sah sie, dass links neben den Tellern kleine Nagelbretter standen.

»Noch so ein Scherz meiner Schwester. Ich dachte, sie hat mir die Dinger fürs Frühstück bei hohem Seegang geschenkt, damit die Brote nicht vom Tisch segeln, aber weit gefehlt. Sie meinte vielmehr, ich könne mit ihnen schon mal fürs Alter üben, wenn meine Hand so zittert, dass ich kein Messer, geschweige denn ein Steuerrad mehr halten könne. Also, wenn das nicht bösartig ist! Aber ich werde ihr den Gefallen natürlich nicht tun.«

»Welchen Gefallen?«

»Ach, nichts«, sagte er gedankenversunken, »ein Geheimnis.«

»Dass Sie nicht altern werden?«, fragte sie lachend.

»Ha!«, rief er aus. »Sie sollten sich auch Nagelbretter zulegen und jeden Ihrer Verehrer erst einmal damit konfrontieren. Die Bretter sind ein wunderbarer Test, nur Menschen mit Humor bestehen ihn.«

Sie stellte sich Paul mit einem Nagelbrett vor.

Dann führte Horowitz sie in ein Zimmer, dessen Wände mit grüner Seide bezogen waren. Über dem Bett hing ein ausgestopfter Löwenkopf, ein Lampenschirm thronte auf einem Fuß aus Elefantenhaut, und auf dem Boden lag ein platter Streifen Zebra. Ihr wurde übel. Das hier war nicht nur die Titanic, sondern auch noch die Yacht von Onassis, deren Barhocker mit Walpenishaut überzogen waren.

Sie wendete sich ab. Wie kam sie aus dieser Situation nur wieder heraus? Zum Glück klingelte in diesem Moment ihr Telefon, und sie konnte in den Flur treten. Es war Jasmin. Sie verabredeten sich leise zu einem frühen Abendessen beim Italiener. Als sie aufgelegt hatte, erzählte sie Horowitz, der inzwischen in dem Zimmer herumgeräumt hatte, sie hätte einen wichtigen Termin vergessen und müsse leider sofort aufbrechen. Das käme sehr plötzlich, aber es ginge nicht anders.

Horowitz musterte sie und murmelte: »Habe ich Sie doch vertrieben?«

»Wenn ich ehrlich sein soll: ja. Aber wissen Sie was? Das bedeutet gar nichts.«

Horowitz' Blick war der eines tapferen Kindes, als er sich die Frage abrang: »Kommen Sie noch mal wieder?«

»Wollen Sie denn meine Wohnung gar nicht sehen?«, fragte sie.

»Wozu?«, fragte er und blickte sie jetzt wieder verschmitzt an. »Wenn Sie wiederkommen, ist mir egal, wie Ihre Wohnung aussieht.«

Das kann ich mir nicht vorstellen, dachte Ella.

»Glauben Sie mir«, sagte Horowitz.

»Die Elefantenhautlampe«, sagte sie.

»Die Elefantenhautlampe?«, wiederholte er.

Horowitz versuchte ernst zu bleiben, aber auf seinen Lippen zeigte sich schon ein Lächeln: »Die kommt in den Keller.«

Sie stockte, wollte ansetzen, doch er unterbrach sie: »Zusammen mit dem Löwen und dem Zebra. Simbabwe kommt in den Keller.« Dann zögerte er und fragte leise: »Und das Aquarium?«

Sie schaute ihn fragend an.

»Nichts«, sagte er mit einem erleichterten Zug um die Lippen, »ich dachte nur … Also, dann auf Wiedersehen.«

»Auf Wiedersehen«, sagte sie.

Als er die Tür schloss, meinte sie, erneut ein leises »Wenn ich das geahnt hätte …« vernommen zu haben, aber wahrscheinlich war das nur das Knarzen der Tür.

4

Ella fuhr zurück nach Mitte und traf ihre Schwester in dem kleinen Restaurant in der Auguststraße, in dem Jasmin und ihr Mann fast immer aßen, wenn sie denn mal ausgingen.

Ihre Schwester war wie üblich vor ihr da, winkte ihr schon durch die großen, bis zum Boden reichenden Fenster zu und klopfte mit dem Zeigefinger auf ihre Armbanduhr. Ihre Schwester trug eine lila karierte Bluse und eine Jeans, an deren Bund sie herumnestelte, bevor sie Ella knapp umarmte. Ella zog sie noch einmal zu sich heran.

Jasmin löste sich aus der Umarmung und fragte: »Warum musst du eigentlich immer zu spät kommen? Immer, jedes Mal … Ist das chronisch, oder ist das nur mit mir so?«

»Wie spät ist es denn?«

»Das meine ich«, sagte Jasmin, »genau das meine ich. Und wie siehst du eigentlich aus?«

»Warum?« Ella schaute an sich herunter, sie hatte sich ein bisschen chic gemacht für die Fasanenstraße, einen engen schwarzen Pullover, einen schwarzen Rock und hohe Schuhe angezogen. Sie löste die Clips ihrer Ohrringe und steckte sie in die Tasche.

»Gehst du noch ins Konzert?«

»Nein, nein«, sagte Ella und setzte sich. »Heute war ein komischer Tag, das erzähle ich dir gleich alles.«

»Ach«, sagte ihre Schwester und schlug die Speisekarte auf.

Das Paar am Nebentisch hatte die Begrüßung beobachtet und drehte sich nun weg. Ella und ihre Schwester begrüßten sich immer so: Ella ließ ihre Schwester immer spüren, dass ihre

Umarmungen knöchern waren, und Jasmin ließ Ella immer spüren, dass etwas mit ihr nicht stimmte.

»Hast du eine neue Jeans?«, fragte Ella.

»Ja, muss sie noch eintragen, zwickt noch ein bisschen. Gefällt sie dir?«

»Schön«, sagte Ella und schwieg eine Weile, dann fuhr sie fort: »Und wie geht es dir sonst?«

»Im Moment sind alle gesund«, sagte Jasmin.

»Und dir?«

»Mir?«

Jasmin schaute Ella überrascht an, zog die Schultern hoch, lachte und bestellte einen Campari. Ihre Stimmung schien von einer Sekunde zur anderen umgeschlagen zu sein, denn plötzlich erzählte sie ganz vergnügt: »Ich hatte heute auch einen komischen Tag. Da kam ein Mann zur Behandlung, vielleicht vierzig, mit einer vollkommen verformten Wirbelsäule. Aber von vorne sah der ganz gerade aus.«

»War das zufällig der Typ aus dem Café, in dem ich immer bin?«

»Nein, der war gestern da und hat von dir geschwärmt, aber sonst war bei dem alles in Ordnung. Aber der heute, der war seltsam. Am Anfang dachte ich, er ist bestimmt einer von denen, die nur genießen wollen, die sich ein Rezept erschlichen haben, der vielleicht ein bisschen viel am Computer sitzt. Doch dann legte er sich auf den Bauch, und seine Wirbelsäule bestand aus zwei großen Kurven, einer Rechts- und einer Linkskurve.«

»Wie ein Fragezeichen?«, fragte Ella.

»Ja, genau wie ein Fragezeichen. So was hab ich noch nie gesehen. Ich fragte ihn erst mal, ob er eine Frage habe. Das mache ich immer, bevor ich anfange. Manche haben ja schließlich eine: wie sie liegen sollen oder so. Der Mann hob seine Stirn und schaute mich an. Ich sagte, wenn er keine

Frage habe, dann könnten wir ja anfangen. Er drückte seine Nase wieder ins Handtuch und verstummte. Nach einer ganzen Weile flüsterte er: ›Ich glaube, genau das ist das Problem. Ich kenne meine Frage nicht. Mein Leben fühlt sich an wie die Antwort auf eine Frage, die ich nicht kenne.‹ Dann drehte er seinen Kopf wieder in meine Richtung und sagte: ›Ich weiß ja nicht, wie Sie so sind. Vielleicht können Sie mit solchen Sachen auch gar nichts anfangen?‹ Ich sagte nur: ›Ist schon okay.‹ Von da an haben wir nicht mehr miteinander gesprochen, kein Wort, nicht mal ›auf Wiedersehen‹. Das war schon komisch.«

»Sah er denn gut aus, der ratlose Mann mit dem Fragezeichenrücken?«

»Kannst du mal an was anderes denken?«

»An was denn bitte?«

»Ans Essen zum Beispiel«, sagte Jasmin und schob Ella die Speisekarte über den Tisch.

»Ich esse nichts, ich treffe Paul später noch.«

Jasmin schaute nicht auf: »Sag ich doch. Ich muss jetzt aber was essen, ich hab einen Riesenhunger.«

»Mach ruhig«, sagte Ella.

Jasmin klappte die Karte wieder zu. Der Campari kam, sie nahm einen großen Schluck.

»Weißt du, was mir heute passiert ist?«, fragte Ella. »Ich hab an einer Ampel eine Wohnungstauschannonce entdeckt. Ein älterer Herr tauscht sechs Zimmer Charlottenburg gegen eine kleine Wohnung in Mitte. Ich hab gleich angerufen. Die Wohnung ist unglaublich, von oben bis unten voll mit kuriosen Sachen. Er heißt Horowitz und ist Meeresforscher oder so was in der Art, ganz habe ich das noch nicht verstanden. Auf jeden Fall muss er eine Koryphäe sein, das merkt man gleich. Er ist steinreich und erfolgreich und weiß alles Mögliche. Er redet ein bisschen viel, aber ich mag ihn trotzdem. In seinem

Wohnzimmer steht ein brachliegendes Riesenaquarium. Und er hat mir was von einem Urschleim und dem Puls des Meeres erzählt, von Haien und Meermännern und -frauen, die es im sechzehnten Jahrhundert gegeben haben soll. Man hat sie an Land gebracht und in Antwerpen und Amsterdam ausgestellt. Eine dieser Meerfrauen soll jahrelang als Nonne in einem Kloster gelebt haben. Sie konnte nicht sprechen, aber Wolle spinnen. Ich meine, stell dir das mal vor. Und dann hat er Tee für mich gekocht, scheußlichen Tee.«

»Das ist doch alles nicht dein Ernst, oder?«, fragte Jasmin.

»Ich könnte Tulpen in dem Aquarium im Wohnzimmer pflanzen.«

»Was will er in deiner Wohnung?«

»Sein Werk vollenden und sein Leben Revue passieren lassen.«

»Ach, Gott«, sagte Jasmin, »na, wenn er meint.«

Ella schwieg.

»Und warum willst du deine Wohnung tauschen?«

»Das ist doch aufregend. Ich mache das ja nur einen Monat oder so. Es ist mir einfach vor die Füße gefallen.«

»Wenn ich alles machen würde, was mir vor die Füße fällt …«

»Dann?«

Sie schwiegen eine Weile.

»Wann fängst du eigentlich beim Radio an?«

»Am Montag, endlich. Ich kann es kaum erwarten.«

»Aha.«

Sie schwiegen wieder.

»Und was ist mit Paul?«, fragte Jasmin und bestellte einen zweiten Campari.

»Mit Paul? Warum, was soll mit ihm sein?«

»Du vermischst schon wieder alles. Du machst mich wahnsinnig mit deinem ewigen Hin und Her.«

Hin und Her? Was war denn jetzt gerade hin und her?

»Wir haben uns gestern das erste Mal geküsst«, sagte Ella.

»Küssen«, sagte ihre Schwester, »küssen«, und leerte das Glas.

Der Kellner kam, Jasmin bestellte, der Kellner stockte und sagte dann: »Ihr Mann hat genau das Gleiche bestellt, gestern. Genau das Gleiche. Campari und dann die Leber mit Salbei.«

»Mein Mann?«, fragte Jasmin. »Gestern?«

Der Kellner stockte erneut und fuhr mit der Rückseite des Kugelschreibers seinen Hemdkragen entlang.

»Er war gestern gar nicht in Berlin«, sagte Jasmin eher zu sich als zu ihm.

Der Kellner knipste seinen Kugelschreiber an und aus und murmelte dann in Ellas Richtung: «Und du? Was kann ich dir bringen?«

Ella bestellte ein Glas Weißwein, hielt ihren Blick auf die Karte gerichtet und zwang sich, zu ihrer Schwester hochzusehen. Jasmins Wangen waren weiß, das Lila ihrer Bluse setzte sich nun hart gegen ihre Blässe ab.

»Er ...« fing Ella an.

»... war in Hamburg«, unterbrach Jasmin sie.

Ella nickte.

Die vier Eiswürfel im Campariglas waren aufeinandergestapelt und rötlich gefärbt. Ella legte den Kopf schief und duckte sich ein wenig. Das Zitronenviertel hing an der Glaswand fest, blassgelb.

»Schau mal«, fing Ella erneut an, »die Zitrone hängt da wie eine Bergsteigerin auf einer Steilwand.«

»Was soll das heißen?«, fragte ihre Schwester.

Gar nichts. Das sollte gar nichts heißen.

»Was soll das denn schon wieder heißen?«, wiederholte Jasmin ihre Frage.

»Heute Morgen«, sagte Ella zögernd, »heute Morgen hing bei mir zu Hause eine Limone ganz genauso in den Seilen.«

»In den Seilen …«, sagte Jasmin. Die Blässe ihrer Wangen war nun wieder einer rötlichen Gesichtsfarbe gewichen.

»In den Seilen«, sagte Ella.

»Ich hänge jetzt wohl auch ganz schön in den Seilen, oder?«, sagte Jasmin nun in einem veränderten Ton, nicht mehr gereizt, sondern erschöpft. »Wie früher. Ist es nicht so? Obwohl wir uns doch geschworen hatten, dass uns das nie wieder passiert, dass wir das anders machen werden, dass uns das nie wieder passieren würde.«

»Es ist auch nicht passiert, nichts ist passiert, und du hängst auch nicht in den Seilen. Du hast einen Beruf, einen Mann, vier Kinder, jede Menge Haustiere, du bist eine wunderbare Mutter. Du machst also alles anders, besser als früher, viel besser.«

»Das ist nicht schwer.«

»Ich weiß nicht«, sagte Ella, »ich weiß nicht, ob das so einfach ist.«

Sie schwiegen.

»Was hat Leo eigentlich in Hamburg gemacht?«, fragte Ella jetzt.

»Nichts wahrscheinlich«, antwortete Jasmin, »wahrscheinlich nichts.«

Da klingelte Ellas Telefon. Sie schaute ihre Schwester fragend an, Jasmin nickte, Ella ging dran.

Paul.

»Du bist nicht zu Hause«, sagte er.

»Nein«, sagte sie, »warum?«

»Weil ich vor deiner Haustür stehe und du nicht da bist.«

»Was?«, fragte sie. »Ist es schon so spät? Was hatten wir denn ausgemacht?«

»Wir hatten noch gar nichts ausgemacht«, sagte Paul. »Ich hab es nur nicht mehr ausgehalten.«

Ella lächelte.

»Wo bist du?«, fragte Paul.

»Ich sitze hier mit meiner Schwester bei dem kleinen Italiener in der Auguststraße, aber ich hab dich nicht vergessen, ich wollte …«

Ihre Schwester griff in das Gespräch ein: »Er soll kommen, er soll kommen und dich hier abholen, ich mag sowieso nichts mehr essen. Er soll dich hier abholen. Ich will nach Hause.«

Paul schwieg, dann fragte er leise: »War das deine Schwester? Soll ich?«

Und Ella antwortete: »Weiß nicht.«

Ihre Schwester machte ein Handzeichen und bestellte das Essen ab.

»Dann komm«, sagte Ella und legte auf.

Jasmin schüttelte ihre dunklen Haare, straffte ihre lila karierte Bluse und sagte: »Wie lange kennst du ihn denn schon?«

»Wen?«, fragte Ella.

»Wen?«, entgegnete Jasmin. »Paul natürlich.«

»Schon länger. Wir haben uns in einer Bar kennengelernt, vor ein paar Wochen oder so, dann haben wir uns ein paar Mal zufällig getroffen, Nummern ausgetauscht und uns Nachrichten geschickt, immer mehr Nachrichten, ziemlich schöne Nachrichten. Dann waren wir ein paarmal morgens einen Kaffee trinken, und gestern hatten wir unser erstes Date.«

»Wie sieht er denn aus?«

»Er ist mittelblond und mittelgroß, so richtig aufgefallen ist er mir erst gar nicht, dabei hat er so schöne grüne Augen, tolle Hände und einen tollen Po.«

Jasmin verdrehte die Augen.

»Und wie ist er so?«

Ella schwieg.

»Ich meine, bisher hast du nur erzählt, dass er küssen kann.«

»Er kann küssen«, sagte Ella.

Jasmin schaute sie mit einem schiefen Lächeln an: »Und sonst?«

»Konntest du je beschreiben, warum du glücklich bist mit jemandem? Ich meine, wirklich beschreiben?«

»Klar«, sagte Jasmin, »sonst wäre ich ja nicht glücklich gewesen.«

Ella schaute sie forschend an. Ihre Schwester war ihr wirklich ein Rätsel. Wie konnte man nur so handfest sein, so logisch, so …? Ella sagte: »Irgendwo hab ich mal gelesen, dass Glück kein guter Stoff ist, weil es sich selbst genügt und wie ein kleiner Igel vor sich hin schlummert. Das ist schön, oder? Und genau so fühlt sich das mit Paul an: wie ein kleiner, in sich zusammengerollter, schlafender Igel.«

»Oje«, sagte Jasmin, »was du dir immer einredest …«

Ella schaute aus dem Fenster.

»Entschuldigung«, sagte Jasmin, »so meinte ich es nicht. Ich verstehe solche Sachen einfach nicht, das weißt du doch. Ich werde da ja immer gleich skeptisch und denke, du redest dir was schön, weil das machst du ja oft genug, zu anderen Gelegenheiten, meine ich, aber so ist es hier nicht, oder?«

»Was schönreden?«

»Nein, nein, bitte, ich weiß ja, das ist ganz normal für dich, so hab ich's nicht gemeint.«

»Wenn ich mir was schönreden würde, dann wär der Lack schnell ab. Das würde überhaupt nichts nützen. Gelackt hätte ich unsere Kindheit nicht überstanden. Trotz deiner ewigen Pausenbrote und Beschwichtigungen.«

»Jetzt kommen schon wieder die Pausenbrote … Was soll das? Ich kann es eben schlecht beschreiben. Du weißt doch, dass ich so was schlecht beschreiben kann.«

»Wenn ich mir mein Leben nicht selbst erzählen würde,

dann …«, Ella stockte, »dann wär's keins. Und wenn ich's mir nur schönreden würde, dann erst recht nicht.«

»Nicht?«

»Nein«, sagte Ella, »aber mach dir keine Sorgen: ich erzähl's mir ja tapfer vor mich hin. Jeden Tag. Und die meiste Zeit funktioniert es auch.«

»Auch das versteh ich nicht, aber muss ich vielleicht auch gar nicht. Mein Leben ist so, wie es ist. Das muss ich mir nicht erst erzählen.«

Das saß.

»Oje, Entschuldigung, ich mach heute alles falsch. Ich wollte nicht sagen, dass du kein Leben hast, wirklich nicht. Wie sind wir nur in dieses blöde Gespräch hineingeraten? Ich wollte doch einfach nur wissen, wie dein neuer Typ ist. Ich will's wirklich wissen. Erklär's mir, bitte, vergiss einfach, was ich gerade gesagt habe. Wie ist er denn jetzt, der kleine Igel?«

Ella schaute sie an und schwieg.

»Sei nicht beleidigt.«

»Du kannst manchmal wirklich verletzend sein«, sagte Ella und brach ab. »Aber das ist ja nichts Neues …«

»Und du natürlich nicht, niemals …! Aber lass uns nicht streiten. Wir sehen uns so selten allein, komm, erzähl mir lieber, wie er ist«, insistierte Jasmin.

Ella trank einen Schluck Wein, dann gab sie sich einen Ruck und antwortete: »Ich weiß es wirklich nicht so genau. Ich hab einfach das Gefühl, alles Mögliche sein zu können, wenn ich mit ihm bin. Wir nageln uns nicht fest. Ich darf mal so sein und dann wieder so. Das stört ihn nicht. Ich hab das erste Mal das Gefühl, genau richtig zu sein. Er zwingt mich nicht, mich zu erklären, und ich zwinge ihn nicht, sich zu erklären. Außerdem hat er so was Bodenständiges, und das mochte ich ja schon immer.«

»Was Bodenständiges?«, fragte Jasmin.

»Er weiß, wie man einen Nagel gerade in die Wand schlägt, er hält, was er verspricht, und er muss keine Spielchen spielen. Er ist ganz ehrlich und scheint es trotzdem zu mögen, dass ich nicht immer sage, was los ist. Und weißt du, was er bei unserem ersten Treffen zu mir gesagt hat? Er hätte was in mir gesehen, das ich nicht einmal sein müsse. Das war schon sehr schön, fand ich.«

Jasmin gab sich Mühe, verständnisvoll zu schauen, aber es gelang ihr kaum.

Ella trank einen weiteren Schluck und fuhr fort: »Aber so gut kenne ich ihn noch gar nicht. Und am Anfang fühlt sich das ja oft so an.«

»Was meinst du?«, fragte ihre Schwester.

»Na, dass alles möglich ist. Das fühlt sich doch am Anfang oft so an. Und dann sind die Räume schon nach drei Treffen so eng, dass man beim vierten bereits anfängt, im Kreis zu gehen oder den Ausgang zu suchen. Und weißt du, warum? Weil alle immer versuchen, sich …«, sie stockte, »… wiederzuerkennen. Das ist das Problem. Paul muss sich nicht wiedererkennen, um zu wissen, wer er ist.«

»Hm«, sagte Jasmin und versuchte, Ella in die Augen zu schauen.

»Ehrlich gesagt, hab ich keine Ahnung, wie er ist.«

»Du hast dich in einen Mann verliebt, der dich an einen glücklichen Igel erinnert oder so ähnlich und von dem du keine Ahnung hast?«, fragte Jasmin.

In wen denn sonst?, dachte Ella und schwieg. Sollten wir jetzt nicht lieber über Leo reden?, dachte sie dann.

»Und wie heißt der Verrückte mit dem Aquarium noch mal?«, fuhr Jasmin fort.

»Horowitz«, sagte sie müde.

Die Geschichte mit Leo und Hamburg stand wie ein Gorilla im Raum.

»Und was hat er nun mit dem Meer zu tun?«, fragte Jasmin mit einem betont interessierten Gesichtsausdruck.

Ella schaute sie fragend an. Hamburg, dachte sie, Leo und Hamburg, nicht Horowitz und das Meer.

»Ist er Meeresbiologe?«

»Nein, nein, kein Meeresbiologe.«

Ella zögerte, aber im Gesicht ihrer Schwester war kein Zittern, kein Ärger zu erkennen, nichts, außer einer leicht angespannten Gesichtshaut. Der Gorilla schien sich im toten Winkel herumzutreiben. Ella würde ihr also den Gefallen tun und ihn ebenso ignorieren, obwohl es ihr schwerfiel: »Was er genau mit dem Meer zu tun hat, weiß ich nicht. Vielleicht ist er so was wie ein Meereshistoriker, wenn es so was überhaupt gibt. Und er sieht ein bisschen aus wie Woody Allen.«

»Woody Allen? Der schon wieder. Ich verstehe überhaupt nicht, wie man Woody Allen mögen kann.«

Ella hob an, Jasmin unterbrach sie: »Ich weiß, ich weiß, du magst Woody Allen, du schaust dir jeden seiner hunderttausend todlangweiligen Filme an, in denen nur gequatscht wird. Überspannte Menschen, die keine wirklichen Probleme haben und quatschen. Ich verstehe nicht, was daran reizvoll sein soll, und versuch jetzt nicht schon wieder, mir Woody Allen zu erklären.«

Ella schwieg. Sie hatte gar nicht vorgehabt, ihr Woody Allen zu erklären.

»Mir sind Filme mit Action lieber«, schob Jasmin nach, und auf einmal tat sich etwas in ihrem Gesicht, die Gesichtshaut sackte ab.

Jasmin strich sich über die Wangen, wie sie über ihre karierte Bluse und die karierte Tischdecke gestrichen hatte. Dann nahm sie ein Stück Brot aus dem Korb und zerpflückte es, trank einen Schluck Campari und noch einen, schaute aus dem Fenster und nestelte an ihrer Jeans herum.

»Leo war nicht in Hamburg«, sagte sie plötzlich, aber ruhig.

Endlich, dachte Ella.

»Warum sagt er mir das nicht? Warum ist er nicht nach Hause gekommen?«, fragte Jasmin und presste die Lippen aufeinander. »Für eine andere Frau ist er doch viel zu müde.«

»Das passt auch nicht zu ihm«, sagte Ella und dachte, vielleicht braucht er einfach mal ein Geheimnis.

»Vielleicht war er doch in Hamburg«, sagte Jasmin dann, und die Haut über ihren Wangenknochen spannte sich wieder an.

Für einen kurzen Moment hatte Ella gedacht, dass es diesmal anders ablaufen würde, aber wieso sollte es?

Ella stand auf, entschuldigte sich und ging auf die Toilette. Die Rollenverteilung war immer noch die gleiche. Wenn jemand Probleme hatte, dann Ella; wenn jemand getröstet werden musste, dann Ella. Keiner sollte auf die Idee kommen, dass Jasmin selbst Trost brauchen könnte. Ella zog sich vor dem Spiegel die Lippen nach und kämmte sich mit den Fingern die Haare. Hoffentlich passierte ihr niemals, was ihrer Schwester gerade passierte: dieses Fassadengesicht.

Als sie aus dem Bad zurückkehrte, stand Paul schon im Restaurant und sah sich suchend um. Er entdeckte sie, kam auf sie zu, küsste sie, schaute einmal an ihr herab und dann tief in ihre Augen. Ella lotste ihn an Jasmins Tisch. Jasmin tat so, als hätte sie die Begrüßung nicht beobachtet.

Paul setzte sich zu ihnen. Jasmin versuchte, mit Paul zu scherzen und eine gute Figur zu machen, dann stand sie auf, umarmte Ella und verabschiedete sich von Paul. Ella zog sie noch einmal an sich heran, Jasmin schaute sie mit einem vielsagenden Blick an. Dann war sie verschwunden. Die Frau vom Nebentisch lächelte.

»Ältere Schwester?«, fragte sie.

Ella nickte.

Als Paul und Ella aus dem Restaurant auf die Straße traten, wehte ihnen kühle Abendluft entgegen, und Ella fror. Sie sollte jetzt einfach allein nach Hause gehen. Der Abend war abgebrochen wie ein morscher Ast. Sie stieg in Pauls Wagen.

»Was ist mit dir?«, fragte er, als sie losfuhren.

Ella strich sich durch die Haare: »Wieso können wir nur mit einem so kleinen Teil des Anderen leben? Wieso blenden wir immer so viele Seiten des Anderen aus und machen ihn dann auch noch dafür verantwortlich, dass er undurchsichtig für uns bleibt?«

»Wovon redest du?«, fragte er.

»Mein Schwager hat ein Geheimnis.«

»Ein Geheimnis?«

»Ja.«

»Und deine Schwester?«

»Meine Schwester hasst Geheimnisse.«

»Jasmin … der Name passt überhaupt nicht zu ihr.«

»Sie kann ihn auch nicht leiden. Und wie soll aus dem Leben was werden, wenn der Titel schon nicht stimmig ist?«

Er lachte kurz.

»Meine Mutter hat mal im Streit gesagt, sie habe sie nach einer Antibabypille benannt, aber das ist natürlich nicht wahr.«

»Nein«, sagte er.

»Die Pille schreibt man auch anders, mit ›Y‹, glaube ich, aber es saß trotzdem. So viele Sätze, die meine Mutter gesagt hat, saßen, obwohl sie nur so dahingesagt waren. Jasmin – das unerwünschte Kind.«

»Sie wirkt müde«, sagte er.

»Sie hat vier Kinder«, sagte sie, »sie hat vier Kinder, Kaninchen, Hamster und eine Praxis.«

Paul schaute auf die Straße und fuhr weiter.

»Krankengymnastik«, schob Ella nach.

»Krankengymnastik«, wiederholte Paul.

Ella schaute aus dem Fenster. Auf der Straße schloss ein mittelaltes Paar seine blauen Fahrräder auf.

Dann sagte Paul leise: »Ich hab auch ein Kind, einen Sohn, und ich bin auch nicht …«

»Was?«, fragte Ella und räusperte sich. Ihr Blick schnellte einmal kurz zu ihm herüber.

»Ich wollte dir das schon gestern sagen, aber ich hab's mich nicht getraut. Deswegen bin ich doch gefahren.«

»Können wir gleich darüber reden?«, fragte Ella. »Ich meine, wenn ich sitze.«

»Du sitzt doch«, sagte Paul.

»Aber wir fahren«, antwortete sie. »Das geht alles gerade etwas schnell.«

Sie schwiegen.

Ein Kind? Er war fünfunddreißig und allein. Da hat man doch kein Kind. Und was wollte er ihr noch sagen? Da war doch noch etwas gewesen, oder nicht? War er vielleicht gar nicht allein, gab es zu dem Kind auch noch eine Frau? War es das, was er ihr sagen wollte? Darüber konnte sie jetzt nicht nachdenken, nicht jetzt. Mit ihm war doch alles möglich. Er war allein.

Draußen stand eine Gruppe Touristen, die in unterschiedliche Richtungen zeigten.

So hatte sie sich den Abend nach dem ersten Kuss nicht vorgestellt. Warum hatte sie ihm nicht abgesagt? Der Tag hatte schon zweimal angehoben, ein drittes Mal würde er es nicht schaffen. Wie sollte auch aus einem überladenen Tag ein leichtfüßiger Abend werden?

Jetzt waren sie am Rosenthaler Platz. Farbspuren zogen sich über den Asphalt, als wären ganze Eimer von Farbe auf die Kreuzung geflossen. Diese Spuren hatte es vor ein paar Tagen noch nicht gegeben. Horizontales Graffiti, von den Reifen der Autos gemalt. Schöne, große Bögen und breite Striche in Blau, Pink, Lila und Gelb. Natalia musste kurz vor ihrem Unfall mit dem Fahrrad genau darüber gefahren sein.

Paul parkte, ging um das Fahrzeug herum und öffnete Ellas Tür. Sie blieb sitzen. Nicht nur der Tag konnte nicht mehr anheben, auch sie wollte nicht mehr hochkommen. Ihre Fußsohlen drückten auf das Muster der Gummimatte. Sie meinte, die Noppen spüren zu können. Doch Paul beugte sich über sie, küsste ihren Hals, löste ihren Anschnallgurt, griff ihr unter die Arme und hob sie wie ein Kind aus dem Auto. Dann stellte er sie auf beide Füße, küsste sie noch einmal, diesmal in die Halskuhle, und sagte: »Abgetaucht bist du noch schöner.«

Sie gingen in das neue chinesische Restaurant, und Ella beschloss, dass es schon genug Geständnisse für heute gegeben hatte und dass sie jetzt vor allem Hunger hatte und Durst. Sie bestellte eine solche Menge handgemachter Dumplings, dass man denken konnte, sie wappnete sich für eine Bergtour. Dazu bestellte sie Tee, der seinen Geschmack aus einer Blüte zog, die ihre Blätter ausbreitete und nach dem dritten Schluck schwer und breit unten im Glas saß. Paul schaute sie lachend von der Seite an und streichelte unter dem Tisch ihre trägen Beine. Ella schloss die Augen. Als die Bambuskörbchen sich dann auf dem Tisch stapelten, verspeiste sie wort- und tonlos ein Dumpling von jeder Sorte. Sie schmeckte Ingwer, Lamm und Zimt. Das half. Der Ingwer klärte ihre Gedanken, das Lammfleisch stärkte, der Zimt beruhigte sie. Sie lehnte sich zurück, schaute Paul an und sagte: »Hallo.«

Paul lachte: »Da bist du ja wieder.« Dann hielt er inne und fuhr fort: »Aber nicht wieder ganz auftauchen, ja?«

Sie küsste ihn und flüsterte: »Sollen wir jetzt einen Bambus- oder einen Rosenschnaps trinken?«

»Klingt beides scheußlich, ist also egal«, sagte Paul.

»Dann beides«, sagte sie, bestellte die Schnäpse, atmete einmal tief durch die Nase und fuhr fort: »Wie heißt er denn, dein Sohn?«

Jetzt war es nicht mehr so schlimm, jetzt hätte sie ihn genauso fragen können, ob sein Sohn seine schönen grünen Augen geerbt hatte.

»Georg«, sagte er, schaute sie prüfend an und fuhr fort: »Aber mehr verrate ich dir heute nicht.«

Ella legte ihren Kopf auf seine Schultern und flüsterte: »Danke.«

Paul küsste ihre Haare, und Ellas Atmung glich sich seiner an.

Haut und Haar.

»Über meinen Sohn und all das sprechen wir nicht und über deine Schwester sprechen wir nicht, aber ein bisschen sprechen wir noch, bevor wir uns küssen, oder?«, fragte er über ihren Kopf hinweg.

Haut und Haar.

»Oder?«

Ella hob ihren Kopf wieder und sagte leise: »Vielleicht wäre das ganz schön, noch ein wenig zu sprechen, bevor wir uns küssen.«

»Unbedingt«, sagte er.

»Willst du eine kleine Geschichte über meine Kniekehlen hören?«, fragte sie.

Er schaute sie schmunzelnd an und schüttelte den Kopf: »Auf keinen Fall.«

»Auf keinen Fall«, wiederholte sie.

Er schob seine Hand unter ihren Blusenkragen und ließ sie auf ihrem Schlüsselbein ruhen.

»Wir wollten doch noch ein bisschen sprechen.«

»Ja, das wollten wir«, sagte er. »Erzähl mir was über deine Wohnung.«

»Über den Teppich im Eingang, meinen Tisch oder mein Bett?«

»So wird das nichts mit dem Sprechen.«

Nun gut, wenn es unbedingt sein muss, dachte sie. »Ich hab sie sowieso nicht mehr lang, ich werde sie nämlich tauschen. Ein Meeresforscher will mit mir Wohnungen tauschen.«

Er rückte etwas ab, schaute sie ungläubig an: »Ein Meeresforscher will mit dir seine Wohnung tauschen?«

»Er ist ein bisschen seltsam, aber keine Sorge, ich habe es schwarz auf weiß: keinerlei Avancen. Das hat er auf seine Annonce geschrieben, und die hat er an Ampeln verteilt. Sechs Zimmer in Charlottenburg.«

»Können wir darüber erst reden, nachdem ich wenigstens ein Mal in deiner Wohnung gewesen bin?«, fragte Paul leise.

Sie nickte und stellte sich vor, wie Paul und sie sich vor dem alten Aquarium in Horowitz' Wohnung liebten. Dann lehnte sie sich zurück und fing an, eine Theorie zu unterbreiten, nach der sich östliche Pflanzen im Wasser wohlfühlten, während westliche Angst davor hatten. Doch nach ein paar Sätzen brach sie ab.

»Was ich eigentlich meine«, sagte sie lachend, »ist, dass mein Leben eher der Limone ähnelt als der Teeblume.«

Paul schaute sie fragend an, und schon wusste sie selbst nicht mehr, was sie damit gemeint hatte.

Paul schüttelte den Kopf und nahm ihre Hand.

In diesem Moment kam der Chef des Restaurants und goss dampfendes Wasser nach. »Man kann sie einfach neu aufgießen«, sagte er, »und das Aroma wird immer besser.«

»Siehst du«, sagte sie und wusste schon wieder nicht genau, warum sie das gesagt hatte. Sie hatten nun aber wirklich genug gesprochen. Sie lehnte sich zu Paul hinüber, fuhr seine Oberschenkel entlang nach oben und flüsterte ihm ins Ohr, dass sie jetzt nicht mehr sprechen und auch nicht mehr trinken und nicht mehr sitzen und nicht mehr nur noch sie selbst sein wollte.

Paul winkte den Kellner heran und bestellte statt der Rechnung zwei Nachspeisen. Dann beugte er sich zu ihr hinüber und küsste sie auf den Hals.

»Du bist ein Zündler.«

»Erzähl mir noch was, Ella. Erzähl mir was von den Frauen, über die du schreiben willst.«

Sie lehnte sich zurück und schaute ihn an. Er schien es wirklich ernst zu meinen: »Andere Frauen?«

»Warum nicht? Die sind doch alle tot.«

Sie überlegte kurz, eigentlich hatte sie wirklich keine Lust mehr zu sprechen und schon gar nichts Zusammenhängendes, aber dann schaute sie auf seine Lippen und fing an: »Weißt du, welche Worte sich Dorothy Parker für ihren Grabstein gewünscht hatte?«

Er schüttelte amüsiert den Kopf: »Wer ist Dorothy Parker?«

»Eine New Yorker Autorin und Kritikerin.«

»Und was sollte aufs Grab?«

»Wenn Sie das lesen können, sind Sie schon zu nah.«

Er lachte und begann, sie mit den Nachspeisen zu füttern. »Wie gut, dass ich nicht so gut lesen kann.«

Die Nacht mit Paul zog sich bis ins Morgengrauen, und es hatte nicht einen Moment gegeben, an dem sie aus ihr herausgefallen war, nicht einen dieser Vogelperspektivenblicke, in denen man plötzlich verrenkte Körperteile oder flache Brüste sah, nicht einen. Wenn sie gewusst hätte, dass solche

Nächte möglich waren, hätte sie sich einiges ersparen können, aber sie hatte es nicht gewusst.

Vielleicht waren sie zwischendurch auch mal eingeschlafen, aber die meiste Zeit waren sie nebeneinandergelegen und hatten die Nacht in den Tag übergehen lassen. Es gab Zeiten, da hatte sie gedacht, dass der frühe Morgen sie ängstigte, dass er ihr Fragen stellte, die sie nicht beantworten konnte, dass er etwas von ihr wollte, was sie nicht geben konnte, aber das Gegenteil war der Fall. Wenn sie halbwach in ihn hineinglitt, schimmerte der frühe Morgen mattgolden, fraglos und weltoffen.

Und dieser erste Morgen mit Paul war von einem ganz besonderen Glanz überzogen, aber es gab noch den prekären Augenblick, der die erste gemeinsame Nacht beendete. Gingen sie zu früh auseinander, entstand dieser leicht bittere Nachgeschmack, trennten sie sich zu spät, würde die Suppe zu dünn.

Aber dann ging alles ganz einfach, sie küssten sich ein letztes Mal, und schon war sie aus der Tür. Und der Kuss dauerte an, bis sie die Treppen hinabgestiegen war und lächelnd auf der Straße stand. Sie lächelte, als sie an der Ampel wartete, und in der U-Bahn lächelte sie noch immer.

Alles war anders mit Paul, *sie* war anders mit Paul. Ihr Körper fühlte sich anders an mit Paul, er fühlte sich anders an und er sah anders aus – schöner, weicher, weiblicher. Pauls Hände hatten einen anderen Körper gestreichelt, einen, den sie mochte, der nicht so eckig war und ungelenk, und er hatte andere Fingerkuppen gesehen und eine andere Nase; immer wieder hatte er ihre Nase gestreichelt und gesagt, wie gewagt sie sei, wie wunderschön.

Und so trug sie heute das erste Mal in ihrem Leben ihre Nase spazieren – ihre Nase voraus, sie hinterher. Sie bewegte sich anders, mit einer traumwandlerischen Sicherheit. Sie hatte gestern Nacht das erste Mal in ihrem Leben das Gefühl, dass es in Ordnung war, wenn sie zwischendurch in ihren Welten verschwand; dass Paul es sogar sexy fand, dass er ihr nicht nachkommen konnte, dass er genau das genoss. Und keine Schwester weit und breit, die ihr sagte, sie sei weltfremd, keine Mutter, die ihr Wegträumen romantisierte. Bei Paul konnte sie einfach ab- und auftauchen, als folgte ihr Zusammensein einem natürlichen Lauf, dem es nur zu folgen galt.

Ella stieg am Naturkundemuseum aus der U-Bahn und lief mit ihrem neuen Körper und der neuen Nase zur Charité und meinte, jeder könne sehen, was für einer Nacht sie gerade entstiegen war. Und tatsächlich: der erste junge Mann, der ihren Weg kreuzte, lachte sie so unverblümt an, dass kein Zweifel bestand, wie sichtbar sie mit ihrer Nacht durch die Straßen spazierte. Sie lief durch die automatische Tür des Krankenhauses, den Gang entlang zur Anmeldung. Sie war jetzt genau in der richtigen Stimmung, um Natalia ein neues Leben zu erzählen.

5

Natalia war auf eine andere Station verlegt worden, es schien ihr ein bisschen besser zu gehen. Sie lag nun in einem helleren, größeren Zimmer, in dem nicht mehr so viele Maschinen blinkten. Die beiden Betten neben ihr waren leer, auf den Nachttischen lagen Fernsehzeitschriften, Obstteller und Brillen, wie alte Damen sie trugen.

Natalias Blick hellte sich auf, als Ella hereinkam, und auch Ella freute sich sehr, Natalia wiederzusehen. Natalia wedelte mit ihrem linken Arm hin und her, an dem nun kein Tropf mehr hing: »Siehst du, er ist ab. Wenn das kein gutes Zeichen ist! Schön, dass du kommst. Ich war mir nicht so sicher. Es ist so langweilig hier, so irre langweilig. Die beiden alten Tanten«, sie deutete mit dem Kopf in die Richtung der beiden Betten, »hat auch noch niemand besucht. Ist echt toll, dass du mich wenigstens besuchst.«

Natalia strahlte Ella an, und Ella strahlte zurück. So sehnlich war sie noch nie von einer Frau erwartet worden.

»Wie geht es deinem Kopf?«, fragte Ella.

»Schon viel besser. Die haben super Pillen hier«, sagte Natalia lachend, »wirklich super Pillen.«

Ella lachte und schaute sie an. Die Blutergüsse in ihrem Gesicht waren nun tiefblau, ihre Lippen waren nicht mehr ganz so monströs, aber immer noch wächsern und dick. Natalia lüftete ihre Decke, ihr Bein war bis zur Hüfte in Gips.

»Die Ärzte sagen, es wird wieder. Das Bein, meine ich. Was mit den Lippen ist, hab ich mich noch nicht getraut zu fragen. Die denken sonst gleich, ich bin so eine Tusse. Bisher hab ich sie nur nach dem Radfahren gefragt, und das wird dauern.« Natalia schluckte.

»Ist das dein einziger Job?«, fragte Ella.

Natalia antwortete nicht. Stattdessen rappelte sie sich auf und fragte: »Hast du mir eine Geschichte mitgebracht?«

»Ja«, sagte Ella.

»Und wer bin ich?«

»Eine Abenteurerin.«

»Ich eine Abenteurerin?«, fragte Natalia.

Ella schwieg eine Weile. Jetzt war es an der Zeit, Natalia nach dem Mann mit dem weißen Haar zu fragen.

»Ich wollte dich noch was fragen«, sagte Ella und schaute dabei aus dem Fenster. »Warum hast du mich eigentlich gestern nach einem Mann mit weißem Haar gefragt? Wie kamst du eigentlich darauf, dass er am Unfallort gewesen sein sollte? Bist du wegen ihm in den Lastwagen gekracht?«

Natalia wendete sich ab und flüsterte: »Keine Ahnung, ich weiß nicht mehr, wie es passiert ist.«

»Aber kennst du diesen Mann denn?«

»Kennen? Das kann man nicht sagen, aber …«

»Aber?«

Natalia schüttelte den Kopf, richtete sich, so weit es ging, auf und sagte dann voller Resignation: »Das willst du alles nicht wissen. Ich bin da in was reingeraten, das ich nicht mehr im Griff habe, null im Griff. Aber das willst du alles nicht wissen, glaub mir. Erzähl mir lieber was. Bitte, Ella, echt, das hilft. Ich brauche jemanden, der mir irgendeine Idee gibt, was das hier alles bedeutet. Mein Leben ist das totale Chaos, ich geb mir echt Mühe, aber sosehr ich es auch versuche, es ergibt einfach keinen Sinn.«

Ella schwieg. Ein Schauer lief ihr über den Rücken.

»Eine Abenteurerin?«, fragte Natalia und schaute Ella flehend an.

Was war man für ein Mensch, wenn man sich selbst auf sein Leben keinen Reim machen konnte? Vielleicht war Natalia das Gegenstück zu ihrer Schwester: Beide nahmen das Leben so, wie es kam, nur dass sich bei Natalia nichts und bei ihrer Schwester alles von selbst reimte. Beides war grauenhaft.

»Ella?«, fragte Natalia leise. »Du hast doch gesagt, ich bin heute eine Abenteurerin.«

Ella rückte den Stuhl von der Ecke des Zimmers ein wenig näher ans Bett, setzte sich, stand dann noch einmal auf, kippte das Fenster, setzte sich erneut, holte Luft und fragte: »Eins muss ich doch noch wissen, bevor ich mit der Geschichte anfange: Bist du in Gefahr?«

Natalia wandte ihren Kopf ab: »Ella! Lass es! Lass es, bitte.«

Ella schwieg, und Natalia sagte leise mit abgewandtem Kopf: »Ich weiß es nicht, vielleicht … Ich dachte, es geht nur um Kohle, aber wenn's um Kohle geht, dann geht's ja nie nur um Kohle. Das hätte ich vorher wissen müssen. Und jetzt …«, sie brach ab, »lass es. Ich kenn dich ja gar nicht. Vielleicht ist dein Vater Polizist oder so was.«

»Kann sein«, sagte Ella, »kann sein, dass mein Vater Polizist ist, aber eher unwahrscheinlich. Ich kenne meinen Vater ja nicht, aber so wie ich meine Mutter einschätze … eher Opernsänger als Polizist.«

Natalia schloss die Augen und atmete aus.

»Dafür war dein Vater ein großer Erfinder. Willst du was von ihm hören?«, fuhr Ella fort.

»Ja, bitte, erzähl mir was.«

»Er hieß Earl Stanhope, und du bist seine älteste und natürlich auch seine Lieblingstochter. Der alte Earl erfand das Dampfschiff und die erste Rechenmaschine. Geboren wurdest du 1776. Du bist aber nicht nur die Lieblingstochter eines großen Erfinders, sondern auch die Nichte von Pitt dem Jüngeren, dem zweifachen Premierminister von Großbritannien, der für zwei Dinge berühmt war: sein großes Charisma und seine gewaltige Nase.«

Hier unterbrach Ella kurz, Natalia öffnete die Augen, Ella fuhr fort: »Seine Nase hast du nicht geerbt, aber viel von seinem Elan. Er hat gegen Napoleon und für die Abschaffung des Sklavenhandels gekämpft und ist zeit seines Lebens allein geblieben, nur mit dir an seiner Seite. Er ist dein Vormund und genießt deine Anwesenheit in seinem Haus in der Downing Street in vollen Zügen. Du sprühst nur so vor Witz und Geist. Aber nach drei Jahren im Zentrum der Macht stirbt Pitt, und deine Welt bricht zusammen. Als dann auch noch eine Liaison scheitert, beschließt du, auf Reisen zu gehen, richtig auf Reisen – in Richtung Orient. Und mit dem Beginn dieser Reise verlässt du dein altes Leben und entdeckst ein neues.«

In dem Moment räusperte sich Natalia, blinzelte einmal zu Ella hinüber und schloss wieder die Augen.

»Du segelst nach Gibraltar und von dort aus nach Griechenland und in die Türkei und kehrst nie wieder nach England zurück.«

Natalia seufzte kindlich erleichtert.

»Doch auch die Türkei ist nur eine Zwischenstation. Von dort aus geht es weiter nach Kairo. Auf dem Weg dorthin erlebst du ein Seeunglück. Das überlebst du unbeschadet, aber klitschnass, und du beschließt, deine durchnässten Kleider gegen die eines türkischen Edelmanns einzutauschen. Du kommst in Kairo an und wirst von Pascha Mehmet Ali in Empfang genommen: in Kaschmirturban, an den du dir eine Blume steckst, Brokatweste, einem prachtvollen Überwurf und mit Goldfäden bestickten Pluderhosen. Als du dich das erste Mal in diesem Aufzug im Spiegel betrachtest, siehst du dich in einer Version deiner selbst vor dir, die du bisher noch nicht gelebt hast, und sie erscheint dir nicht als Verkleidung, sondern als die Wahrheit. Du bist keine englische Lady, du bist ein Bey, ein orientalischer Fürst. Und deswegen wirst du die Männerkleider auch nicht mehr ausziehen, und die Welt, die du bereist, ist überwältigt von dir und deinem Auftreten. Du passt so wenig in eine der gängigen Kategorien, dass die arabischen Machthaber dich respektieren. In Palmyra, dem sagenumwobenen Wüstenort, den du als erste Europäerin erreichst, krönt man dich sogar zur Königin. Du lässt dich in einem alten Kloster in Syrien nieder und herrschst dort als wagemutige und leidenschaftliche Königin Hester, bis du gänzlich verschuldet und …«

In dem Moment kam eine Krankenschwester ins Zimmer und stellte ein Tablett auf Natalias Nachttisch. Mittagessen. Natalia hielt ihre Augen geschlossen.

»Merken Sie gar nicht, dass sie schläft?«, fragte die Krankenschwester.

Ella schaute sie an: »Hören Sie nichts, wenn Sie schlafen?«

»Nein«, sagte die Schwester, »wie auch?«

Ella schaute zu Boden.

»Außerdem müssen Sie jetzt gehen, gleich ist Visite.«

»Gut«, sagte Ella.

Als die Krankenschwester das Zimmer verlassen hatte, öffnete Natalia die Augen wieder, und sie lachten.

»So eine muss es immer geben, oder?«

»Kannst du morgen wiederkommen?«

»Hat dir dein Leben als Lady denn gefallen?«

»Das war schon alles ziemlich seltsam und total altmodisch, oder? Und mir ist auch ein Rätsel, warum du dich lieber mit dieser Lady als mit Lady Gaga beschäftigst. Wie kommst du denn zu diesem Kram? Aber schön war's trotzdem, super schön. Deine Stimme ist …, da müssen die Kerle doch weiche Knie bekommen, oder?«

»Ich mag eben Abenteurerinnen.«

»Und ich Sängerinnen.«

»Sängerinnen?«

»Ja, ich wollte immer schon Sängerin werden. Nein, falsch, ich will Sängerin werden. Dancefloor. Deswegen die Lippen. Ohne Lippen wird man heute keine berühmte Sängerin mehr. Madonna, Amy Winehouse, alle haben sie was gemacht. Nicht nur die Lippen, auch die Brüste. Hast du Amys Brüste gesehen? Die mach ich als Nächstes. Ich bin flach wie ein Brett, weißt du.« Sie strich sich über das T-Shirt. »So wird das nichts. Ich sehe einfach nicht aus wie eine Sängerin. Vielleicht singe ich nicht mehr, weil ich immer dachte, wenn ich groß bin, habe ich einen großen Busen und einen großen, roten Mund wie Kim Wilde. Das Problem ist nur, dass ich mit dem Radfahren allein nicht genug Geld verdiene. Deswegen die Stammkunden und die Deals, und deswegen auch die ganzen Probleme mit Harry.«

Welche Stammkunden? Welche Deals? »Wer ist Harry?«

»Der Typ mit den weißen Haaren. Er heißt Harry, sagt er jedenfalls. Ich glaube inzwischen gar nichts mehr, ich hab überhaupt keine Ahnung, was stimmt und was nicht. Ich hab wirklich keine Ahnung, wohin mein Leben treibt, aber vielleicht kannst du mir ja helfen? Wenn du dich so für andere Leben interessierst …«

»Ich weiß doch gar nichts von dir«, sagte Ella und dachte in diesem Moment, dass sie auch keine weiteren Details von Natalias Leben erfahren wollte. Ob es sich reimte oder nicht, wollte sie nicht wissen, was mit Harry war oder wie auch immer er hieß, wollte sie nicht wissen, und was mit den Deals war, wollte sie auch nicht wissen. Sie wollte auch nicht ihre

Freundin werden. Wie konnte sie nur denken, dass sie sich mit einer Frau anfreunden könnte, die auf neue Brüste sparte?

»Wer bin ich denn morgen?«, fragte Natalia.

Ella schwieg.

»Ich wollte dich nicht vergraulen, echt nicht. Ich komm mit den meisten Menschen nicht zurecht, weißt du, aber du, du bist irgendwie cool, und schon gestern dachte ich mir, wie abgefahren das wäre, wenn wir beide Freundinnen werden könnten. Lady Stanhope und Lady Gaga, oder so. Ich hab ja keine Freundin hier, ich arbeite die ganze Zeit, weil das alles so teuer ist. Da bleibt kaum noch Zeit für eine Freundin. Und du? Hast du eine Freundin, ich meine, eine echte, so eine, wie man sie früher hatte in der Schule?«

Ella zögerte eine Weile, sie hatte natürlich Freundinnen, einige sogar, aber eine echte, so eine wie früher? Sie schüttelte sachte den Kopf.

»Ich sing dir auch was vor, wenn ich wieder stehen kann.«

Ella hob den Kopf und musste lachen. Natalia und sie Freundinnen, echte Freundinnen, wie früher?

»Also: morgen. Wer bin ich morgen?«

»Also gut. Morgen bist du eine blitzgescheite New Yorkerin. Nicht Lady Gaga, das nicht, aber New York – immerhin. Du lebst in den zwanziger Jahren und heißt Dorothy Parker. Du schreibst Bücher und messerscharfe Kritiken, rauchst, säufst und vögelst dich quer durch die Intellektuellen- und Künstlerszene. Glücklich bist du dabei nicht, aber du lebst das Leben, als ob es kein Morgen gäbe.«

»Ich?«, fragte Natalia und schaute an sich herab.

»Du!«, sagte Ella und verabschiedete sich.

»Kannst du mir vielleicht noch deine Nummer dalassen?«

Ella zögerte.

»Keine Sorge, ich werde dich schon nicht andauernd anrufen«, sagte Natalia lachend.

»Wehe!«, sagte Ella, schrieb ihre Telefonnummer auf einen Zettel und legte ihn auf Natalias Nachttisch: »Jetzt muss ich aber wirklich los.«

»Als ob es kein Morgen gäbe«, sagte Natalia noch leise vor sich hin, während Ella die Tür hinter sich schloss.

Auf dem Weg nach Hause holte Ella ihr Telefon aus der Tasche, um Paul anzurufen. Sie schaute es eine Weile an, dann ließ sie es wieder sinken. Lange gemeinsame Nächte brauchten lange stille Morgen; außerdem fielen ihr jetzt doch ein, zwei Szenen der letzten Nacht ein, für die sie sich ein wenig schämte, weil sie sich da so gezeigt hatte, wie sie sich noch nie gezeigt hatte. Normalerweise hätte sie jetzt trotzdem angerufen, um die Scham zu zerstreuen oder warum auch immer. Aber mit Paul schien sie eine Person zu sein, die den Nachklang dieser Nacht nicht zerstören musste.

Zu Hause legte sie die neue CD von *Nouvelle Vague* auf und kramte den Stapel Fotos von Dorothy Parker heraus. Auf dem ersten Foto saß die junge Dorothy, aufregend schön, schmal und zurückhaltend in einem Kreis von nicht minder aufregenden Männern auf dem Boden. Es zeigte die Algonquin-Tafelrunde, illustre New Yorker Gestalten, in deren Mittelpunkt Dorothy thronte. Das Bild hatte eine Ausstrahlung, der Ella sich nicht entziehen konnte. Es war eines ihrer Lieblingsbilder von Dorothy, und jedes Mal, wenn sie es betrachtete, wollte sie mit ihr tauschen. Warum, hatte sie bis jetzt nie so richtig verstanden, doch nun begriff sie es: Es war die Diskrepanz zwischen Dorothys Körpersprache und der Haltung der sie umgebenden Männer. Wenn man sich nur Dorothy ansah, ohne die Männer genauer zu betrachten, hätte es auch das Bild einer jungen Frau sein können, die nicht genau wusste, wie sie sich gegen die geballte männliche Intellektualität zur Wehr setzen sollte. Doch blendete man die Männer ein, war das Gegenteil der Fall: Sie schienen alle in Bewegung sein zu müssen, um mit Dorothys scharfer Zunge mithalten zu können; diese Männer spiegelten neben der Regsamkeit auch den Witz und die geistige Kraft, für die Dorothy berühmt war. Sie konnte also einfach dasitzen mit ihrem seitlich gescheitelten Bob, dem Charlestonkleid und der langen Perlenkette, als könnte sie kein Wässerchen trüben. Wie Natalia das wohl finden würde, eine Frau zu sein, die Macht über ihr Umfeld hatte und das nicht zur Schau stellte? Natalia war sicherlich auch mächtiger, als sie es sich eingestand. Warum sonst sollte jemand sie verfolgen?

Jetzt entdeckte Ella noch etwas auf dem Foto, das ihr an Dorothy bisher nicht aufgefallen war: eine unendliche Müdigkeit, eine Müdigkeit, die nicht von einer ihrer zahlreichen durchzechten Nächte kommen konnte. Eine Müdigkeit, die alles mitriss, was das Leben ihr bot. Als Dorothy starb, fand man sie in einem ihrer zahlreichen Hotelzimmer allein mit ihrem Pudel, der auf den Namen hörte: *C'est tout*. Natalia würde vielleicht traurig werden, wenn ihr Leben so zu Ende ging, aber sie würde verstehen, dass es trotzdem ein Leben war.

Ella schaute an die Decke und musste plötzlich an ihre Mutter denken, an die Müdigkeit in ihrem Blick und ihren Lebenshunger. An ihren eigenen Lebenshunger, ihre eigene Müdigkeit und ihre Kindheit.

6

Ellas Kindheit war anders als die der anderen Kinder, die sie damals kannte. Natürlich hatte das mit ihrer Mutter zu tun, aber nicht nur; anfangs war der Alkohol noch nicht das Problem, anfangs sah ihre Mutter nur ein bisschen verrückt aus mit dem lila Lidschatten, den prachtvollen orientalischen Kleidern und den Glitzersandalen – schließlich waren die siebziger Jahre vorbei, und die achtziger Jahre waren kühl und beherrscht und legten den Frauen Polster auf die Schultern. An ihrer Mutter war all das freilich vorbeigegangen, sie trug ihre Gewänder wie eh und je, sagte unpassende Dinge zu den ordentlich frisierten Müttern der anderen Kinder, verschwand immer mal wieder für eine Woche und weigerte sich, Elternabende zu besuchen, Pausenbrote zu schmieren und morgens aufzustehen – sodass Ella und Jasmin eigentlich immer zu spät in die Schule kamen.

Ihr Kühlschrank war meist leer, und dann, ganz unerwartet, barst er vor lauter Köstlichkeiten. Woher die Wachteleier, Schinken und Pralinen kamen, wussten sie nicht, ihre Mutter kaufte jedenfalls nicht ein. Supermärkte waren ein Graus für sie, und in eine Warteschlange stellte sie sich schon gar nicht. Sie bat ihre Töchter, auf dem Weg aus der Schule schnell noch bei dem kleinen Laden an der Ecke ein paar Nudeln, Tomaten, Brot und eine Milch mitzubringen, und das war's. Sie schrieben immer an. Woher ihre Mutter das Geld nahm, die Rechnungen zu bezahlen, wussten sie nicht, aber der Besitzer, ein kleiner, dicker Libanese, strahlte jedes Mal, wenn er ihre Mutter sah, nannte sie Venus und zog das »u« dabei in die Länge.

Manchmal schien ihre Mutter einer Arbeit nachzugehen. Dann war sie immer ganz aufgekratzt, steckte sich Schmetterlinge ins Haar und ging mit Ella und Jasmin morgens aus dem Haus. Doch das waren nur Phasen. Sie sprach Arabisch und Französisch, Englisch und Spanisch. Wann sie all die Sprachen gelernt hatte, wusste Ella nicht. Manchmal erzählte ihre Mutter ihnen von irgendwelchen Delegationen, denen sie behilflich war. Doch Ella konnte sich unter dem Wort »Delegationen« überhaupt nichts vorstellen und hatte auch nie versucht, sich auszumalen, auf welche Art und Weise ihre Mutter und die Schmetterlinge einer dieser Delegationen behilflich gewesen sein könnten. Später dachte Ella immer mal wieder, ihre Mutter hätte sich für Liebesdienste bezahlen lassen, aber das war mitten in ihrer Pubertät.

Wenn Jasmin nicht irgendwann das Zepter in die Hand genommen hätte, wären sie wahrscheinlich an Skorbut gestorben oder von der Schule geflogen. Doch seit dem Tag, an dem ihre Schwester die Regeln festgelegt hatte, gab es Vollkornbrot mit Salatblatt und einen geviertelten Apfel für die Schule, und sie waren rechtzeitig und gebügelt da. Ihre Schwester achtete darauf, dass neue Freunde die Mutter nicht zu früh zu Gesicht bekamen und deren Eltern am besten gar nicht. Sie schrieben gute Noten, fragten sich gegenseitig Lateinvokabeln ab, beschränkten die Fernsehzeit auf eine halbe Stunde und hatten immer Naturjoghurts im Kühlschrank.

Ihre Mutter freute sich über die Joghurts und die guten Zeugnisse und brachte all das nicht mit sich in Verbindung. Im Grunde genommen hatte sie nie verstanden, was Kinder eigentlich von ihr wollten. Wenn sie mal zu Hause war, war sie freundlich, machte ihren Töchtern Komplimente und wollte ständig mit ihnen schmusen. Zu Jasmin sagte sie dann gerne: »Du Blüte des Orients«, woraufhin Jasmin die Augen verdrehte und das Zimmer verließ. Manchmal spielte ihre Mutter sogar mit ihnen. Sie saß auf dem Teppich im Kinderzimmer, schaute ihre Töchter fragend an und zog mit großer Hingabe Puppen an und aus – nur war das eben nicht berechenbar, nichts war berechenbar.

Anfangs hatte Ella das neue, von ihrer Schwester geregelte Leben mit Vollkornbrot und Apfelspalten euphorisiert. All die Regeln und Regelmäßigkeiten legten sich wie ein solide glänzender Lack auf das Chaos der letzten Jahre, doch irgendwann wetzte sich das ab, und darunter blitzte wieder das alte Gefühl hervor: Sie war in ein Leben geraten, das ihr nicht passte; nichts daran passte, es war zu lose und zu fest, zu weit und zu eng, es passte ihr einfach nicht.

Und so begann sie, in andere Leben abzutauchen, zuerst versuchte sie es mit Fernsehen, aber das verbat ihre Schwester. Dann begann sie zu lesen, Stunden, Tage, Wochen, alles, was ihr in die Finger kam. Und dann begann sie sich zu wehren: Sie weigerte sich, die Kleider zu tragen, die in ihrem Schrank lagen. Sie trug sie einfach nicht. Sie trug die Kleider ihrer Freundinnen und die Kleider ihrer Schwester, sie verwandelte die Blusen ihrer Tanten in bodenlange Gewänder, aber ihre eigenen Kleider rührte sie nicht an; musste sie doch einmal einen ihrer Röcke überziehen, weil ihre Mutter einem ihrer seltenen erzieherischen Impulse nachging, riss sie ihn am ersten Zaun entzwei.

Außerdem weigerte sie sich immer öfter, das Essen auf ihrem Teller zu sich zu nehmen, sie verweigerte oft tagelang jeden Bissen, der ihr aufgetan wurde, selbst wenn ihre Schwester es gekocht hatte. Ella hatte nichts gegen ihre Schwester, sie hatte etwas gegen ihr Leben, und das wurde von dem Essen auf ihrem Teller genährt. Anfangs reagierte ihre Schwester besorgt, dann beleidigt, dann mit Strafandrohungen, aber nichts nützte; zu guter Letzt versuchte sie es mit Pragmatismus, der mehr und mehr zu Jasmins Königsdisziplin wurde. Von da an tauschte Jasmin einfach ihren eigenen Teller mit Ellas: Fischstäbchen gegen Fischstäbchen, Makkaroni gegen Makkaroni, Schnitzel gegen Schnitzel. Das überzeugte Ella.

Jasmin war egal, was sie aß und welche Kleider sie trug. Sie hatte einen anderen Plan. Sie wollte vor allem eines: klare eigene Grenzen. Wenn sie im Sommer Eis aßen – Schokolade und Vanille –, zog sie mit der spitzen Zunge eine kleine Rille zwischen das Braun und das Weiß, dann leckte sie erst die eine, dann die andere Kugel. Ella hingegen nahm ihr Eis im Becher und verrührte die beiden Kugeln. »Warum tust du das?«, fragte Jasmin Ella jedes Mal. »Du bist so verdreht«, sagte Jasmin, mit ihren Augen den Runden des kleinen grünen Eislöffels folgend.

Eines Tages, Ella war in der zweiten Klasse, meldete Jasmin beide zu einem Englischkurs in der Volkshochschule an. Als Ella nach dem Grund dafür fragte, sagte Jasmin mit düsterer Miene: »Falls wir mal hau ruck das Land verlassen müssen.« Ella traute sich nicht, weiter nachzufragen, aber der Satz wehte sie noch Jahre danach an, und er roch nach Bedrohung – ein bisschen würzig, aber aufregend.

Als Ella die ersten Spionageromane las, fiel es ihr wie Schuppen von den Augen: ihre Mutter war eine Spionin – das Arabisch, die Wachteleier im Kühlschrank, der unerklärliche Geldfluss. Doch auch dieser Verdacht erhärtete sich nicht. Ella wäre nie eingefallen, ihre Mutter zu fragen, was sie eigentlich machte, wenn sie das Haus mit Schmetterlingen im Haar verließ. Später, als die Zeit der Schmetterlinge vorbei war, arbeitete ihre Mutter in einem arabischen Kulturinstitut. Sie war dort so etwas wie eine Buchhalterin. Doch das war später.

Vorher gab es die Delegationen und die Scheichs. Für ihre Mutter waren alle arabischen Männer Scheichs, sie nannte sie so, auch wenn wahrscheinlich keiner der Männer, die ihre Mutter je kennengelernt hatte, ein echter Scheich gewesen war; nur den Libanesen vom Laden an der Ecke nannte sie »Dickie« … »Wisst ihr, was das Problem mit den europäischen Männern ist?«, hatte ihre Mutter sie einmal gefragt, um sogleich selbst zu antworten: »Sie können mich einfach nicht trösten.«

Die sogenannten Scheichs waren ein Bestandteil ihres Lebens und genauso unbeständig wie der Inhalt ihres Kühlschranks. Manchmal wurden die drei Frauen mit Geschenken überhäuft, manchmal gab es keine Geschenke, dann hatte ihre Mutter Liebeskummer. Und immer, wenn sie Liebeskummer hatte, backte sie Torten; ihre Mutter backte eine Torte nach der anderen. Himbeertorten, Sachertorten, Biskuitrollen. Meist böselte der Teig, floss die Sahne, fiel das Biskuit in sich zusammen, aber Ella und ihre Schwester aßen sie trotzdem und lobten ihren Geschmack. Nach der vierten oder fünften Torte ging es der Mutter dann besser.

Ungefähr in der Zeit, als Jasmin ins Gymnasium kam, begann ihre Mutter zu welken und zu trinken. Die Kühlschrankladungen blieben aus, und die Schmetterlinge kamen kaum noch zum Einsatz. Das Trinken schlug natürlich nicht wie ein Blitz in ein bislang störungsfreies Leben ein, es brachte die Haltlosigkeit ihrer Mutter nur noch weiter auf den Punkt. Sie trank mittags ein Glas Sekt, dann nachmittags noch eins und dann so weiter, bis die zweite Flasche leer war. Sie wurde niemals aggressiv, der Alkohol verstärkte eher ihre kindliche Seite. Und so kugelten Ella und ihre Mutter sich manchmal vor Lachen auf dem Bett herum, bis sie angezogen einschliefen. Jasmin machte da nie mit, aber manchmal ging sie an ihnen vorüber und musste doch lachen, wenn die Mutter Grimassen schnitt und sich rückwärts fallen ließ; an anderen Tagen mussten die Töchter den Kopf der Mutter halten, während sie in die Kloschüssel kotzte.

Jasmin machte ein Abitur, das gut genug für ein Medizinstudium gewesen wäre, aber sie wollte so schnell wie möglich eigenes Geld und eine handfeste Arbeit, wo sie auch halbtags beschäftigt werden konnte, sobald sie Kinder hatte. Jasmin trieb Ella zu schulischen Höchstleistungen an, lernte jeden Nachmittag mit ihr und war überzeugt davon, dass Ella, mit dem ererbten Sprachtalent der Mutter, ihrer weltfremden Verdrehtheit und ihrer für sie unbegreiflichen Leselust, nur eins werden konnte, nämlich Literaturprofessorin.

Ihre Schwester blieb zu Hause wohnen, bis Ella ihr Abitur zwei Jahre später in der Tasche hatte, dann organisierte sie zuerst für Ella und sich eine gemeinsame Wohnung in der Nähe der Uni, dann für Ella einen Studienplatz und zuletzt für sich einen Mann, der keine Flausen im Kopf hatte und anstandslos mit ihr eine Familie gründen wollte. Als sie mit Leo zusammenzog, war sie im fünften Monat schwanger und hatte sich bereits selbständig gemacht.

Anfangs war sie mit Leo weicher, als Ella sie je erlebt hatte. Sie alberte mit ihm herum und schien sich das erste Mal in ihrem Leben nicht für die ganze Welt verantwortlich zu fühlen. Bei Jasmins Hochzeit konnte Ella nicht aufhören zu weinen. Sie weinte im Standesamt, sie weinte in der Kirche, sie weinte beim Abendessen und sie weinte noch, als sie sich im Morgengrauen verabschiedete und allein nach Hause ging.

Ella behielt die Wohnung, vermietete das andere Zimmer an eine Kommilitonin und wurde noch eine ganze Weile von ihrer Schwester versorgt. Irgendwann wurde es Ella zu viel und sie eröffnete Jasmin, dass sie zwar vielleicht das Sprachtalent der Mutter geerbt hatte, aber trotzdem ziemlich gut allein zurechtkam. Sie hatte große Angst, Jasmin würde diese Aussage als Zurückweisung empfinden, als Unverschämtheit, aber Jasmin schien schlichtweg erleichtert, als hätte sie in ihrem Leben nicht mehr damit gerechnet, Ella endlich in die Welt entlassen zu können. Da war Jasmin schon mit ihrem zweiten Kind schwanger.

Ihrer Mutter gestand Jasmin feste Besuchszeiten bei den Enkelkindern zu, jeden ersten Montagnachmittag im Monat, und immer gab es Blechkuchen und Kaffee. Jasmin lud Ella dazu ein, und Ella verpasste kein einziges Treffen, auch wenn sie kaum ein Wort mit ihrer Mutter sprach. Stattdessen spielte sie mit den Kindern und versuchte, dem Blick der Mutter auszuweichen. Nur so ging es. Ihre Mutter brachte Blumen und Geschenke mit und stand alle fünf Minuten auf, um sich woanders wieder hinzusetzen. »Schön habt ihr es hier«, sagte ihre Mutter jedes Mal, als hätte sie den Satz auswendig gelernt.

Seit Jasmin Kinder hatte, behandelte sie ihre Mutter, als müsste sie gleichermaßen besänftigt und diszipliniert werden. Nur einmal wurde Jasmin ausfällig, und dabei blitzte es in ihren Augen. Das war, als ihre Mutter Zopfspangen mit kleinen, glitzernden Schmetterlingen mitgebracht hatte. »Wag es nicht!«, hatte Jasmin geschrien und ihr die Schmetterlinge aus der Hand gerissen. »Du wirst meine Kinder da nicht mit reinziehen! Niemals wirst du sie da mit reinziehen!«

Ihre Mutter schien keine Ahnung zu haben, wovon Jasmin sprach. »Nein, nein«, antwortete sie kleinlaut, »natürlich nicht«, und packte die Schmetterlinge wieder in die Tasche.

»Willst du …?«, fragte sie Ella dann beim Rausgehen und zog die Schmetterlinge wieder aus der Tasche, doch Ella schüttelte den Kopf.

Manchmal beneidete Ella ihre Schwester um diese Montagnachmittags-Klarheit, mit der sie den Umgang mit ihrer Mutter regelte; manchmal beneidete sie ihre Schwester darum, dass sie einen Standpunkt hatte, als könne man so etwas besitzen. Ihr selbst kamen die Standpunkte ständig abhanden, ständig änderte sich ihre Sicht auf die Welt, nie hatte sie das Gefühl, die Welt von oben zu betrachten; immer befand sie sich inmitten eines Lebens, das sich zu schnell veränderte, um einen klaren Standpunkt einnehmen zu können. Und wenn sie jetzt darüber nachdachte: Vielleicht war das mit den Schmetterlingen doch nicht so schlimm gewesen? Sie hätte die Schmetterlinge annehmen können, draußen vor der Tür, stattdessen hatte sie sich von der Mutter verabschiedet mit einem kühlen Kuss auf die Wange, als wären die Berührungen zwischen ihnen genauso geregelt wie der Blechkuchen am ersten Montag im Monat. Und kaum war die Mutter außer Sichtweite, kamen Ella die Tränen. Ihre Mutter war allein. Wieso hatte sie ihre Mutter nie gefragt, wie es ihr damit ging, und ob sie mal zusammen ins Theater gehen sollten?

Vor Ellas Fenster krachte es. Die Arbeiter von der Baustelle nebenan hatten einen schweren Gegenstand fallen gelassen. Ella fuhr sich durch die Haare, strich sich mit beiden Händen übers Gesicht und stand auf. Vor ihr auf dem Schreibtisch lag noch immer das Bild von Dorothy Parker. »Du vermischst immer alles«, hörte sie die Stimme ihrer Schwester im Ohr.

Sie griff zum Telefon. Jetzt musste sie Paul doch anrufen – langer stiller Morgen hin oder her.

»Paul?«

»Ja?«

»Hallo.«

»Hallo. Schön, dass du anrufst. Ich vermisse dich.«

»Ich …, Holly hat den Blues.«

»Den Blues?«

»Meine Haarwurzeln tun weh.«

»Hast du dich erkältet?«

»Nein, glaub nicht, aber weißt du: Ich hab gestern einen ganz schlimmen Unfall mit einer Fahrradkurierin gesehen, sie ist mir direkt auf die Füße gefallen.«

»Ein Unfall?«

»Ja, sie ist mir direkt auf die Füße gefallen. Ein Lastwagen hat sie angefahren und quer über die Straße geschleudert. Ich bin mit ins Krankenhaus und hab ihr versprochen, sie jetzt regelmäßig zu besuchen.«

»Ist ihr denn was Schlimmes passiert?«

»Na ja, ja, sie wird zwei Wochen im Krankenhaus bleiben müssen. Sie hat aus dem Ohr geblutet.«

»Das klingt nicht gut.«

»Sie hat keine Freundin«, sagte Ella.

»Hab ich denn eine?«, fragte Paul.

Ella schwieg, dann fragte sie: »Kannst du zu mir kommen? Fürs Telefonieren tun mir meine Haare zu weh.«

»Jetzt gleich?«

»Geht das? Ich weiß ja gar nicht, was du arbeitest«, sagte sie.

Sie hatte Paul immer noch nicht gefragt, was er eigentlich genau machte und wo sein Arbeitsplatz war. Noch war sie zu sehr damit beschäftigt herauszufinden, was er eigentlich genau mochte und wo – wer will da nach seinem Arbeitsplatz befragt werden?

»Es geht«, antwortete er, »ich bin kein Herzchirurg.«

»Zum Glück«, sagte sie, »ich hab gehört, die koksen alle.«

»Die Herzchirurgen koksen?«

»Du bist also keiner«, sagte sie.

Er lachte: »Nein, ich baue Rahmen, ich hab einen Rahmenladen. In der Brunnenstraße, und genau darüber wohne ich. Möchtest du zu mir kommen? Wir kümmern uns erst um dein Herz und deine Haarwurzeln, und danach erzählst du mir die Geschichte aus dem Krankenhaus.«

»Könntest du auch zu mir kommen?«

»Ich bin gleich da«, sagte er und legte auf.

Ein Rahmenbauer, dachte sie, ein Rahmenbauer, der sich kein Bild macht.

7

Es klingelte, kurz nachdem Ella sich eines ihrer grünen Bänder ins Haar gezogen hatte und in ein neues T-Shirt und eine frisch gewaschene Jeans geschlüpft war. Sie öffnete die Wohnungstür einen Spalt, lehnte sich an die Wand im Flur und lauschte Pauls Schritten. Zuerst ein langsames Steigen, dann zwei Treppen auf einmal, dann noch einmal, dann ein Zögern vor der Tür, dann stand er vor ihr und nahm sie in den Arm.

»Können wir gleich …«, flüsterte sie an seinen Hals.

Er lächelte, schob seine Fingerkuppen in ihre Haare und streichelte ihre Kopfhaut. Es knisterte. Die Kopfhaut ist der einzige Ort am Körper, an dem man Berührungen gleichermaßen hört wie fühlt. Ella seufzte.

Er schaute sie an: »Was ist?«

»Das waren meine Haarwurzeln. Sie gehen gerade in die Knie, streichen die Segel, haben sich ergeben.«

Er nahm sie wieder in den Arm: »Und dein Herz, wo ist das noch mal?«

Als sie später nebeneinanderlagen, bekam sie plötzlich Angst. Angst davor, sich einzulassen, sich nicht einzulassen. Angst davor, wieder allein zu sein, nicht mehr allein zu sein. Sie drehte sich weg.

»Was ist denn?«, fragte er sanft.

»Ich weiß nicht«, sagte sie.

»Hab ich dir irgendwie …?«

Sie unterbrach ihn: »Nein, nein, ich weiß auch nicht.«

Hatte er ihr irgendwie? »Mein Blues ist hartnäckig, und er kommt meist ohne Vorankündigung.«

»Und was ist los?«, fragte er. »Willst du mir das erzählen?«

Ich weiß nicht, dachte sie, ich weiß es ja selbst nicht.

Er streichelte nun wieder ihre Kopfhaut: »Sitzt es hier?«

Ella konnte nicht antworten. Wie sollte sie von ihrer Angst erzählen, wenn die Kopfhaut knisterte?

Sie drehte sich weg.

Paul stand auf und ging ans Fenster.

Bei jedem anderen Mann wäre das jetzt genau der Punkt, an dem sie sich verschanzt hätte in ihrer Mutlosigkeit, in der Gewissheit, dass sie sowieso allein war, egal wie schön es gerade noch gewesen sein mochte. Doch Paul stand mit dem Rücken zu ihr vor den grünen Vorhängen ihres Schlafzimmers und wirkte so ruhig, als schreckte sie ihn nicht, als bräuchte sie keinen Mut, um genau in dieser Situation einmal anders zu reagieren.

Das Licht auf dem Nachttisch brannte.

Und als wäre es nichts, als stellte es nicht alle Reaktionsmuster auf den Kopf, die ihr je zur Verfügung gestanden hatten, erhob sie sich, ging die paar Schritte zu ihm, schmiegte sich von hinten an ihn und küsste seinen Nacken.

»Hier?«, fragte sie.

»Genau da«, sagte er und schaute sie mit einem Blick an, der nur eines bedeuten konnte: Alles, was Paul gerade tat, tat er mit zittrigen Knien und ohne mit der Wimper zu zucken. Konnte es wahr sein, dass sie jemanden gefunden hatte, der ihr Halt geben konnte, ohne sie festzunageln?

Als Paul wieder gegangen war, wurde Ella plötzlich ganz müde. Sie erinnerte sich nicht, wann sie das letzte Mal so zuversichtlich gewesen war. Sie legte sich aufs Sofa, blätterte noch ein bisschen in der Biographie über Dorothy Parker *You might as well live* und schloss die Augen. *You might as well live*, dachte Ella, bevor sie einnickte, vielleicht war das möglich.

Kurze Zeit später klingelte das Telefon. Ella setzte sich auf, gähnte und ging dran.

»Hallo, Ella!«

»Hallo«, sagte sie leise und lächelte.

Horowitz, wie schön.

»Hab ich Sie geweckt?«

»Ja.«

»Soll ich später noch mal anrufen?«

»Warum?«

»Ich habe ein kleines Geschenk für Sie«, sagte er.

»Nicht die Elefantenhautlampe«, sagte sie und gähnte noch einmal.

»Ella! Ich habe Ihnen schon versprochen, das alles aus Ihrem Schmetterlingsblickfeld zu entfernen.«

»Gut«, sagte sie, »ich sah schon den Kurier mit halb Simbabwe bei mir eintrudeln.«

»Ich habe jemanden für Sie gefunden. Eine Frau, über die Sie schreiben sollten. Kennen Sie Amy Lovell?«

»Die Eiskunstläuferin?«

»Eine Eiskunstläuferin? Wie kann in einem Menschen so viel Widersprüchliches sein? In welchem Gehirn sitzen direkt neben Pianisten Eiskunstläuferinnen? Sie sind ein Phänomen!«

»Ein müdes Phänomen«, sagte sie.

»Haben Sie letzte Nacht so schlecht geschlafen?«

»Gar nicht«, sagte sie, »ich habe gar nicht geschlafen.«

»Ich will es nicht wissen, Ella, ich will es nicht wissen«, sagte er.

»Amy wie?«, fragte Ella.

»Amy Lovell, die Dichterin. Hören Sie mal: *Sie saß in einem chinesischen Flechtstuhl / Weit ausladend wie ein aufgeschlagener*

Pfauenschweif / Und spielte mit eines jungen Mannes Herz, welches sie leicht in ihren Fingern hielt. / Sie klopfte es sachte, / Hielt es hoch in die Sonne und schaute hindurch, / Fädelte es an eine Kette aus Zuchtperlen und schnürte es um ihren Hals, / Warf es in die Luft und fing es auf, / Sicher und geschickt, als wäre es ein Ball.«

»Sie klopfte es sachte?«, fragte Ella und musste schon wieder gähnen.

Horowitz machte eine Pause und seufzte. »Erzählen Sie den verwahrlosten Berlinern im Radio doch mal was über Amy. Sie war auch so eine Wanda, so eine Granate, meine ich. Ezra Pound nannte sie Hippopoetess, weil sie so gewaltig war. Eine fette, gewaltige, großartige Frau. Erzählen Sie von ihr mit Ihrer tollen rauhen Stimme, und die Berliner werden aus dem Häuschen sein.«

Ella nickte.

»Haben Sie genickt?«

Sie nickte noch einmal.

»Sie haben genickt. Ich verschlage Ihnen die Sprache …«

»Ich bin müde.«

»Und ich muss jetzt Simbabwe in den Keller räumen. Hören Sie die Trommeln?«

»Nein, keinen Ton, aber das macht nichts, ich sehe sie vor mir«, sagte sie.

»Wann geht es eigentlich los?«, fragte er dann.

»Womit?«, entgegnete sie.

»Wann ziehen Sie hier ein, meine ich?«

Ella schluckte, schaute sich in ihrer Wohnung um: »Ich muss es noch mal sagen: Es ist klein hier, wirklich klein und …«

»Wann, Ella, wann?«

»Auch morgen, alles morgen.«

Horowitz schwieg, dann sagte er: »Morgen schon? Herrlich!«

»Am Montag fängt meine Arbeit an.«

»Sie meinen es ernst.«

Ella nickte wieder.

»Ich gehe davon aus, dass Sie schon wieder genickt haben. Morgen wird ein wunderbarer Tag, Ella, ich danke Ihnen. Jetzt muss ich aber schnell aufhören, ich habe noch einiges zu tun.«

Als wäre es ein Ball.

8

Mitten in der Nacht. Horowitz stand im »großen Salon« und raufte sich die Haare. In den letzten paar Stunden hatte er versucht, seine Sachen zu packen. Am Schluss waren es nur ein paar Kleidungsstücke und Waschutensilien gewesen, die er achtlos in einen alten Seesack geworfen hatte, sonst nichts; keine Reiseschreibmaschine, kein einziges Buch, keines seiner zahllosen Notizbücher, keine Aufzeichnungen, nichts, womit er sich sein Leben lang beschäftigt hatte; nicht einmal sein über tausendseitiges Manuskript wollte er mitnehmen, obwohl er es doch in der fremden Umgebung ein letztes Mal gegen den Strich lesen und so vielleicht doch noch zu Ende bringen wollte. Und auch wenn er deswegen eine ihm nicht zu erklärende Erleichterung verspürte, war ihm zum Weinen zumute. Konnte er überhaupt noch weinen? Wann hatte er überhaupt das letzte Mal geweint? Vielleicht war es das letzte Mal in diesem Traum gewesen, diesem Traum, der ihm bis heute nicht mehr aus dem Kopf ging.

In dem Traum war ihm Kapitän MacWhirr von der Nan-Shan begegnet. Der Kapitän aus Joseph Conrads Erzählung *Taifun*, der Kapitän, der alle großen und kleinen Winde sorgfältig in sein Schiffstagebuch eintrug und beim Herannahen eines Sturms in sein Kartenhaus hinabstieg, um erst einmal in seinen Büchern grundlegende Informationen zu Stürmen nachzuschlagen; der große Theoretiker unter den Kapitänen, einer der wenigen Kapitänsfiguren, die nicht von einer zerzausten Persönlichkeit besetzt und folglich auch wenig charismatisch und gefürchtet waren, diesem Kapitän begegnete er auf der Fasanenstraße, direkt vor seinem Haus. MacWhirr in Seemannskluft und Kapitänsmütze, er selbst barfuß in einem braunen Frottee-Bademantel mit tiefen Taschen, in die er seine Hände nach der respektvollen Begrüßung sofort wieder vergrub.

»Sie hier?«, fragte MacWhirr. »Was macht Ihr Schiff?«

Horowitz schaute an der Fassade seines Hauses hinauf, deutete mit schlapper Armbewegung nach oben auf die Reihe Fenster, die von seiner Wohnung sichtbar waren, und antwortete: »Ich bin abgetakelt.«

»Aha«, sagte MacWhirr, »das scheint mir aber auch so. Wie laufen Sie eigentlich herum? Sind Sie vom Kurs abgekommen? Manchmal darf man dem Unwetter nicht aus dem Weg gehen, sondern muss gegen es andampfen. Gegenandampfen, Kapitän Horowitz! Die alte Nan-Shan hat den Taifun überlebt, durchlöchert wie eine Zielscheibe, aber ich habe sie nicht verloren. Wäre ich abgedreht, dann ...«

Daraufhin brach MacWhirr in Tränen aus.

Und Horowitz mit ihm.

Zwei Männer – einer in Uniform, der andere in Bademantel – standen schluchzend auf der Fasanenstraße und hielten sich an den Unterarmen. Als es vorüber war, schob Horowitz seine Fäuste wieder tief in seine Taschen, und MacWhirr sagte: »Sie sollten wenigstens bootstaugliches Schuhwerk tragen, sonst ...«

»Yes, Sir«, entgegnete Horowitz und hob die Hand zum militärischen Gruß.

Dann drehte Kapitän MacWhirr ab, überquerte die Fasanenstraße und verschwand im Literaturhaus, während Horowitz wieder die Treppen zu seiner Wohnung hinaufstieg und dachte: Nur der Horizont kommt nicht näher, alle anderen sind Verräter.

Dann war Horowitz aufgewacht. Der Traum hatte ihn mit

diesem sperrigen Satz einfach stranden lassen. Mit feuchten Wangen war er aufgestanden und hatte bis ins Morgengrauen das Zimmer leer geräumt, das seine Schwester damals noch besetzt hielt, als hätte sie ein Recht darauf, ein Teil seines Lebens zu sein. So lange hatte er es ausgeräumt, bis nichts mehr darin verblieben war. Dann hatte er mit einem Kugelschreiber eine Linie an die Wand gezeichnet.

Das war das letzte Mal, dass er geweint hatte, und es war wirklich Jahre her.

Morgen würde Ella in seine Wohnung ziehen, durch die Räume gehen, ihm nachspüren und nach und nach sein Leben entschlüsseln. Eigentlich wollte er seine Wohnung tauschen, um Abstand zwischen sich und sein Leben zu bringen, und nun hatte er sich eine Zeugin ins Haus geholt. Doch was würde sie bezeugen? Dass er das Leben eines großen Forschers gelebt hatte, eines originellen Geists und Freidenkers, oder das eines Menschen, der an seinem Ziel gescheitert war und sein Werk nicht vollendet hatte?

Wenn sein Werk vollendet wäre, dann hätte er es auf dem Sofatisch liegen lassen können. Es hätte erklärt, warum er keine Familie gegründet, kaum eigenes Geld verdient, keine ordentliche Wissenschaftlerkarriere eingeschlagen hatte, nicht Antiquariatsbesitzer, Reisejournalist oder Mitarbeiter in einem Historischen Museum geworden war. Es könnte erklären, warum er nichts von all dem geleistet hatte, was man gemeinhin ein gelungenes Leben nannte, obwohl es keine äußerlichen Zwänge gegeben hatte, die ihn daran gehindert hätten, keine existentielle Bedrohung, keine Krankheiten und keinen Mangel an Talent, Disziplin oder Möglichkeiten. Ein solches Werk auf dem Tisch würde all das erklären, aber es gab dieses Werk nicht.

Es gab es nicht, obwohl er sein ganzes Leben nach diesem

Ziel ausgerichtet hatte, obwohl es seinem Leben lange Zeit einen vorauseilenden Sinn verliehen und ihn angetrieben hatte. Ein Leben ohne dieses Ziel hatte er sich nie vorstellen können, und auch jetzt wusste er nicht, was von ihm übrig bleiben würde, gäbe er es je auf.

Das Ziel hatte also längst ihn in der Hand und nicht umgekehrt. Wenn er ehrlich mit sich war, hatte es ihn in den letzten Jahren auch nicht mehr angetrieben, sondern sich alles einverleibt. Ein Phantasma, das nicht mehr zu sättigen war. Alles hatte er dafür geopfert, dem Meer nahezukommen, es zu begreifen, es in einer Form zu porträtieren, die es in seiner Ganzheit fasste. Tausende von Seiten hatte er geschrieben, hunderte von Skizzen angefertigt, Statistiken ausgewertet, alte und neue Studien verglichen, sich mit Häfen, Inseln, Winden, Stränden, Mineralien, Fischen, Tiefen und Wellenformen (und, ja, auch mit dem Urschleim) beschäftigt, den Einfluss des Meeres auf die Geschichte des Menschen untersucht. Bei jeder Ausstellung zu dem Thema wurde er befragt, zu jeder Konferenz, die sich mit dem Meer beschäftigte, geladen, er korrespondierte mit den wenigen noch tätigen Naturhistorikern auf der ganzen Welt und irgendwann auch mit Cousteau. Man hatte ihm mal einen Forschungsposten an einer renommierten Universität angeboten, aber er hatte abgelehnt, weil er unabhängig bleiben und keine Zeit in Institutsratssitzungen verschwenden wollte.

Aber hatte ihn das alles seinem Ziel näher gebracht, die heutigen Menschen zur Räson und zum Umdenken zu bringen? Oder war er vielmehr um ein leeres Zentrum gekreist? Immer mal wieder in Momenten der Erschöpfung war ihm eine Ahnung dieser Leere entgegengeweht, doch dann hatte er umso verbissener daran festgehalten, vielleicht um vor sich selbst und der Welt nicht das Gesicht zu verlieren.

Horowitz verließ den »großen Salon« und eilte durch den Flur in die Küche. Er drehte den Hahn auf, ließ Wasser in ein Glas laufen und trank es in einem Zug leer. War das Ziel seines Lebens eine Fata Morgana gewesen? Und er nur ein Zuschauer? Ein Zuschauer seines eigenen Schiffbruchs. *Schiffbruch mit Zuschauer*, Blumenberg, Titel eines seiner Lieblingsbücher – er hatte es nie mit sich, seinem Werdegang, seinem Leben in Verbindung gebracht. Es war ja wohl der Gipfel der Peinlichkeit, sich sein Leben im Repertoire von Meeresbildern zu erzählen, wenn man festen Boden unter den Füßen hatte. Was für ein gescheiterter Emphatiker, was für ein lächerlicher Romantiker er doch war! Horowitz lief zurück in den »großen Salon«, fischte den Bart aus dem Papierkorb, zog die Folien von den Klebestreifen und drückte sich den Bart ins Gesicht. Seine Schwester hatte vielleicht doch recht gehabt. Er war eine Witzfigur, ein Faschingskapitän, mehr nicht.

Kapitän MacWhirr hatte die Lage also völlig verkannt: Sein Problem war nicht, dass er vom Kurs abgekommen war, sondern dass er Kurs gehalten hatte – koste es was es wolle – und dabei das große Ganze gefährlich nah ans große Nichts herangesegelt war.

Horowitz trat ans Fenster, öffnete es und schaute hinüber zum Literaturhaus und der daneben liegenden Villa Grisebach. Was für ein herrlicher Ausblick: die großen Bäume, die alten Häuser, die Ruhe in der Straße. Der vertraute Blick beruhigte ihn ein wenig. Vielleicht half der Wohnungstausch ja tatsächlich, um zu erkennen, dass es doch noch etwas zu entdecken gab, was nicht der großen Entwertung zum Opfer gefallen war. Jetzt konnte er nur noch auf den Zufall bauen. Er musste unbedingt dafür sorgen, dass Ella, nachdem sie hier einzog, nicht sofort wieder alles rückgängig machte.

Horowitz ging an seinen Schreibtisch, holte einen kleinen, gelben Block heraus und begann in der ganzen Wohnung Nachrichten für Ella zu verteilen. Danach packte er seine Sachen und ging ins Bett. Morgen früh würde er diese Wohnung verlassen und sie hoffentlich nie wieder betreten.

9

Als Ella aufwachte, war es draußen dunkel. Die Uhr zeigte Mitternacht. Auf einmal war sie hellwach: Bis morgen früh musste sie ihre Wohnung in einem vorzeigbaren Zustand haben. Sie stand auf und holte Müllsäcke aus der Küchenschublade. Zuerst packte sie alte Zeitschriften und Zeitungen, Notizzettel und leere Kartons in einen Müllsack, dann warf sie das weg, was seit Monaten hätte entsorgt werden müssen. Selbst von dem bemalten Sparschwein, das ihr Jasmin geschenkt hatte, konnte sie sich auf einmal trennen; von dem bemalten Sparschwein, den halbvertrockneten Blumen in den hässlichen Töpfen, den Kerzenleuchtern, die sie immer schon scheußlich fand; nur den kleinen, pinken Vogelkäfig, den behielt sie. Dass sie wirklich morgen ihre Wohnung tauschte! Dass sie sich das wirklich traute!

Ella saugte und wischte die Böden, räumte den Kühlschrank aus und reinigte das Bad. Die Nachbarin direkt unter ihr, bei der die Wanderschuhe vor der Tür standen, war bestimmt ein Mensch mit robustem Schlaf. Wer mit Wanderschuhen durch Berlin stapfte, schlief tief und traumlos. Wieso mistete sie nicht viel öfter aus? Jeder Müllsack, den sie vor die Tür stellte, fiel von ihren Schultern. Sie hatte sogar die Besteckschublade einmal komplett ausgeräumt, um einiges reduziert und wieder eingeräumt.

Dann war es geschafft. Ella setzte sich aufs Sofa und machte sich ein Bier auf. Packen würde sie morgen früh. Es war drei Uhr morgens. Sie blickte sich um. Schön sah sie aus, ihre

Wohnung. Horowitz würde sie gefallen, sie war klar und luftig, auch wenn oder gerade weil sie so klein war. Hier gab es kaum Spuren eines Lebens, das ihn umzingeln könnte. Hier war alles noch möglich.

Sie blickte sich genauer um, und auf einmal kam eine andere Wohnung zum Vorschein, eine, in der es nur so von Peinlichkeiten wimmelte: schlechte Bücher, geschmacksneutrale Ikeatische, die kitschige Schreibtischlampe, der dunkelrote Vorhang, der abends eine lupenreine Bordellbeleuchtung produzierte, das billige Gurkenglas im Eisschrank, ganz zu schweigen vom Dosenmais und der Spruchtasse im Küchenregal.

Ella lief ins Bad und räumte hektisch die Vorratspackung Kaltwachs, die Kondome und eine nach Rosen duftende Körpercreme in die zweite Reihe, aber es half nichts, sie lugten so noch verlockender hervor. Wofür schämte sie sich eigentlich? Solange diese Dinge Teil ihrer Geschichte waren, für nichts, aber sobald sie sich vorstellte, dass Horowitz sie in der Hand hielt, für alles. In dieser seltsamen Inventur war ihr Leben an Banalität kaum zu übertreffen. Horowitz würde in ihrer Wohnung sitzen und denken, sie hätte kein Leben. All die Dinge in ihrer Wohnung würden sich für ihn nicht zu einem sinnvollen Leben zusammensetzen lassen, das erfüllend war, lebenswert. Kein Stoff für eine Tragödie, kein Stoff für eine Komödie oder eine Romanze, noch nicht einmal Stoff für eine Satire, einfach kein Stoff. Zahllose Spuren der reinen Bedeutungslosigkeit, unzusammenhängende Banalitäten, auf die sich kein Reim machen ließ. Ein Tisch, ein Bett, ein Stuhl, nichts, was eine Geschichte erzählte. Grauenhaft.

Ella ging ins Schlafzimmer und legte sich im Dunkeln aufs Bett. Im Dunkeln ging es besser. Sollte sie lieber alles wieder abblasen? Die Schreibtischlampe. Ein Freund hatte sie ihr bei einem engumschlungenen Bummel über den Flohmarkt auf dem Arkonaplatz gekauft und dabei verkündet, dass er ihr jetzt die kitschigste Lampe kaufen werde, die sie fanden, damit Ella sie problemlos wieder entsorgen könnte, wenn er sich schlecht benahm. Ella hatte sich dann mit einem noch grässlicheren Exemplar gerächt. Und bis jetzt hatten sie es beide nicht übers Herz gebracht, die Lampen in den Müll zu schmeißen, weil ihre Liebe einfach nur ausgetrudelt war – ohne Streit und ohne Gram –, und sie immer noch ab und zu miteinander schliefen. Das Gurkenglas hatte ihr eine Freundin mitgebracht, die sich nichts sehnlicher wünschte als ein Kind. Sie hatte bei ihr und ihren anderen Freundinnen Gurkengläser deponiert und sie gebeten, sie aufzubewahren, bis sie der schwangerschaftliche Heißhunger überkam. Kleine Wunsch-Satelliten hatte sie die Gläser genannt. Und wie konnte man einen als Gurkenglas verkleideten Wunsch entsorgen oder gar banal finden?

Sie würde das Licht einfach nicht mehr anschalten.

10

Morgens packte Ella zwei Taschen und schaute sich noch einmal flüchtig in ihrer Wohnung um. Sie musste jetzt sofort aus dem Haus, sonst würde erneut diese Tabula rasa anfangen und ihr Leben innerhalb von Sekunden vor ihren Augen zerbröseln. Sie nahm die Treppen im Haus trotz schwerem Gepäck im Laufschritt, stieg die Rolltreppe am U-Bahnhof hinab, in die U-Bahn ein, aus der U-Bahn aus, die Rolltreppe hinauf, bog vom Kudamm in die Fasanenstraße ein und klingelte an Horowitz' Tür. Nicht einen Blick hatte sie auf dem Weg ausgetauscht, nicht einmal gelächelt. Wie eine kleine Kapsel war sie von Ost nach West gesaust. Sie hatte ein flaues Gefühl im Magen. Plötzlich wusste sie nicht mehr, warum sie so schnell eingewilligt hatte, warum sie ihre Wohnung, in der sie sich wohlfühlte, gegen die Titanic tauschte. Zum Glück würde Horowitz ihr ungutes Gefühl gleich mit seinen Wortkaskaden zerstreuen und die Situation in die Hand nehmen.

Aber nichts dergleichen geschah: Horowitz öffnete die Tür schweigend, ohne sie anzusehen – auch er eine kleine Kapsel. Er half ihr wortlos, die Taschen in den Flur zu stellen, und übergab ihr einen Schlüsselbund. Auch Ella bekam kein Wort heraus. Warum fühlten sie sich beide so ertappt? Horowitz schulterte einen alten, verwaschenen Seesack und sagte leise, den Blick immer noch auf den Boden gerichtet: »Es geht nur so. Versuchen Sie, sich hier irgendwie zu Hause zu fühlen. Ich kann es nicht mehr. Ich hatte eine furchtbare Nacht. Ich habe alles mit Ihrem Blick gesehen …, aber was soll's! Ich hab Ihnen noch ein paar Zettel in der Wohnung hinterlassen, damit

Sie wenigstens ein bisschen was zu lachen haben und das hier alles besser verkraften können. Tut mir leid, Ella. Wir telefonieren.«

»Ich …«

Er winkte ab: »Sie lassen mich in Ihrer Wohnung schlafen, das ist mehr, als ich je erwarten konnte.«

Ella wollte ihm von ihrer Nacht erzählen, davon, dass es ihr genauso ergangen war, aber Horowitz war schon fast auf der Treppe. Sie streckte ihm noch ihre Schlüssel entgegen, nannte ihm die Adresse und sagte: »Wenn es Ihnen bei mir nicht gefällt, dann kommen Sie einfach gleich wieder zurück, ja?«

Er schüttelte den Kopf und schaute sie mit einem tiefliegenden Blick an. Dann flüsterte er: »Viel Glück«, und verschwand.

Ella schloss die Tür hinter sich und stand in dem langen, mahagonigetäfelten Flur. Da entdeckte sie einen kleinen gelben Zettel auf der Tür zum Esszimmer. Sie zog das Papier von der Tür ab und las: *Wussten Sie, dass Fische seekrank werden, wenn man sie transportiert?*

Sie trat in den »großen Salon«. Auf dem Sofatisch standen ein Aschenbecher, eine glänzende, große Muschel, ein in schwarzes Leder gebundenes Notizbuch. Daneben ein weiterer gelber Zettel, auf dem in der altmodischen Schrift, die ihr schon auf dem Ampelzettel ins Auge gestochen war, geschrieben war: *Wussten Sie, dass Fische die ersten Tiere waren, die Gott erschuf?*

Sie ging in die Küche, und auch dort lagen eine Muschel, ein schwarzes Notizbuch und ein kleiner, gelber Zettel: *Wussten Sie, dass die Augen des Kolosskalmars so groß wie Suppenteller sind?*

Sie ging in das Bad, das gegenüber der Küche lag. Darin gab es eine freistehende Badewanne mit geschwungenen Messingfüßen, und auf dem Spiegel über dem Waschbecken klebte folgender Zettel: *Wussten Sie, dass Riffbarsche unter Wasser Unkraut jäten?*

Und so ging das in der ganzen Wohnung weiter, Horowitz hatte überall diese Zettel verteilt, und Ella jauchzte jedes Mal, wenn sie einen entdeckte. Herrliche maritime Kuriositäten und offensichtlich auch einige der schönsten Zeilen, mit denen das Meer besungen worden war. »*Die Vermehrung der Häfen verringert nicht die See*«, stand da, oder: »*Einmal sahen wir Möwen: / Wir stellten uns das Meer vor. / Einmal sahen wir keine Möwen: / Wir stellten uns das Meer vor.*« Oder: »*Mit nichts vergleich es, ersetz es nicht / – bei so viel Licht und so viel Leben! / – bei so viel Tiefe und solchen Haien! / Sag nicht Meer – es wird dich nur besprühen / ohne Illusionen.*«

Sie öffnete den Eisschrank und fand ihn leer bis auf eine Flasche Champagner, auch darauf einer der kleinen gelben Zettel: *Ich will's gar nicht wissen. Prost, Miss Ocean!*

Ella lächelte. Miss Ocean? Das würde Paul gefallen. Was würde Paul wohl zu dieser Wohnung sagen? Und wo würde sie eigentlich schlafen? Einige der Zimmer hatte Horowitz ihr nicht gezeigt. In Horowitz' Schlafzimmer wollte sie nicht schlafen, aber vielleicht hatte er ja tatsächlich das Löwenzimmer von den Spuren des großwildjägerischen Massakers befreit?

Sie trat aus der Küche. Neben der Küche war das Gästeklo – ein schlauchartiger Raum mit einem Klosett und einem winzigen Waschbecken, daneben eine Kammer, die über und über mit Kisten vollgestellt war. Auf jeder Kiste klebte ein kleiner gelber Zettel. Sie las den ersten: *Ich fing einen enormen Fisch*, auf einem zweiten stand: *Das Heringsleuchten!* Ella lachte und hob ein paar der Kistendeckel an: Darin waren alte und staubige, aber immer noch prachtvolle Abendroben, Capes, Fracks und Hüte. Es raschelte, als Ella die Kammer wieder schloss. Später würde sie Horowitz fragen, wem all das gehörte.

Jetzt gab es noch zwei Zimmer, deren Türen verschlossen waren. Aus irgendeinem Grund wollte sie die erste Tür nicht öffnen, also ging sie vorbei. Die zweite Tür lag direkt neben dem Löwenzimmer. Sie öffnete die Tür einen Spalt, linste hinein und wich gleich wieder zurück.

Damit hatte sie am wenigsten gerechnet. Das Zimmer war leer, komplett leer. Nichts, keine Möbel, keine Vorhänge, keine Bilder, nicht einmal einer der kleinen gelben Zettel. Sie schloss die Tür wieder und hielt inne. Hatte sie nicht doch etwas auf der Wand gesehen? Ihr war plötzlich so, als wäre da doch etwas gewesen. Sie atmete tief ein und öffnete die Tür erneut. Sie trat in den Raum, die Wände weiß, der Boden mit schönen, alten Bohlen ausgelegt. Sprossenfenster, mattes Licht, sonst nichts. Was hatte ihr Auge denn gerade gereizt?

Sie drehte sich einmal im Raum um die eigene Achse. Dann trat sie nah an die Wand. Dort war es. Dort war das, was sie beim ersten Blick aus dem Augenwinkel wahrgenommen hatte. Auf Brusthöhe zog sich eine dünne blaue Linie die Wand entlang, einmal ganz herum. Eine Kugelschreiberlinie. Was war das? Wofür stand diese Linie? Ella strich mit dem Zeigefinger die Linie entlang – zärtlich, tastend, so als schliefe jemand oder als wäre die Linie eine Narbe. Dann ging sie in die Mitte des Raums, sank in die Hocke und blieb eine Weile dort sitzen. Die Ellenbogen knapp über die Knie gestützt, die Stirn in die Hände gelegt. Die zittrige Kugelschreiberlinie war der Horizont.

Der Horizont.

Als sie die Tür hinter sich schloss, war ihr kalt. Sie stolperte in den Flur, blieb dort eine Weile stehen, dann kämmte sie sich mit den Fingern die Haare und öffnete das Löwenzimmer. Alles war raus: der Löwe, der Elefant, das Zebra; zurück blieb ein grünes Zimmer mit einem frisch bezogenen Bett. Darauf ließ sie sich fallen. Horowitz hatte einen leeren Raum in seiner Wohnung, in den er mit Kugelschreiber eine Horizontlinie gezeichnet hatte. Warum berührte sie das so?

Sie streckte sich. Vielleicht sollte sie jetzt erst einmal ein paar Sachen einkaufen gehen – Milch und Kaffee, Brot, Butter und ein paar Äpfel? Oder die Notizbücher holen? Würden die schwarzen Büchlein ihr erklären, warum Horowitz das leere Zimmer in seiner Wohnung hatte und warum sie in genau dieser Wohnung gelandet war?

Sie lief in den »großen Salon« und blätterte eines der Büchlein auf. Es war ein Logbuch, und der Eintrag, der sich unter dem Datum 26. 09. 1984 fand, lautete: *Das Meer. Eine Welt, die einfach geschieht.*

Es klingelte an der Tür.

Horowitz? Hatte er es sich jetzt schon anders überlegt? Oder nur etwas vergessen? *Eine Welt, die einfach geschieht.* Gerade hatte sie in der Zeitung gelesen, dass sich selbst die Teilchen in einem Beschleuniger anders verhalten, wenn jemand sie beobachtet. Aber den Wunsch, den Wunsch, dass die Welt einfach geschieht, kannte sie nur zu gut. Und wo kam man ihm näher als am Meer? Nirgends konnte sie so mühelos und einfach nur *sein* wie am Meer. Sie blätterte ein paar Seiten weiter. Da stand: *Das Meer ruft. Im Grunde genommen macht es nichts anderes als dies: rufen.*

Ella drückte den Summer und wartete an der Tür. Ein Eintrag noch: *Wo beginnt das Meer und wo hört es auf?*

Dann hörte sie Schritte. Ihr Herz klopfte. Sollte es Horowitz sein, würde er ihr ansehen, dass sie im leeren Zimmer gewesen war. Aber es war nicht Horowitz. Sie hörte nicht seine Schritte, sie hörte die Schritte einer Frau. Noch ein letzter Blick ins Notizbuch: *Und er sagte zu mir: Sie lieben das Meer, Kapitän.* Dann legte sie es weg.

Die Schritte kamen näher. Dann erschien eine ältere Dame auf dem letzten Treppenabsatz. Als die ältere Dame Ella sah, stutzte sie und blieb stehen. Die ältere Dame drehte sich noch einmal um, schaute dann wieder in Ellas Richtung und fragte: »Wer …? Ich meine, wer sind Sie denn?«

Sie war Horowitz wie aus dem Gesicht geschnitten. Sie war klein, mager, mit schwarz-silbernen Haaren, die zu einem Knoten gebunden waren. Sie trug einen alten Trenchcoat und große, schwarze Perlenohrringe. In der einen Hand hielt sie eine rechteckige Krokodilledertasche, wie Ella sie von Flohmärkten kannte, und in der anderen eine Plastiktüte, die so prall gefüllt war, dass sie die Henkel nur mit Mühe zusammenkneifen konnte.

Ella merkte, wie ihr die Röte ins Gesicht schoss, und sie stotterte: »Ich, äh, ich …«

Die ältere Dame setzte sich wieder in Bewegung und sagte: »Sie …?«

»Sie sind die Zwillingsschwester von Herrn Horowitz«, sagte Ella.

»Wer ich bin, weiß ich«, entgegnete sie mit einem Schmunzeln (eine Kopie des Schmunzelns ihres Bruders) und einer tiefen, nüchternen Stimme, »aber ich komme auch nicht gerade aus einer Wohnung spaziert, die mir nicht gehört. Sind Sie die neue Putzfrau?«, fragte sie dann mit bösartig, aber humorvoll blitzenden Augen und fuhr fort: »Nein, so sehen Sie nicht aus, Sie sehen eher aus wie eine dieser hübschen Freundinnen meines nutzlosen Sohnes. Hat er sich hier mal wieder verbarrikadiert, um sich dem Leben nicht stellen zu müssen?«

»Nein, ich …«, es fiel Ella wirklich schwer, in einem Satz zu sagen, wer sie eigentlich war, »ich heiße Ella Rot und …«

Horowitz' Schwester lief an ihr vorbei in die Wohnung: »Ich darf doch?!« Sie zog ihren Trenchcoat aus und warf ihn über den Kleiderständer. Sie trug eine Flanellhose, eine blau-weiß gestreifte Bluse und einen dunkelblauen V-Pullover, auf dem eine bunte Flamingo-Brosche steckte, die nicht zum Rest der Kleidung passen wollte.

Ella schloss die Tür und brachte endlich eine Erklärung heraus: »Ich wohne jetzt hier für eine Weile. Ihr Bruder hat seine Wohnung mit mir getauscht.«

»Was?«, fragte sie. »Ist er jetzt vollkommen übergeschnappt?«

Sie gestikulierte wild mit den Händen, während sie sprach, und aus ihren Augen blitzte staubtrockener Humor.

Ella schaute Horowitz' Schwester an. Sie war anders, als Horowitz sie dargestellt hatte. Geschwister, dachte Ella, Geschwisterbeziehungen werden unterschätzt, die ganze Welt lässt sich wegen ihrer Eltern therapieren …

»Und Sie? Warum lassen Sie sich auf so etwas ein?«, fragte Horowitz' Schwester nun.

Ella lächelte und sagte: »Ich bin erst seit einer halben Stunde hier.«

»Na, dann kriegen Sie ja vielleicht noch die Kurve. Trinken wir solange einen Tee?«, fragte sie.

Ella nickte: »Gern.«

»Hat er Ihnen auch schon mal einen Tee gemacht? Scheußlich, oder? Er kann das überhaupt nicht. Und kein Mensch weiß, warum der Tee bei ihm so scheußlich schmeckt. Teeblätter und Wasser. So schwierig ist das doch nicht!«

Der Tee war in Windeseile fertig und schmeckte tatsächlich besser als der, den Horowitz ihr angeboten hatte, obwohl die Blätter aus derselben Dose kamen und in derselben Kanne aufgebrüht worden waren.

»Hat mein Bruder Ihnen schon was von all seinen Ehrungen erzählt? Von dem Jahrhundertwerk und den großen Fahrten?«

»Den großen Fahrten?«

»Den Seereisen, den großen Seereisen.«

»Nein, nicht direkt.«

»Nicht direkt?«

»Na ja, mehr über Fische, Meerjungfrauen, Urschleim.«

Horowitz' Schwester schüttelte den Kopf: »Ja, ja, das dachte ich mir schon: der gute alte Urschleim. Und immer um den heißen Brei herumreden.«

»Finde ich gar nicht«, sagte Ella.

»Ja, ja, er hat Sie beeindruckt mit seinen Geschichten, aber da sind Sie nicht die Einzige. Er hat viele beeindruckt, und nicht nur junge Damen, auch andere bedeutende Forscher und Historiker. Anfangs hat er riesige Fördersummen bekommen, alle glaubten, er wäre dem Geheimnis des Meeres auf der Spur, er würde die Naturgeschichte wiederbeleben und Naturwissenschaft und Philosophie versöhnen, aber wissen Sie was: Er redet nicht nur um den heißen Brei herum, er lebt auch drum herum. Mich beeindruckt das schon lange nicht mehr. Wissen Sie, wie er gelebt hat, die letzten Jahre?«

Ella schaute sie an.

»Er hat kaum noch jemanden in seine Wohnung gelassen, außer meinem Sohn, vor dem man sich nicht einmal schämen kann, weil er selbst so eine Niete ist. Mittags ist der Herr Meeresforscher dann zum Italiener hier um die Ecke spaziert, um mit den ganzen anderen Spinnern zu spachteln, die aber wenigstens ein paar Filme gemacht haben oder sonst was. Aber er? Hat sich rausgehalten aus dem Leben und ist sich dabei auch noch besonders toll oder tragisch vorgekommen oder was auch immer.«

Ich will das alles nicht hören, dachte Ella, ich kann es mir nicht vorstellen, und ich will es auch nicht hören.

»Früher, ja früher, da hat er nur so gesprüht vor Ideen und Charme und Intelligenz und ich weiß nicht was noch allem. Ich hab mich davon anstecken lassen, weil ich ein bisschen

Trara ganz gerne mag. Aber das war zu viel Trara. Jahrelang hab ich ihm Geld gegeben für seine Forschungen, mein Leben hinten angestellt für den großen Forscher. Und dann? Dann hat er mein Zimmer in dieser Wohnung geräumt und mich einfach rausgeschmissen aus seinem Leben. Und jetzt hasst er mich, weil ich die einzige Zeugin bin. Schauen Sie sich gut um, und wenn Sie verstanden haben, worum es hier geht, werden Sie Ihr Leben in die Hand nehmen.«

Ich habe mein Leben in der Hand, dachte Ella.

Horowitz' Schwester schien Ella diesen Einwand ablesen zu können, denn sie entgegnete: »Wenn Sie Ihr Leben in der Hand hätten, dann würden Sie jetzt wer weiß was tun und nicht mit einem alten verrückten Mann ihre Wohnung tauschen.«

»Morgen fängt mein erster Job an …«

»Na, wenn ich das schon höre: Job!«

Ella schaute sie an.

Horowitz' Schwester schaute Ella an, dann sagte sie etwas sanfter: »Tut mir leid, vielleicht ist das bei Ihnen ja etwas anderes. Mein Sohn macht nämlich einen Job nach dem anderen, um rauszufinden, was er alles *nicht* werden will. Er kreist nur um sich selbst herum, so wie – da müssen Sie mir jetzt aber wirklich zustimmen – Ihre ganze Generation nur um sich selbst herum kreist. Na ja, wenigstens müsst ihr euch bei all diesem Gekreisel nicht mehr selbstverwirklichen! Das war für uns nämlich auch kein Spaß, das kann ich Ihnen sagen. Bei denen von uns, die sich selbstverwirklicht haben, gab es plötzlich nur noch das eigene Selbst als Wirklichkeit; und die, die ihr Selbst nicht verwirklicht haben, mussten sich ständig anhören, sie hätten keins. Beides ist Blödsinn. Ich glaube, früher wie heute gilt schlicht: Jeder ist seines eigenen Glückes Schmied. Wir sind selbst dafür verantwortlich, dass das Rad des Lebens rund läuft. Oder was meinen Sie?«

»Ich weiß nicht … Rad des Lebens, schmieden? Das klingt mir alles viel zu handfest. Ich wüsste gar nicht, wo ich so etwas wie das Rad des Lebens finden sollte; und welchen Teil meines Leben ich erhitzen und auf einen Amboss hieven sollte, wüsste ich schon gar nicht. Aber am wenigsten wüsste ich wahrscheinlich, wie ich darauf dann auch noch herumklopfen sollte, damit es wieder rund läuft. Ob das meiner ganzen Generation so geht? Keine Ahnung. Vielleicht hat unser Selbst dem Leben ja in den Schwanz gebissen. Das wäre dann auch ein Rad, aber keins, das ein Schmied erkennen würde.«

»Sie sind lustig! Ein Wirrkopf, aber lustig! Und da Sie ja auch höchstwahrscheinlich keine Freundin meines nutzlosen Sohnes sind, die sind nämlich allesamt blutleer, machen Sie vielleicht sogar was Interessantes?«

»Ich habe gerade mein Studium beendet.«

»Und?«

»Und?«

»Na ja, sind Sie jetzt Mikrobiologin, Bauingenieurin, Ärztin oder etwa doch was Nutzloses wie mein Sohn?«

»Ich bin Literaturwissenschaftlerin.«

»Um Gottes willen«, sagte sie, »na, dann passen Sie ja prächtig zu dem Rest unserer Familie. Immer nur in den Wolken, und das Leben zieht vorüber. Wieso denkt ihr nur alle, dass man auf dem Boden nicht weiterkommt?«

Jetzt reichte es langsam. Auch wenn Horowitz' Schwester das alles mit einem humorvollen Unterton sagte, reichte es Ella.

»Was sind Sie denn«, fragte Ella scharf, »wenn ich fragen darf?«

»Dürfen Sie! Sie dürfen mich alles fragen. Ich bin gar nichts«, sagte sie, ohne den Tonfall zu ändern, »aber ich gebe es wenigstens auch nicht vor. Ich arbeite, ich verdiene Geld und bestreite mein Leben, so gut es geht, mit so einem Bruder und so einem Sohn. Von meinem Mann, ich meine, meinem Exmann, ganz zu schweigen. Aber mein Bruder hat mir definitiv die meisten schlaflosen Nächte beschert. Und keine Frau weit und breit. Vielleicht hätte das geholfen, wenn er wenigstens eine Frau gehabt hätte, die ihm den Kopf wäscht, aber er wollte keine. Auch davor hatte er Angst. Eine große Liebe schiefgegangen, und danach: nur noch Vermeidungsstrategien. Lieber allein bleiben, als was zu riskieren. Mein Bruder ist ein Angsthase.«

Ella schaute auf den Boden, sie wollte das alles nicht hören.

»Etwas Großes hätte aus ihm werden können, aber er hat es vergeigt. Und wissen Sie, warum? Nicht etwa, weil er Angst davor hatte, es nicht zu schaffen, nein, ganz im Gegenteil: Er hatte Angst, es zu schaffen.«

»Was denn?«, fragte Ella.

Horowitz' Schwester winkte ab: »Sie werden es schon noch merken: Meist stellt man sich selbst ein Bein und nicht die anderen. Jedenfalls wenn man so gestrickt ist wie mein Bruder, wenn man seinen Kopf in den Wolken hat. Er hat irgendwann gelernt, wie das geht: sich selbst zu blockieren, und dann hat er damit nicht mehr aufgehört, weil er Angst hatte, mal was anderes zu machen.«

Während Horowitz' Schwester sprach, drehte sie den in allen Farben glitzernden Flamingo pausenlos hin und her.

»So, und jetzt muss ich gehen«, sagte Horowitz' Schwester plötzlich und deutete auf die prall gefüllte Plastiktüte. »Ich wollte meinem Bruder eigentlich nur was bringen, und schon habe ich mich so in Rage geredet. Tut mir leid. Was können Sie eigentlich dafür? Na ja. Könnten Sie mir vielleicht trotzdem sagen, wo ich ihn erreichen kann? Ein Handy hat er natürlich nicht, weil er der alten Welt so nachhängt. Als ob man die alte Welt in Telefonen mit Drehscheibe erhalten könnte …, jetzt fang ich schon wieder an, merken Sie?«

Ella gab ihr die Nummer und Adresse ihrer Wohnung, und die beiden Frauen verabschiedeten sich.

»Wenn es Sie nicht stört, komme ich mal wieder auf einen Tee vorbei, Sie gefallen mir, Sie sind witzig.«

Ella ging zurück in das Löwenzimmer und setzte sich aufs Bett. Was war das denn für ein Auftritt? Horowitz ein Gescheiterter? Sicher nicht. Vieles von dem, was Horowitz' Schwester gesagt hatte, klang vielmehr nach narzisstischer Kränkung, nach einer Reaktion auf die Zurückweisung ihres Bruders und stimmte überhaupt nicht mit dem Bild überein, das Ella von Horowitz gewonnen hatte.

Sie holte sich ein Glas Wasser, aß einen Apfel, packte ein paar Sachen in eine Kommode und schlug noch einmal das Notizbuch auf, 13. 3. 1992: *Ich habe die Moleküle des Meerwassers erforscht. Sie erwärmen sich an der Oberfläche und sinken in die Tiefe hinab. Im Meer ist eine beträchtliche Menge Salz gelöst, und wenn man es dem Wasser entzöge, würde es einen Berg von viereinhalb Millionen Kubikmeilen bilden, der, über die Erde gleichmäßig verteilt, diese mit einer über zehn Meter hohen Schicht überziehen würde.*

Das Handy klingelte.

Natalia war dran, atemlos: »Kannst du was für mich tun, Ella, bitte, ich muss kurz nach Hause, was nachschauen. Ich gehe dann zurück ins Krankenhaus, das verspreche ich, aber ich muss einmal nach Hause, sonst passiert vielleicht eine Katastrophe. Mein ganzes Geld, verstehst du? Fünftausend Euro!« Fünftausend?, dachte Ella: »Ich …«

»Bitte, Ella. Ich kann das nicht alleine.«

»Ich …«

Ella schwieg.

»Bitte. Wir sind doch jetzt Freundinnen.«

»Jetzt gleich?«, fragte Ella und dachte: Ich bin nicht die Richtige für so etwas.

»Jetzt gleich, sonst ist es vielleicht zu spät.«

»Gut, ich komme.«

Ihr ganzes Geld?, fragte sich Ella, woher hatte Natalia fünftausend Euro?

11

Ella öffnete die Tür zu Natalias Krankenzimmer. Natalia saß auf dem Bettrand in dem silbergrauen T-Shirt und der Radlerhose, die sie bei dem Unfall getragen hatte. Als sie Ella sah, löste sich kurz die Anspannung auf ihrem Gesicht: »Gut, dass du da bist. Wir müssen uns beeilen.«

»Was ist passiert?«, fragte Ella.

Natalia antwortete nicht, sondern stützte sich auf ihre Krücken und humpelte aus dem Zimmer. Sie wirkte nicht ängstlich, sondern wie jemand, der etwas zu erledigen hatte. Ella versuchte ihr nachzukommen, aber Natalia war erstaunlich schnell trotz der Krücken. Natalia drehte sich ein paar Mal nach Ella um, sagte aber nichts.

»Was machen wir hier?«, rief Ella ihr atemlos hinterher.

Natalia drehte sich mit erschrockenem Blick um: »Komm, Ella, schnell!«

Ella holte Natalia ein und flüsterte nun, während sie im Laufschritt neben ihr herlief: »Um was geht es, Natalia? Ich muss das wissen.«

»Gleich«, sagte Natalia leise und machte eine beschwichtigende Handbewegung.

Wenn das hier eines der seltenen Abenteuer werden sollte, das außerhalb ihres Kopfes stattfand, dann wollte sie lieber keine Abenteurerin sein, dachte Ella. Sie war keine Lady Stanhope, sie hätte niemals allein eine Wüste bereist.

»Gleich«, wiederholte Natalia, und in ihrem Blick lag nun etwas Flehendes, das nicht so recht zu ihrer Entschlossenheit passen wollte.

Gleich?, dachte Ella, wann ist gleich?

Vor dem Krankenhaus nahmen sie eines der wartenden Taxis und fuhren los.

Natalia nannte dem Fahrer eine Kreuzberger Adresse. »Ich zahl das«, sagte sie.

Natalia lehnte sich zurück und schwieg. Natalias Schweigen war weder düster noch aufgeregt, sondern gleichmütig, als gäbe es einfach nichts zu sagen.

Ella schaute Natalia aus den Augenwinkeln an: Jetzt wirkte sie nicht wie eine Frau, die Geschichten über ihr Leben hören wollte, jetzt wirkte sie unberechenbar, wie jemand, der ein Geheimnis hatte und einen Plan.

»Du zitterst«, sagte Natalia.

»Ja, ich zittere«, sagte Ella und fand plötzlich ihre Stimme wieder, »und weißt du, warum? Weil ich Angst habe. Ich kenne dich kaum, und ich weiß nicht, was wir hier machen. Um was geht es? Was für Geld? Was für eine Katastrophe?«

Natalia starrte wieder vor sich hin, dann flüsterte sie: »Das kann ich dir nicht sagen«, und ihre Stimme klang hohl.

»Ich ...«, sagte Ella, »ich bin nicht sehr mutig, weißt du.«

»Dir passiert nichts.« Natalia hielt inne, schien sich kurz über Ellas Geständnis zu wundern und wiederholte: »Dir passiert doch nichts.« Dann legte sie Ella die Hand aufs Knie: »Danke, dass du mitkommst. Jetzt rettest du mich schon das zweite Mal.«

Natalias Hand war kühl. Ein zweites Mal?, dachte Ella: »Trotzdem: Ich kann das so nicht. Du musst mir was erzählen, ich muss wissen, wo wir hinfahren, ich muss wissen, ob das hier alles gefährlich wird, ansonsten muss ich hier und jetzt aussteigen.«

Natalia schaute Ella erschrocken an. »Du musst gar nichts machen, nur dabei sein, wie bei dem Unfall, genau wie bei dem Unfall. Ich kann das nicht alleine«, sagte sie und fuhr leise fort: »und jetzt muss ich ja auch nicht mehr alleine, weil jetzt habe ich ja dich.«

Hier lief gerade etwas aus dem Ruder, dachte Ella.

Natalia fügte hinzu: »Wenn das Geld futsch ist, dann weiß ich nicht, wie es weitergehen soll. Dann ist alles im Eimer, die ganzen letzten zwei, drei Jahre, alles. Und dann? Ich kann nicht wieder von vorne anfangen. Das schaffe ich nicht. Aber dir, dir wird nichts passieren, das verspreche ich dir. Reicht das nicht? Bitte, Ella, das muss reichen.«

»Hat der Mann mit dem weißen Haar was damit zu tun?«, fragte Ella.

»Ella!«

Ella schaute Natalia jetzt von der Seite an, Natalia kam ihr immer fremder vor.

»Wieso sollte der denn was damit zu tun haben?«, fragte Natalia dann leise. »Was hast du nur mit dem? Du hast Verfolgungswahn.«

Ich?, dachte Ella.

Der Taxifahrer verstellte seinen Rückspiegel. Sein Blick traf Ellas kurz, ihm schien das alles auch nicht geheuer zu sein.

»Wir sind da«, sagte Natalia plötzlich und streckte dem Taxifahrer einen Hunderteuroschein hin.

Der Taxifahrer wechselte das Geld ohne Kommentar, bedankte sich und drehte sich zu Natalia um. Als er seinen Kopf wieder nach vorne wandte, streifte sein Blick noch einmal Ellas Blick. Er schien erleichtert zu sein, dass sie seinen Wagen verließen.

Sie standen vor einem Eckhaus, Altbau, Graffiti, efeubewachsen, im Untergeschoss ein Kindergarten. Kreuzberger Idylle.

»Warte hier auf mich«, sagte Natalia, »ich wohne im ersten Stock, ich winke aus dem Fenster, wenn alles in Ordnung ist. Wenn nicht, dann rufst du folgende Nummer an«, sagte sie und streckte Ella einen Zettel entgegen. »Gib mir ein bisschen Zeit«, sagte sie und deutete auf ihre Krücken, »bin heute nicht in Bestform.«

»Und die Polizei?«, fragte Ella.

»Die Polizei?«, entgegnete Natalia und humpelte los.

Als Natalia im Hauseingang verschwunden war, schaute Ella auf den Zettel in ihrer Hand. Eine Handynummer, die ihr nichts sagte.

Ein Paar joggte vorbei, beide mit Kopfhörern. Der Mann drückte sich mit jedem Schritt so weit vom Boden ab, dass er auf und ab hüpfte, er hatte ein rotes Gesicht und schwitzte; die Frau glitt über den Boden. Sie lächelte und blickte nach vorne, während er versuchte, ihr etwas zu sagen. Irgendwann würde der Mann der Frau die Mühelosigkeit übel nehmen, dachte Ella und wunderte sich im gleichen Moment darüber, dass sie selbst in einem Moment wie diesem nicht aufhören konnte, alles zu beobachten, was um sie herum geschah.

Sie sah nach oben zu der Fensterreihe, hinter der sie Natalia vermutete. Noch war dort nichts zu sehen. Sie holte ihr Telefon aus der Tasche, schaute noch einmal auf den Zettel. Wie lange sollte sie warten, bis sie die Polizei alarmierte? Eine Minute, zwei, wie schnell war ein Mensch tot? Da erschien Natalia am Fenster, öffnete es und rief: »Du kannst hochkommen.«

Ella zögerte.

Auf Natalias Gesicht zeigte sich nun ein müdes Lachen, in dem auch ein bisschen Erleichterung zu erkennen war: »Komm ruhig, glaub mir, alles ist gut.«

Als Ella in die Wohnung trat, flüsterte Natalia: »Die Kohle ist an ihrem Platz, niemand da, Fehlalarm.«

»Was?«, fragte Ella.

Natalia winkte ab: »Ich habe mich getäuscht, ich dachte ...«

»Was dachtest du?«, fragte Ella.

»Nichts«, sagte Natalia, »ich hab mich halt getäuscht.«

»Was dachtest du, Natalia?«, fragte Ella ungeduldig.

»Ich dachte …«, sie winkte ab, öffnete den Backofen, holte ein Bündel Hunderterscheine hervor und legte sie vor sich auf den Tisch, »es ist weg, ich dachte, ich hätte vergessen, es zu verstecken, aber es war versteckt und alles ist gut. Fünftausend Euro!«

»Deswegen die ganze Aufregung?«, fragte Ella. »All diese Aufregung, weil du nicht mehr wusstest, ob du dein Geld richtig versteckt hattest? Das ist jetzt nicht dein Ernst, Natalia.«

»Ich dachte, jemand hätte die Kohle genommen und wäre vielleicht sogar noch in der Wohnung.«

Der Weißhaarige, dachte Ella.

»Ohne die Kohle geht mein Leben den Bach runter! Ohne die Kohle keine Brüste und ohne die Brüste keine Sängerin. Verstehst du das nicht?«

Nein, das verstehe ich nicht, dachte Ella und schüttelte den Kopf.

»Eben. Das ist doch sonnenklar. Und nur damit du das auch wirklich richtig verstehst: Ich mach das nicht aus Eitelkeit. Ich brauch die Dinger. Wärst du gerne dein Leben lang Fahrradkurierin?«

Ella zuckte mit den Schultern. Schlagartig breitete sich in ihr eine bleierne Müdigkeit aus. Sie fühlte sich leer und erschöpft, sie wollte zurück in Horowitz' Wohnung, sie wollte mit all dem hier nichts mehr zu tun haben. Das war alles zu viel, viel zu viel. Was war denn bloß mit diesem Wochenende los?

Ella schaute sich um.

Die Wohnung bestand aus einem Raum mit einer Kochnische. In einer Ecke lag eine Matratze auf dem Boden. Das Bett war frisch bezogen, auf dem Kopfkissen saß ein alter Stoff-Waschbär. Neben dem Bett stand eine Kleiderstange, auf der

Sportkleidung hing und einige Abendkleider in Rot, Pink und Lila aus einem billig aussehenden Seidentaft. Darunter standen vier Paar Turnschuhe und ebenso viele Pumps, alle schwindelerregend hoch und zwei mit Strass verziert. Natalia in Pumps und Abendkleid?

Die Wohnung war kahl, Natalia hatte keine Bilder, keine Bücher, keine Vorhänge, kein Sofa, nur einen Fernseher und einen kleinen Tisch mit zwei Stühlen vor der blitzsauberen Kochnische. In der einen Ecke stand eine weitere Matratze hochkant an die Wand geklappt. Auf dem kleinen Tisch lag ein altmodisches Mikrophon.

Die Wohnung wirkte wie eines dieser möblierten Apartments, die man auf Zeit mieten konnte, nur weniger komfortabel. Das war die Wohnung eines Menschen, der sich keinen Reim auf sein Leben machen konnte.

Natalia folgte Ellas Blick, setzte einen Kaffee auf und sagte: »Sieht hier immer noch so aus wie kurz nach meinem Einzug. Und der ist jetzt fünf Jahre her. Wenn ich ein neues Paar Schuhe kaufe, schmeiße ich ein altes weg, ich hänge keine Bilder auf, weil mir die meisten Bilder nach kurzer Zeit schon nichts mehr sagen. Die Wohnung ist wie ich, wie mein Leben. Ein Tag, dann kommt der nächste. Bam, bam, bam. Wir sind einfach da – mein Leben und ich. Aber wir wissen beide nicht, wozu und warum. Da hängt nichts zusammen. Ich erinnere mich an alles, was mal war, so, als wäre es einer anderen passiert, verstehst du das?«

Ella wollte hier keinen Kaffee trinken, sie wollte nach Hause, sie wollte mit alldem nichts zu tun haben.

Natalia holte eine Tüte Milch aus dem blankgeputzten Kühlschrank, in dem es Joghurts, eine Salami, Senf und Ketchup gab. Natalia stand mit dem Rücken zu ihr, als Ella plötzlich hörte, wie sie flüsterte: »Und deswegen verstehe ich nicht, warum er mein Leben haben will.«

»Wer?«, fragte Ella. »Wer will dein Leben haben?«

»Harry«, fuhr Natalia fort, immer noch mit dem Rücken zu Ella.

»Was heißt das, er will dein Leben haben?«, fragte Ella jetzt ebenso leise.

»Das weiß ich nicht, aber er hat es mir gesagt. Er taucht ständig auf. Beim Unfall, bei meinem Stammkunden, bei der Beerdigung meiner Mutter.«

»Und was hat er gesagt?«, fragte sie, während das Wort Stammkunde noch unangenehm nachklang.

»Er stand neben mir am Grab meiner Mutter. Ich war ganz allein da, sonst nur der Priester. Meine Mutter hatte hier außer mir keine Familie, und Freunde hatte sie auch nicht. Sie ist vor drei Jahren aus Krakau hierhergezogen, weil sie nach mir sehen wollte. Aber sie hat nicht nach mir gesehen, sie war nur in den Kaufhäusern, den ganzen Tag in den Kaufhäusern. Sie hat das alles nicht verkraftet. Und dann das Fernsehen, die Shopping-Kanäle. Obwohl wir das doch auch alles hatten in Krakau, ich verstehe das einfach nicht. Es war doch nichts Neues, nichts wirklich Neues. Aber ich musste für alles bezahlen. Für den falschen Rubinring, die aufblasbare Nackenstütze, das Diätpulver, die Brotschneidemaschine.« Natalia hielt inne, dann setzte sie wieder an: »Und dann kam er auf der Beerdigung meiner Mutter über den Friedhof gelaufen und stellte sich neben mich ans Grab. Er sagte, er habe sie auch nicht gekannt. Da musste ich laut lachen, trotz Priester habe ich laut gelacht, weil das ein guter Spruch war: dass er sie *auch* nicht kannte. Er kannte meine Mutter nicht und ich kannte meine Mutter nicht, jedenfalls nicht so, wie eine Tochter ihre Mutter kennen sollte. Ich sagte dann zu ihm, wenn ich mich wenigstens selbst kennen würde, und er sagte: Dein Leben will ich haben.«

Ella schaute Natalia verwundert an: »Das war alles?«

Natalia nickte.

»Aber das heißt doch nicht, dass er dir nach dem Leben trachtet«, sagte Ella.

»Nein? Natürlich heißt es das!«

»Nein. Das könnte doch auch heißen, dass er mit dir tauschen möchte.«

»Mit mir tauschen?« Natalia schüttelte den Kopf. »Wieso sollte er mit mir tauschen wollen?«

»Wieso sollte er dir ans Leben wollen?«

»Weil er immer wieder auftaucht.«

»Vielleicht ist das alles nur ein Zufall«, sagte Ella.

»Ein Zufall? Das ist doch absurd! Aber wie auch immer: Es ergibt alles keinen Sinn, überhaupt keinen Sinn. Vielleicht sind es also doch alles Zufälle, und ich stecke da Dinge zusammen, die gar nicht zusammengehören. Als ich klein war, bin ich bei jeder gottverdammten Familienfeier verkleidet auf den Tisch gestiegen und habe gesungen, Kim Wilde, Madonna und so was, aber dann ist mein Vater gestorben, und meine Mutter brachte diesen Typen nach Hause ...«, Natalia stockte, »und dann bin ich abgehauen nach Berlin. Aber nicht wie die alte, englische Lady, von der du mir erzählt hast. Wie hieß die noch mal? Ach, egal. Jedenfalls hab ich mir – anders als die Lady – keine Männerklamotten angezogen und hab auch keine neue Welt entdeckt hier in eurem prächtigen Deutschland. Irgendwas ist da abgebrochen damals, und seitdem ergibt alles keinen Sinn mehr. Ich stecke Dinge zusammen, die nicht zusammenpassen, aber wohin soll ich sie sonst stecken? Ich singe gar nicht mehr, nie, nicht einmal auf dem Fahrrad, obwohl es massenhaft singende Fahrradkuriere gibt. Ist dir das schon mal aufgefallen? Die sitzen fast alle singend auf dem Fahrrad. Ich nicht. Ich mache meine Arbeit, höre ein bisschen Musik, räume hier in meiner Wohnung rum, glotze den Rest der Zeit und warte, bis es Abend wird. Das Mikrophon da – ich hab's schon ewig nicht mehr angerührt.«

Ella schwieg.

»Und weißt du, was komisch ist, ich habe trotzdem eine riesige Angst vor dem Tod. Das hat er mich auch noch gefragt auf dem Friedhof, der Mann mit den weißen Haaren, ob ich Angst vor dem Tod hätte«, sagte Natalia.

»Und?«

»Das geht ihn doch nichts an. So was fragt man doch einen fremden Menschen nicht. Und weißt du, was der gemacht hat? Er hat sich umgedreht und gesagt: Die kommt noch, du wirst sehen, die kommt noch.«

Ella schaute sie fragend an.

»Das war eine Drohung«, sagte Natalia, »wenn das keine Drohung war!«

Ella schüttelte den Kopf: »Das ist doch ein ganz naheliegender Satz auf einer Beerdigung, vielleicht nicht gerade feinfühlig, aber naheliegend ist er.«

»Wenn du meinst«, sagte Natalia und schaute Ella mit einem kindlichen Blick an. »Das ist schön, wenn du so was sagst. Du kannst echt wahnsinnig gut trösten. Ich hab noch nie jemanden getroffen, der so gut trösten kann wie du. Meine Mutter konnte null trösten, zero.«

»Meine auch nicht«, sagte Ella leise.

Sie tranken eine Weile schweigend den Kaffee.

Das ist wirklich ein Geschenk, dachte Ella, dass ich jemanden gefunden habe, den ich trösten kann.

Natalia wirkte jetzt erschöpft. Die Blutergüsse, das eingegipste Bein, das Zusammenhangs- und Mutterlose. Als Ella Natalia eine Hand auf den Arm legte, ergriff Natalia die Hand sofort und drückte sie so fest, dass es fast wehtat: »Ich hab mir immer eine ältere Schwester gewünscht, na ja, um ehrlich sein, einen älteren Bruder, aber jetzt habe ich ja dich, und das ist mindestens genauso gut. Ich kenne dich ja kaum, und vielleicht nimmt auch das wieder ein böses Ende, aber ich vertrau dir irgendwie und finde es total cool, wie du die Welt siehst, so klar, und wie du mit mir redest, so viel Klartext habe ich ja überhaupt noch nie auf einem Haufen gehört.«

Klartext?, dachte Ella.

»Fahren wir«, sagte Natalia, »ich kann nicht mehr, mir tut alles weh. Ich will zurück ins Krankenhaus. Gehst du vor?«, fragte sie.

Ella schaute sie fragend an.

Natalia hob das Bündel Geld in die Höhe und zuckte mit den Schultern: »Wirklich, ich glaube nicht, dass du hierherkommst und es mir klaust, aber …, ich kann einfach nichts mehr riskieren, und man weiß ja nie, oder?«

»Man weiß ja nie«, sagte Ella und ging aus der Wohnung. Irritierend war das schon, dass Natalia ihr zutraute, sie zu bestehlen, aber Natalia schien ihr einfach alles zuzutrauen, in jeder Hinsicht.

»Vielen Dank, dass du dabei warst«, sagte Natalia, als sie kurz darauf im Taxi saßen, und legte ihren Kopf auf Ellas Schultern. Ella strich ihr über den Kopf und schaute dabei auf Natalias Hand, die nun auf Ellas Bein lag. Natalia hatte sich ein Kreuz auf ihr Handgelenk tätowieren lassen.

»Bist du katholisch?«, fragte Ella.

»Klar«, sagte Natalia, »ich bin Polin. Ich hatte so ein hübsches Kleid bei der Erstkommunion – mit Rüschen und Glitzer und kleinen aufgestickten Röschen, so hübsch. Und du? Hattest du auch ein schönes Kleid?«

»Ich? Nichts.«

»Keine Kommunion?«, fragte Natalia.

Ella schüttelte den Kopf.

»Du Arme! Glaubst du an gar nichts?«

»Na ja, vielleicht ein bisschen, aber nicht an einen bestimmten Gott, das nicht.«

»Vielleicht ein bisschen? Wie soll das denn bitte gehen? Wenn man glaubt, dann glaubt man. Du Arme, das geht doch nicht. Man muss doch an Gott glauben. Ich bete ständig und versuche jeden Tag einmal kurz in die Kirche zu gehen, oder sagen wir, jeden zweiten, na ja, auf jeden Fall jeden dritten. Ich radle an einer Kirche vorbei und steige schnell ab und gehe da rein mit meinen Fahrradklamotten und bete, was das Zeug hält, und danach geht's mir besser. Und er nimmt mir nichts übel, nicht mal die krummen Geschäfte, er hat für alles Verständnis. Bei all dem Mist, den ich baue, wäre ich schon längst geliefert ohne Gott. Und weißt du, was das Schönste ist? Manchmal singt jemand, wenn ich in die Kirche komme, manchmal einer allein, aber manchmal auch ein ganzer Chor, und dann muss ich jedes Mal heulen wie ein Schoßhund.«

»Schlosshund«, sagte Ella lächelnd.

»Schlosshund?«, wiederholte Natalia.

»Und warum singst du dann nicht in einem Kirchenchor? Ich meine, bis es so weit ist mit deinen ... Brüsten?«

»Im Kirchenchor? Ich? Bist du verrückt?«

Ella schwieg.

»Im Kirchenchor ...«, sagte Natalia leise vor sich hin und schüttelte den Kopf.

Sie schwiegen eine Weile, dann fragte Natalia: »Hattest du eigentlich auch mal einen schlimmen Unfall?«

»Ja, hatte ich. Als ich klein war. Auch mit dem Fahrrad.«

»Echt? Erzählst du mir davon? Bitte! Dann hör ich auch endlich mal was von dir und nicht nur von irgendwelchen verstaubten Ladys, obwohl die auch toll waren. Aber ehrlich gesagt, verstehe ich eh nicht, warum du von anderen Frauen erzählen willst. Erzähl doch mal was von dir! Das ist doch viel spannender.«

»Mach ich doch. Ich erzähl nur was über Frauen, die was mit mir zu tun haben«, sagte Ella. »Sonst würden die mich doch gar nicht interessieren. Immer wenn ich was über eine Frau lese, die mich interessiert, frage ich mich, ob ich nicht eigentlich lieber wie sie leben möchte. Das ist doch eine Frage, die wir uns alle immer mal wieder stellen: Lebe ich das Leben, das ich immer haben wollte? Und viele wollen ihres am liebsten tauschen. Du willst deins mit dem Leben einer Sängerin tauschen, der Meeresforscher mit Gott weiß wem – warum sonst hätte er mir seine Wohnung gegeben? – und ich sowieso. Ich probiere ständig andere Leben an, um zu sehen, ob die mir auch passen oder sogar besser passen als mein eigenes. Über Mutter Teresa würde ich dir nichts erzählen können, das Nonnenkostüm passt mir nicht, und die wäre mir einfach nicht nah genug.«

»Mutter Theresa ist dir nicht nah genug? Die war eine Heilige! Heilige sind allen Menschen gleich nah. Du schnallst ja wirklich gar nicht, wie das läuft mit Gott. Wir müssen unbedingt mal zusammen in die Kirche gehen. Ich fasse es nicht ... Aber jetzt will ich wirklich die Geschichte von deinem Unfall hören.«

Ella räusperte sich und begann zu erzählen:

»Wir lebten damals in München. Ich war sechs und fuhr mit dem Fahrrad die Leopoldstraße entlang. Meine Schwester vorneweg, ich hinter ihr her. Meine Schwester fuhr viel schneller als ich, sie wusste, wie es nach Hause ging. Ich heftete meinen Blick an ihren Rücken, sie trug ein rot-weiß gestreiftes T-Shirt und hatte einen Pferdeschwanz mit einer blauen Schleife. Auf einmal verfing sich mein Rock in den Speichen, und ich stürzte. Dass ich gerade dabei war, eine Straße zu überqueren, hatte ich nicht bemerkt. Ich fuhr immer nur meiner Schwester hinterher, und wenn sie nicht anhielt, hielt ich auch nicht an. Plötzlich krachte es, der Lenker verdrehte sich, mein rechtes Bein lag unter dem Rad und blutete sofort. Mein Ellenbogen war aufgeschürft und die Handflächen taten weh. Die Tränen schossen mir in die Augen, aber ich versuchte mich aufzurappeln. Da kam ein Auto von links, ein kleines, silbernes. Es fuhr nicht schnell, war gerade erst abgebogen. Ich erinnere mich noch genau an den Blinker und daran, dass ich sehen konnte, wie es auf mich zukam. Es hätte noch bremsen können. Ich riss an dem Lenker, versuchte, mein Bein unter dem Fahrrad hervorzuziehen. Das Auto hätte bremsen können. Ich sah eine Frau darin sitzen. Sie schaute mich an. Ich erstarrte. Brems doch! Brems! Das Auto hatte mich jetzt fast erreicht, ich meinte, seinen Dampf spüren zu können. Autos dampfen wie Bügeleisen und machen einen platt, dachte ich und wollte schreien, aber es ging nicht. Dann fuhr das Auto in mich hinein, das eine Rad erwischte das linke Bein und die linke Hand, mit der ich mich abstützte, die ich nicht mehr wegziehen konnte. Jetzt sah ich nur noch die Kühlerhaube und das blinkende Licht über mir, aber ich spürte gar nichts. Das Auto setzte zurück, die Beine meiner Schwester kamen angerannt, ihr Mund schrie, ihre Augen waren aufgerissen. Dann hielt sie mich mit einer Hand fest und schlug mit der anderen auf das Auto ein, bis es außerhalb der Reichweite ihrer Arme zum Stehen kam. Plötzlich tauchten mehrere Gesichter über mir auf, und alle sahen mich mit verzerrten Mienen an, aber keines verstand, dass das Auto hätte bremsen können. Das Gesicht der Frau, die das Auto gefahren hatte, war nicht dabei. Blond war sie, die Frau aus dem Auto. Ich schaute von einem zum anderen Gesicht. Meine Schwester schrie. Da hörte ich plötzlich eine Frauenstimme im Hintergrund, die sagte: ›Hör jetzt sofort auf zu schreien, das hilft hier niemandem!‹

Die Stimme war eiskalt und furchtbar, und mit einem Schlag fing ich so stark an zu zittern, dass ich mit den Zähnen klapperte und mein Fahrrad leicht auf und ab hüpfte. Dann tat nichts mehr weh. Meine Schwester verstummte, ließ meinen

Arm los und sprang der Frau an die Gurgel – wortwörtlich. Sie sprang mit einem Satz vom Boden auf ihren Oberkörper, stemmte ihre Füße in die Hüften der Frau, krallte sich an ihrem Hals fest und biss zu. Zwei-, dreimal. Wie ein tollwütiger kleiner Fuchs. Die Frau schüttelte meine Schwester ab, stieß sie zur Seite, rannte in ihr silbernes Auto und verriegelte die Tür. Meine Schwester stand sofort wieder auf. Mich hatte man inzwischen hochgehoben und auf einen Mantel gehievt, ein Mann hielt meine Beine in die Luft, eine Frau hob meinen Hinterkopf an, um mir Wasser zu geben. Als mein Kinn auf der Brust lag, sah ich, dass mein Bein verformt war, das es nicht mehr wie mein Bein aussah, gar nicht mehr wie mein Bein. Ich presste die Lider aufeinander. Mein Bein war plattgebügelt, es würde nie wieder Springseil springen können, dachte ich, es war platt wie eine Flunder. Rings um mich redeten nun alle beruhigend auf mich ein, jemand streichelte sogar meinen Hinterkopf, aber ich dachte nur daran, dass das Auto hätte bremsen können und dass die Frau aus dem silbernen Auto meine Schwester abgeschüttelt hatte wie einen kleinen, tollwütigen Fuchs. Durch die Sirenen hindurch hörte ich einen Mann fragen: ›Kennt ihr die Telefonnummer eurer Mutter?‹

Und meine Schwester nickte.

›Dahinten ist eine Telefonzelle, ich ruf sie schnell an‹, sagte der Mann.

Meine Schwester zögerte, schaute mir in die Augen.

›Nein‹, formte ich mit den Lippen.

Meine Schwester wandte sich wieder dem Mann zu und nannte ihm dann – ohne mit der Wimper zu zucken – eine Nummer, bei der sie die ersten beiden Zahlen vertauscht hatte.

Ich wurde nun auf eine Bahre gezogen, und irgendjemand machte irgendetwas mit meinem Bein, das nie wieder Springseil springen würde, das ich nicht einmal spürte, zumindest nicht so, als wäre es noch meins, sondern eher so, als würde es nur zufällig an meiner Hüfte hängen. Mein Arm war schon verbunden, ich wunderte mich über das Tuch, das meine Haut bedeckte. Die Hand meiner Schwester zitterte nun auch, aber sie lag auf meinem Bauch. Und plötzlich spürte ich wieder was, mir wurde kotzübel. ›Sie kippt uns weg‹, hörte ich noch eine helle Stimme sagen, dann kippte ich – wohl – weg.«

Natalia hatte die Augen immer noch geschlossen, sodass Ella ihr Gesicht unverhohlen betrachten konnte. Bis auf ihre Lippen war Natalias Gesicht ganz und gar unscheinbar, an ihrem Scheitel zeigte sich ein aschblonder Haaransatz. Das Weißblond und die Lippen waren ein Missverständnis, sie verwandelten Natalia nicht in eine glamouröse Frau, sie verwackelten nur das ohnehin schon schemenhafte Antlitz und sorgten dafür, dass man sich die ganze Zeit fragte, was an diesem Bild nicht stimmte.

»Und dann?«, fragte Natalia und schaute Ella an. »Was ist dann passiert?«

»Dann kam ich ins Krankenhaus, und meine Mutter kam mich nicht einmal besuchen, sie war nicht in der Stadt. Meine Schwester erzählte mir, sie hätte einen neuen Scheich. Und ich hatte Verständnis dafür. Drei Tage lag ich auf der Kinderstation, sah Mütter mit Pixiebüchern und Gummibärchentüten in unser Vierbettzimmer kommen; Väter, die versuchten, gute Laune zu verbreiten, und eine Großmutter, die Gugelhupfe mitbrachte, eingewickelt in karierte Küchentücher, Gugelhupfe mit extra vielen Rosinen. ›Wo sind denn deine Eltern?‹ fragte mich die Großmutter am ersten Abend.

Und ich antwortete: ›Die sind gerade aus der Tür.‹

Ich wollte nicht, dass man meiner Mutter Vorwürfe machte, wenn sie doch noch auftauchte.

Irgendwann kam eine Dame in einem grauen Kostüm mit

hellgrauer Bluse und roten Strümpfen. Sie setzte sich an den untersten Rand meines Bettes. Noch bevor sie was sagen konnte, wusste ich, dass sie vom Jugendamt war. Ich weiß nicht, woher ich das wusste, woher ich überhaupt wusste, dass es so etwas wie ein Jugendamt gab, aber sie war vom Jugendamt. Und ich beschloss, sie zu besiegen.

Sie sagte: ›Hallo Ella, wie geht's denn deinem Bein?‹

›Na ja‹, sagte ich.

›Die Schwestern haben mir gesagt, dass sie bei dir zu Hause niemanden erreichen können und dass du gar keinen Besuch bekommst. Stimmt denn das?‹

Ich schüttelte den Kopf. Mir fiel einfach nichts ein. So würde ich sie nicht besiegen, niemals.

›Wo ist denn deine Mutter? Arbeitet die viel?‹ fragte die Dame, und ich schaute auf ihre roten Strümpfe, die so gar nicht zu ihrem grauen Kostüm passen wollten.

›Sie ist gerade aus der Tür‹, sagte ich dann, ›sie ist so blond und klein.‹

›Sie kommt dich also doch besuchen, deine Mutter?‹

Ich nickte: ›Klar‹, sagte ich, ›warum nicht?‹

Dann hielt ich den Atem an, weil ich mir sicher war, dass sie mir nicht glauben würde, kein Wort, und ich sie nicht besiegen würde, weil sie ein graues Kostüm anhatte und da unten an meinem Bett saß und den Storch mimte, den niemand besiegen konnte, weil er ganz oben saß in seinem Nest und die Kinder brachte, in Sicherheit brachte. Aber mitten in meine Gedanken hinein hellte sich ihr Gesicht auf, sie erhob sich, setzte die Storchenbeine sanft auf den gekachelten Boden, strich mir über den Kopf und sagte: ›Na, dann ist ja alles gut. Das hätte mich auch gewundert. Die Schwestern können ja auch nicht alles wissen, die haben so viel zu tun, weißt du? Ich werde das noch mal mit denen besprechen. Dann ist ja alles gut.‹

Natürlich hatte sie das nur gesagt, um mich nicht weiter zu beunruhigen, aber das wusste ich damals noch nicht; damals war ich einfach nur erleichtert und stolz, sie doch besiegt zu haben.«

Ella schaute zu Natalia hinüber, die immer noch die Augen geschlossen hatte, vielleicht döste sie sogar ein wenig. Unter ihrem T-Shirt hob und senkte sich ihr Brustkorb. Natalia hatte wirklich winzige Brüste, aber ihre eigenen waren schließlich auch nicht viel größer.

»Schaust du auf meinen Busen?«, fragte Natalia. »Schlimm, oder? Verstehst du jetzt, warum ich ihn machen lassen muss?«

»Ich …«

»Musst nichts sagen, ich weiß es selbst. Erzähl lieber weiter, was die Tante vom Jugendamt dann wollte.«

Ella schwieg, sie fühlte sich ertappt.

»Bitte Ella, ich hab's nicht so gemeint, bitte, erzähl weiter.«

Ella schaute noch eine Weile aus dem Fenster, dann fuhr sie fort: »Und auf einmal wollte ich, dass sich die Frau mit den roten Strümpfen wieder setzte, damit ich ihr von dem Unfall erzählen konnte, von der Frau in dem silbernen Auto und wie toll meine Schwester war. Ich hielt den Atem an, aber sie drehte sich tatsächlich um und setzte sich wieder, ohne dass ich etwas gesagt hatte. Ich strahlte und begann zu erzählen, nur den Fuchs verschwieg ich und die falsche Nummer; und je länger ich erzählte, desto mehr wollte ich, dass sie noch ein wenig bei mir blieb. Das Grau ihrer Bluse glänzte jetzt sogar, es war ein schönes Grau. Sie hatte freundliche Augen und es gefiel mir, dass sie bayerisch sprach so wie die anderen Mütter.

Als sie weg war, weinte ich ein bisschen in mein Kopfkissen, weil das eben auch irgendwie ein Besuch war und es schön war, im Krankenhaus besucht zu werden. Dann kam schon wieder irgendein Vater herein und erzählte Witze, über die ich lachen konnte.

Nachmittags spazierte meine Schwester mit Ranzen auf dem Rücken ins Krankenhaus. Sie schwenkte einen kleinen Korb in der Hand hin und her und sah aus wie Rotkäppchen: ›Schau mal, was Mama dir alles schickt.‹

Mit großer Geste zog sie Lutscher, Gummibärchen, eine Pferdezeitschrift und eine Packung Kaugummis heraus. Sie hielt die Schätze hoch in die Luft, sodass die anderen drei Kinder alles genau sehen konnten, und die drei machten große Augen, besonders bei der Pferdezeitschrift. So war meine Schwester, sie hatte ihr ganzes Taschengeld ausgegeben, um mir dieses Märchen vorzuspielen. Als später die Großmutter kam, die mich schon einmal nach meinen Eltern gefragt hatte, lächelte ich sie an und stellte mir dabei vor, wie der Wolf in sie hineinbiss und sie verschlang.«

»Ha«, sagte Natalia, »das ist gut.«

»Ja, das war gut. Und dann kam's sogar noch besser: Als ich nämlich entlassen wurde«, fuhr Ella fort zu erzählen, »holte mich ein eleganter Herr in schwarzer Livree, Chauffeurmütze und weißen Handschuhen ab. Er sprach mit einem fremdartigen Akzent und hielt den Schwestern einen Zettel unter die Nase, mit dem sie mich widerwillig ziehen ließen. Der Mann hob nur seine rechte Augenbraue, als sie ihm einen Rollstuhl anboten, um mich zum Ausgang zu schieben; stattdessen nahm er mich auf den Arm – mich, meine ganzen Sachen, die Krücken und den inzwischen leeren Korb meiner Schwester. Die drei anderen Kinder staunten nicht schlecht. Ich winkte ihnen zu und ließ mich auf den Gang tragen, den ich bis dahin noch nicht gesehen hatte. Die Schwestern verabschiedeten mich mit mitleidigen Blicken, aber dann erinnerte ich mich an die Worte der grauen Dame, die Schwestern hätten einfach zu viel zu tun.

Vor dem Krankenhaus stand eine große schwarze Limousine, in der ich hinten ganz alleine saß und eine Limonade mit Strohhalm trinken durfte; und mein Bein hätte doppelt so lang sein können und immer noch Platz gefunden. Der Chauffeur brachte mich nach Hause, trug mich die Treppen hoch und übergab mich meiner Mutter, die mich minutenlang umarmte und wieder und wieder küsste, weil sie sich so freute, mich endlich wiederzusehen. Und da dachte ich plötzlich, dass vielleicht die anderen Familien komisch waren, weil man Kinder im Krankenhaus eigentlich gar nicht besuchen sollte, sondern sie lieber in Ruhe genesen ließ, bis sie wieder nach Hause konnten. Meine Mutter hatte sogar etwas zu essen gemacht, Ringelnudeln, die ich so gerne aß, mit Tomatensauce und einem großen Stück Butter obendrauf; und ich hätte ihr so gerne die Freude gemacht, alles bis zum letzten Ringel aufzuessen, aber ich konnte es nicht einmal anrühren. Keinen Bissen bekam ich herunter. Weder von meinem noch von dem Teller meiner Schwester. Meine Mutter wollte mich sogar füttern, saß ganz dicht neben mir, pikste einzelne Nudeln auf und tunkte sie vorsichtig in die Sauce, aber es ging nicht.

›Was haben die mit dir gemacht im Krankenhaus? Dass du gar keinen Appetit hast?‹ fragte sie kopfschüttelnd, räumte den Teller weg und stellte mir eine Schale mit Vanillepudding vor die Nase.

Ich schaute sie zögernd an. Sie erwiderte meinen Blick mit leicht gekräuselter Stirn, dann fasste sie sich an den Kopf, tauschte meine Schale mit der meiner Schwester und lachte: ›Stimmt ja, das hätte ich fast vergessen.‹

Aber selbst der getauschte Pudding blieb stehen.

Meine Schwester sagte die ganze Zeit kein Wort. Als meine Mutter ein paar Stunden später verschwand (der neue Scheich wartete auf ihren abendlichen Besuch), regte sie sich wieder, streckte die Arme über den Kopf und flüstert beiläufig: ›Ich hasse sie.‹

Ich schaute meine Schwester entgeistert an. ›Was? Warum denn? Warum sagst du so was?‹ fragte ich.

Aber meine Schwester nahm meine unverletzte Hand, schüttelte den Kopf und murmelte: ›Ach, Quatsch.‹ Dann stand sie auf, holte einen roten und einen blauen Stift und fing an, Tiere auf meinen Gips zu malen. Ich malte einen Storch, einen blauen.

In den folgenden Tagen kam der Chauffeur jeden Morgen vorbei, er hob mich hoch, trug mich in die schwarze Limousine und fuhr mich durch die Stadt. Einmal trug er mich eine ganze Stunde durch den Zoo, ein anderes Mal trug er mich ins Kino, und am letzten Tag ging er mit mir in einen ganz feinen Laden, den ich vorher noch nie gesehen hatte. Die Verkäuferin nannte mich Täubchen, brachte mir einen Orangensaft und breitete die feinsten Kleider vor mir auf dem flauschigen Teppich aus. Ich durfte auf Röcke, Blusen, Jacken zeigen, und alles, worauf ich zeigte, wurde in roséfarbenes Seidenpapier gewickelt und in große, steife, glänzende Tüten verpackt.

Bevor er mich zu Hause ablieferte, trug der Chauffeur mich und die Tüten noch an einer Eisdiele vorbei. Er trug mich bis in mein Zimmer, dann verabschiedete er sich mit einer tiefen Verbeugung und kam nicht wieder. Das ganze Jahr hindurch trug ich die Kleider, nur diese Kleider. Als sie zu klein wurden, faltete ich sie zusammen, wickelte sie in Zeitungspapier und legte sie ganz oben in meinen Schrank. Und ich beschloss, auf ihn zu warten, bis ich alt genug sein würde, um ihn zu heiraten.«

»Wir sind da«, sagte der Taxifahrer.

»Schade«, sagte Natalia, »wie viel?«

Der Taxifahrer kassierte und schaute Ella an: »Sie sollten zum Radio gehen. Sie haben eine tolle Stimme, wirklich eine tolle Stimme.«

»Ich gehe zum Radio«, sagte Ella, half Natalia beim Aussteigen und schloss die Tür.

Sie gingen schweigend in Natalias Krankenzimmer, und als sie sich verabschiedeten, sagte Natalia: »Genau so was wie gerade mit dem Taxifahrer und dem Radio, genau so was passiert mir nie. Es passt nichts zusammen, verstehst du, was ich meine? Nicht mal mein Körper passt zu meinem Leben.« Dann zog Natalia Ella an sich heran und flüsterte: »Danke, Ella.«

Auf dem Weg zur U-Bahn dachte Ella, dass sie Natalia wirklich mochte und dass die Begegnung mit ihr sehr seltsam war. Ella hatte noch nie einen Menschen getroffen, der so wenig zu ihr passte, noch nie jemanden, der sie brauchte und für den sie eine Orientierung und Trost darstellte, und noch nie jemanden, der davon überzeugt war, dass man ohne Gott verloren war. All das war ziemlich seltsam und fühlte sich doch erstaunlich gut an.

12

Am Rosenthaler Platz stieg Ella aus. Sie wollte Paul jetzt in seinem Laden besuchen. Gestern hatte er ihr gesagt, dass er heute die letzten Bilder einer Ausstellung rahmen musste. Sie wollte ihm von Natalia erzählen, davon, wie sehr Natalia sie anrührte mit ihrer weltanschaulichen Geisterfahrerei, und ihm ein bisschen bei der Arbeit zusehen. Sie wollte sich in eine Ecke seines Ladens setzen und ihn dabei beobachten, wie er Passepartouts zuschnitt und einpasste. Schon immer hatte sie Handwerkern gern bei der Arbeit zugesehen – routinierte Bewegungsabläufe beruhigten sie, weil sie ihr das Gefühl gaben, das Leben wäre handhabbar, hatte man nur genug geübt.

Die Welt am Rosenthaler Platz sah aus wie immer. Junge Männer liefen mit Kaffeebechern herum und telefonierten, junge Mütter schoben ihre Kinderwagen durch die Gegend, und eine einzige alte Frau schleppte schwitzend zwei schwere Tüten über die Kreuzung. Ella lief zu ihr hin, nahm ihr die Tüten ab und half ihr über die Straße.

»Na, auch so 'ne Karma-Sammlerin?«, fragte die Alte mit Schalk im Nacken.

Ella schaute sie fragend an.

»Das hat die tätowierte Jungsche letzte Woche zu mir gesagt, als sie mir beim Tragen geholfen hat: Ist gut fürs Karma. Oder sind Sie von 'ner anderen Sorte?«

»Ich …«

»Die jungen Herren sagen das nicht, die fragen mich nach den Enkeln oder den Kindern oder so was, aber die tätowierte

Jungsche hat was vom Karma erzählt. Und ich hab's sogar nachgeschlagen, und es ist was Indisches, was Religiöses, nichts für mich also. Aber wissen Sie, was direkt vor ›Karma‹ in meinem Brockhaus vermerkt war? Die ›Karlstein‹! Und die ›Karlstein‹, das ist die schönste Burg Böhmens, südwestlich von Prag, und da komm ich her, und die werd ich auch noch mal sehen, bevor ich in mein Karma eintrete oder wo auch immer die Inder und die Tätowierten da hinwollen.«

Ella stutzte.

»Hat es Ihnen die Sprache verschlagen, junge Frau?«

»Nein, nein, gar nicht«, sagte Ella und dachte: Doch, ein bisschen, ja.

Inzwischen waren sie über die Straße gelangt. »Soll ich Ihnen die Tüten nach Hause tragen?«, fragte Ella.

»Ne, ne, lassen Sie mal. Ich bin noch stark, dass Sie sich da mal nicht täuschen. Und eine gute Reise wünsche ich Ihnen auch, Sie haben ja noch einiges vor sich, Püppchen«, sagte die Alte und wollte gerade weiter, als sie noch nachschob: »Haben Sie den da gesehen? Schlimm, schlimm. Ein Jammer. Passen Sie bloß auf, dass Ihnen so was nicht passiert ...«

Auf der kleinen Verkehrsinsel stand ein dunkelblauer, blitzblanker Porsche mit Hamburger Kennzeichen, der vollkommen zu Schrott gefahren war und auf dessen Fenster ein Zettel klebte: *Kauf dir mal 'nen Neuen!* Ella musste lachen. Die Alte lief indes Richtung Hackescher Markt.

Ella lief die Brunnenstraße entlang.

»Hallo«, sagte eine sanfte, vertraute Stimme neben ihr.

Ella wendete den Kopf in Richtung der Stimme. Die schöne Schwedin aus dem Café kam mit einem Hirtenhund an der einen und einer weißen Papiertüte in der anderen Hand über die Straße geschlendert.

»Hey«, antwortete Ella, »du hast ja einen Hund.«

»Ja, er heißt Bergman«, sagte sie.

»Hallo Bergman«, sagte Ella und streichelte Bergman über den Kopf.

»Kannst seine Freundin auf Facebook werden, wenn du Hunde magst«, sagte die Schwedin und lachte.

Ella lief weiter und suchte die Häuser auf der gegenüberliegenden Straßenseite ab, irgendwo hier musste es sein.

Plötzlich blieb Ella stehen. Ihr stockte der Atem.

Auf der anderen Straßenseite trat Paul aus seinem Laden, die Hände in den Hosentaschen, mit hängendem Kopf und hochgezogenen Schultern. Neben Paul stand eine dunkelhaarige Frau mit knallrot geschminkten Lippen, schwarzem Oberteil und engen Jeans, die aussah wie eine dieser attraktiven, ungesund lebenden Französinnen. Paul und die Frau stritten sich. Ella konnte nicht hören, was sie sagten, aber Paul fuchtelte nun mit den Armen und hatte einen Ausdruck im Gesicht, den sie bei ihm noch nie gesehen hatte und der so hart war, dass ihr schlagartig schlecht wurde. Seine sonst so weichen Lippen hatten sich zu einem Strich zusammengezogen, und seine Augen blickten kalt ins Leere. Es war Paul, aber er wirkte wie ein Mann, den sie nicht kannte.

Die Frau ließ Pauls Ausbruch über sich ergehen, den Blick zu Boden gerichtet, und nestelte an einem Knopf ihrer schwarzen Bluse herum. Plötzlich kam ein kleiner Junge aus dem Laden. Die Frau zog den Jungen zu sich heran, legte ihre Arme um ihn und gab Paul hinter seinem Rücken ein Zeichen, dass er nun mit dem Schimpfen aufhören solle. Doch Paul fegte ihren Einwand einfach mit einer Handbewegung fort. Der kleine Junge starrte auf die Pflastersteine. Ella stockte der Atem, und sie drückte sich hinter eine Litfaßsäule, um nicht entdeckt zu werden. Auf einmal hörte Paul auf zu fuchteln, und sein Ausdruck wurde weicher, vertrauter. Ob das ein gutes

Zeichen war? Die Frau blickte sofort zu ihm auf, und auf ihrem Gesicht breitete sich ein Lächeln aus. Sie sah ein bisschen aus wie Charlotte Gainsbourg, nur nicht ganz so mager. Der kleine Junge blieb unbeweglich. Eine Weile passierte nichts, dann streckte sich die Frau und gab Paul einen Kuss, einen ziemlich langen.

Und sosehr sich Ella abwenden wollte, sie konnte es nicht; vielmehr zog es sie mit in diesen Kuss hinein, als gehörte sie dazu, als gehörte sie in jeden Kuss, den Paul verteilte.

Der kleine Junge war zwischen Paul und der Frau eingeklemmt und schielte auf die andere Straßenseite, wo Ella stand und nicht wegschauen konnte, weil Paul gerade eine andere Frau küsste. Ella erhaschte einen Blick des kleinen Jungen, der Pauls Augen hatte, der Pauls Sohn war und der zwischen seinen Eltern steckte, die sich jetzt nicht mehr küssten.

Ella versuchte ihn anzulächeln, aber sie verzog nur den Mund. Der kleine Junge verzog auch den Mund, und sein Blick war traurig und tapfer. Da konnte Ella sich endlich abwenden. Als sie wieder hinschaute, fasste Paul der dunkelhaarigen Frau um die Taille, mit einem festen Griff, seinem Griff, den sie doch gerade erst kennengelernt hatte. Paul strich dem Jungen einmal über die Haare, bevor die Frau mit den roten Lippen und der kleine Junge Arm in Arm davonschlenderten, mit dem unnachahmlichen Hüftschwung einer Charlotte Gainsbourg, so verlottert lasziv. Paul winkte ihnen nach und schien noch eine Weile den Anblick von hinten zu genießen, bevor er zurück in den Laden ging, sich an den großen hellen Tisch stellte, den man durch das Schaufenster hindurch erkennen konnte, und seine Arbeit fortsetzte.

Ella stand gekrümmt da.

Paul war noch mit seiner Frau zusammen? Er hatte nicht darüber gesprochen, hatte nicht den Eindruck erweckt, dass es ein zweites Leben gab, das er vor ihr geheim hielt, er hatte nicht von seiner Frau erzählt und nicht davon, dass er ihr um die Taille fasste und sich küssen ließ, und nicht davon, dass er sich mit ihr vor seinem Laden mitten in Berlin stritt, wo ihn jeder sehen konnte, jeder, also auch sie, weil sie doch ganz in der Nähe wohnte und jederzeit vorbeispazieren konnte, und er das deswegen doch nicht so öffentlich machen konnte, das mit der Taille und dem Kuss und seiner Frau …

Ella stellte sich vor einen Schuhladen und versuchte sich das Schaufenster anzusehen, aber sie konnte nichts erkennen – außer Schuhen.

War ihre Beziehung zu Paul schon zu Ende, bevor sie überhaupt richtig angefangen hatte, oder war das alles nur ein Missverständnis? Paul und sie kannten sich ja noch nicht lange, und nur weil sie sich alles mit Paul vorstellen konnte, wie man sich am Anfang immer alles vorstellen kann, hatte er vielleicht noch gar nicht versäumt, es ihr zu sagen, weil er einfach noch nicht dazu gekommen war, es ihr zu sagen. Es gab noch kein gemeinsames Leben, das hier und jetzt gerade auseinanderbrach, oder auch nicht auseinanderbrach, weil es ein Missverständnis war. Aber die Vorstellung eines gemeinsamen Lebens gab es, und die zeichnete einen Bogen, der bis in den Himmel reichte, und diesen Bogen konnte sie jetzt nicht unterbrechen, ohne abzustürzen und sich alle Knochen zu brechen.

Paul verpackte mit routinierten Handgriffen einen großen Rahmen in Luftpolsterfolie.

Warum konnte sie nicht ein einziges Mal so reagieren wie ihre Schwester? Die würde jetzt über die Straße gehen, Paul eine gesalzene Szene machen und dann nach Hause stampfen.

Ihre Schwester würde sich daran festhalten, was sie gesehen hatte, und nicht daran, was sie nicht sehen wollte. Ihre Schwester würde ihre Wünsche begraben und sich an die Realität halten.

Paul trug den verpackten Rahmen nach hinten, verschwand kurz und kam mit einem großen, weißen Stück Pappe zurück.

Ella drehte sich wieder um und stellte sich vor das nächste Schaufenster: ein Fahrradverleih, auch hier nur Einzelteile: Räder, Schläuche, Pumpen.

Morgen fing ihre Arbeit an, Paul hatte Horowitz' Nummer nicht, seine Adresse nicht. Wenn sie jetzt einfach verschwand, würde er sie also nicht finden. Charlottenburg war fern.

Und wenn er sie wirklich nie wieder fand? Was war dann? Würden die Geschichten, aus denen ihr Leben bestand, dann wie Dominosteine umfallen, eine nach der anderen? War es vielleicht besser, so zu tun, als ließe sich diese Szene irgendwie einbauen? Ella wendete sich wieder dem Laden zu.

Paul stand jetzt am Fenster, hatte die Hände wieder in seinen Hosentaschen vergraben und schaute zu ihr hinüber. Ihre Blicke trafen sich, sein Blick weitete sich kurz, als habe er einen Schreck bekommen, doch dann öffnete er sich zu einem Strahlen. Warum strahlte er? Konnte er im Ernst glauben, dass sie nichts gesehen hatte? Er winkte sie zu sich herüber und sah dabei aus wie der Paul, den sie kannte.

Sie blieb stehen. Paul war inzwischen aus seinem Laden getreten und rief nun über die Straße: »Ella!«

Ella blieb stehen.

»Ella?«, hörte sie Paul erneut rufen.

Ella überquerte die Straße, und kein Autofahrer hupte, nicht ein einziger Autofahrer merkte, dass sie sich mit jedem Schritt in Pauls Richtung einem Leben annäherte, das sich weiterleben ließ. »Passen Sie bloß auf, dass Ihnen so was nicht passiert …« Die Worte der Alten.

Paul nahm ihre Hand und zog sie die letzten Meter durch eine Lücke zwischen zwei parkenden Autos zu sich hin, und als sie bei ihm war, griff er ihr um die Taille. Und vielleicht wäre dieser Griff leichter zu ertragen gewesen, wenn er sie kaltgelassen hätte.

»Ella?«, flüsterte Paul in ihr Ohr, und sie wünschte sich nichts mehr, als dass sie die Szene vorhin einfach vergessen könnte. Ein vertrauter Schmerz breitete sich in ihr aus. Sie kannte diesen Schmerz, sie kannte ihn aus ihrer Kindheit. Nichts würde sie jetzt trösten können, nichts und niemand.

»Ella?«, fragte Paul nah an ihrem Ohr.

»Totalschaden«, wollte sie sagen, »hast du's gesehen? Es ist vollkommen kaputt. Dabei glänzte es doch gerade noch so unverwüstlich, so perfekt, so dunkelblau.«

Das wollte sie sagen, aber sie sagte nichts, stattdessen schmiegte sie sich an ihn und schwieg. Und als sie ihn spürte, dachte sie, dass die Härte und Fremdheit, die in der Szene mit seiner Frau gelegen hatten, noch viel schwerer auszuhalten waren als der Kuss, den sie gesehen hatte. Der Kuss ließ sich vielleicht überschreiben mit anderen Küssen, der Kuss würde vielleicht langsam verblassen, aber das Harte, das Fremde, der Paul, den sie nicht kannte und der sie abschreckte, dieser Teil der Szene war nicht zu überschreiben, er klumpte sich in Ellas Magen zusammen.

Paul streichelte ihren Rücken und sagte in einem zögerlichen Ton, als müsste er sich die Wörter abringen: »Also, das ist mein Laden. Gefällt er dir? Nicht gerade groß, aber viel Licht durch das große Schaufenster, und dauernd kommt jemand vorbei, den man kennt.«

»Hm«, sagte Ella und blieb an seiner Brust, weil jetzt die Tränen nahten, die er auf keinen Fall sehen durfte, weil sie sonst etwas erklären musste, das sie nicht erklären konnte. Eine Szene würde alles noch schlimmer machen, das hatte sie inzwischen gelernt. Jede Szene brennt das Geschehene nur noch tiefer ein, mit einer Szene zieht man sich das Geschehene an, obwohl man es sich doch gerade vom Leib halten will. Bloß keine Szene jetzt, bloß nichts manifestieren, was sich vielleicht noch verflüchtigen konnte, wenn man es nicht daran hinderte, sich zu verflüchtigen. Aber es verflüchtigte sich nichts. Der Klumpen in ihrem Magen pochte auf sein Recht und war so schwer, dass sie nicht abtauchen konnte, ohne unterzugehen.

»Ella?« Paul schob sie von sich weg. »Du weinst ja. Also doch. Ella, bitte, rede mit mir!«

Oh, nein, dachte er, hatte sie ihn mit seiner Frau gesehen?

»Ich …«, sagte sie und drehte sich zur Wand.

»Ja?«

Irgendetwas antworten: »Natalia …«

»Ja«, sagte Paul skeptisch.

Wenn sie ihn mit seiner Frau gesehen hatte, dann würde sie doch etwas sagen, dachte er, dann würde sie ihm doch jetzt eine Szene machen.

»Natalia kann sich keinen Reim auf ihr Leben machen«, sagte Ella.

»Ja?«, fragte Paul. »Und?«

Ella schwieg.

»Was hat das mit dir zu tun?«, fragte Paul.

Vielleicht hatte sie ihn also doch nicht mit seiner Frau gesehen?

»Ich auch nicht«, sagte sie.

»Du?«, fragte er. »Gerade du?«

Ella schwieg.

»Aber darum weinst du doch nicht, Ella.«

»Hast du den Porsche vorne auf der Verkehrsinsel gesehen, den dunkelblauen?«, fragte sie und wischte sich die Tränen weg.

Er nickte und schaute sie forschend an. Natürlich hatte sie ihn mit seiner Frau gesehen, warum sollte sie sonst weinen?

»Zeigst du mir jetzt deinen Laden?«

Sie hatte ja direkt gegenüber auf der anderen Straßenseite gestanden.

»Paul?«

»Meinen Laden?«, fragte Paul. »Ich kann dir jetzt doch nicht meinen Laden zeigen.«

Draußen lief ein Mann vorbei, der grüßte, Paul grüßte flüchtig zurück.

»Dauernd kommt jemand vorbei, den man kennt«, sagte Ella.

Sie hat den Kuss gesehen, dachte Paul. Warum tobte sie nicht, schrie sie nicht, stellte ihn nicht zur Rede? Sollte er sie jetzt darauf ansprechen? Musste er das? Warum hatte er seine Frau bloß geküsst, obwohl er sie nicht küssen wollte? Warum fühlte er sich seiner Frau so verpflichtet, obwohl er wusste, dass es vorbei war, schon lange? Es ging nicht nur um Georg, es ging auch um etwas anderes. Er konnte sich schlichtweg nicht eingestehen, dass er ein Mann war, der die Mutter seines Sohnes nie geliebt hatte. Das konnte er mit seinem Selbstbild nicht vereinbaren.

»Können wir ein bisschen hochgehen?«, fragte Ella.

»Hoch?«

»In die Wohnung«, sagte Ella.

»Klar«, sagte Paul, sperrte den Laden ab und ging mit Ella in seine Wohnung. Vielleicht half das.

Oben angekommen, verschwand Paul in die Küche, um Ella einen Tee zu kochen. Ella legte sich auf sein Bett und sah sich um. Alles noch wie gestern. Das Bett auf dem Boden, die achtlos aufgehängten, wollweißen Vorhänge, der Stapel zerlesener

Zeitungen in der Ecke, die Wand mit den unzähligen gerahmten Bildern, den großen, bunten Comics und den kleinen Bleistiftzeichnungen, alles wie gestern. Nur die Fraglosigkeit war verschwunden. Paul kam mit einer dampfenden Tasse Tee, einem Glas Honig und einem Blick zurück, den Ella nicht deuten konnte. Er schraubte das Glas auf und löffelte einen Löffel Honig nach dem anderen in den Becher, als wollte er sie versüßen. Sie rührte ihn nicht an.

Paul stellte den Tee zur Seite, beugte sich über sie und schaute sie forschend an. Sie konnte seinen Blick immer noch nicht deuten. Sie rutschte zur Seite und machte ihm Platz.

Paul legte sich zu ihr, und sie begann ihn mit geschlossenen Augen auszuziehen, als wäre das der Lauf der Dinge; und als seine Kleider neben dem Bett auf dem Boden lagen, begann er sie auszuziehen, ebenfalls mit geschlossenen Augen. Ella sah, wie Paul ihre Bluse aufknöpfte, den Gürtel löste, den Reißverschluss aufzog. Sie wusste nicht, warum er es tat, aber er tat es, und ebenso wenig wusste sie, warum sie es getan hatte, aber sie hatte es getan. Vielleicht zogen sie sich aus, um sich der Windstille zu entreißen, die sich mehr und mehr im Raum ausbreitete und kein Fortkommen zuließ.

Sie ließ sich küssen, ihren Nacken, ihre Halskuhle, ihre Brust, ihren Schoß, und sie erwiderte seine Küsse. Wahrscheinlich küssten sie sich beide, weil sie sich nicht verabschieden konnten, noch nicht, nicht nach einer gemeinsamen Nacht, nicht so früh; nicht, wenn noch so vieles möglich schien. Nur, wenn sie sich jetzt nicht verabschiedeten, dann würde sich der Abschied über die nächsten Monate hinziehen; eingeläutet war er, und das Läuten dröhnte in ihren Ohren.

Paul kniete jetzt über ihr, drang in sie ein und bewegte sich heftig auf und ab. Sie gab ihm kein Zeichen, dass er damit aufhören sollte, weil sie es auch wollte, um sich wiederzufinden, vielleicht.

Doch als es vorüber war, legten sie sich nebeneinander und hatten keine Ahnung, ob sie sich gerade wiedergefunden hatten. Das Läuten war verklungen, es war jetzt ganz still. Was das zu bedeuten hatte, wusste sie nicht. Nach einer Weile schloss sie die Augen und tat so, als wäre sie eingeschlafen. Er strich ihr übers Haar und ging dann zurück in seinen Laden.

Ella öffnete die Augen, blieb aber noch eine Weile auf Pauls Bett liegen. Die Verbindung zu dem, was gerade geschehen war, war gekappt, der Film war gerissen, und die losen Enden flogen schwerelos durch die Luft. In ihr war nichts mehr, nichts bewegte sich mehr, vollkommene Windstille. Sie bekam Angst. Raus hier! Raus aus diesem Haus! Ella lief die Treppen herunter und aus dem Haus auf die Straße. Draußen war helllichter Tag. Ella schaute einmal nach rechts und nach links. Junge Männer liefen mit Kaffeebechern herum und telefonierten, junge Mütter schoben ihre Kinderwagen durch die Gegend. Dann rannte sie los.

13

»Lassen Sie mich hier an der Ecke raus«, sagte Horowitz zum Taxifahrer. Chaussee- Ecke Torstraße. Es waren noch ein paar Straßen bis zu Ellas Wohnung, aber die wollte er laufen, seinen Seesack über die Schulter gehängt. Die Chausseestraße war nicht gerade eine Flaniermeile, sie war da, um von einem Teil der Stadt in den anderen zu führen. Horowitz ging an einem Thai-Massagesalon vorbei, einem Sanitätsfachhaus und einem Optiker, in dessen Schaufenster ein Bild von Woody Allen hing. Auf der anderen Straßenseite lag der wunderbare Dorotheenstädtische Friedhof, den er ganz vergessen hatte. Brecht, Weigel, Hegel, Fichte, Minetti waren hier begraben. Direkt neben dem Friedhof stand das Brechthaus. Sollte er die Straßenseite wechseln? Der Friedhof war ihm weitaus sympathischer als das Sanitätshaus mit seinen Massagebällen und Stützstrümpfen. Auf der rechten Seite tauchte ein Brautmodenladen auf. Die Hochzeit seiner Schwester. Wie kann man nur heiraten, hatte er sich damals gedacht, wie kann man nur so wenig wollen vom Leben? Und dann? Dann hatte er weiter die große Liebe ersehnt, sie sich gleichzeitig vom Leib gehalten und sich immer weiter verstrickt in sein eigenes Klischee. Er, der große Abenteurer, der niemals zur Ruhe kommt, er, dem die ganze Welt offensteht, der zu freiheitsliebend für die Liebe war, zu unstet für den Hafen. Lächerlich!

Horowitz drehte sich um. Morgen würde er auf den Dorotheenstädtischen Friedhof gehen und Brecht und den anderen von seinem Leben erzählen. Der gestrandete Meeresforscher – wenn das kein Spruch für einen Grabstein war!

»Wie spät ist es?«, fragte ihn ein Mann mit einem weißen Bart und ungepflegter Kleidung, der so verwirrt aussah, als könne ihm keine Uhrzeit der Welt mehr helfen.

Horowitz zuckte mit den Schultern: »Wenn Sie mich fragen: zu spät.«

Der Mann ging kopfschüttelnd weiter. Horowitz blieb vor dem Brautmodenladen stehen und schaute dem Mann nach.

»Rein oder raus?«, fragte ein junger Mann mit rötlich glänzenden Wangen nun.

»Was?«, fragte Horowitz.

»Das ist ein Laden. Wollen Sie rein oder raus?«

Horowitz entschuldigte sich und ging weiter. Das war eine gute Frage: Wollte er rein oder raus?

Horowitz bog noch einmal ab, dann kam er vor Ellas Haus an. Er holte tief Luft und suchte Ellas Namen auf dem Klingelschild. »Rot« war mit Kugelschreiber auf ein ausgefranstes Klebeband geschrieben. Er schaute sich die anderen Namen an: kein Doktoren-, kein Adelstitel. Der Hof des Gebäudes war schäbig, Müllcontainer, ein Ständer mit alten Fahrrädern, Gestrüpp. Ellas Wohnung lag im Hinterhaus. Gartenhaus hatte sie gesagt, aber es war ein Hinterhaus, und es muffelte in diesem Hinterhaus. Im zweiten Stock standen Wanderschuhe einer Frau vor der Tür. Dritter Stock, Ellas Name in Druckbuchstaben, schöne Schrift, schwarze Tinte. Er kramte den Schlüssel aus der Tasche, schloss auf, stellte seinen Seesack hinein und wagte einen ersten Blick ins Innere. Die Wohnung duftete nach Rosenblüten, Limonen und Badeschaum. Er schloss die Augen. Erst hier fiel ihm auf, wie stark es in seiner Wohnung nach totem Tier und verstaubtem Papier und all den Seiten aus all den Büchern toter Autoren gerochen hatte; wie sehr nach Nietzsche, Melville, Conrad und Schildpatt, nach Verne, Michelet, Haifisch und Schwamm.

Er hätte lauthals jubeln können. Ellas Wohnung überstieg seine Hoffnungen. Der freie Blick – nichts, was störte, trübte, bedrängte. Dass ein Raum überhaupt eine solche Klarheit ausstrahlen konnte, hätte er nicht für möglich gehalten. Dreißig Quadratmeter, in denen außer dem hellen Sofa, einem Schreibtisch und einem großen, weißen Bücherregal nichts herumstand, keine losen Papiere, kein Tand, kein Zebra, keine Stapel von irgendwas, keine Nester, keine Fundstücke. Neben der Wohnungstür lag das Bad, dessen beige-braune Geschmacklosigkeit Ella ja schon angekündigt hatte, und neben der Ecke, in der sich die Küche befand, war eine weitere Tür zu sehen, die zum Schlafzimmer führen musste. Das war's. Mehr gab es hier nicht zu entdecken. Alles wirkte so unbeschrieben. Nichts erinnerte ihn an etwas. Er atmete tief durch. Wie hatte er es nur all die Jahre in seiner Wohnung ausgehalten?

So hatte er nie gelebt, weder als Kind noch als Jugendlicher. Als Kind hatte er ein lichtdurchflutetes Zimmer im heutigen Simbabwe bewohnt, das er manchmal tagelang nicht verlassen durfte, wenn er seinem Vater zufolge wieder etwas ausgefressen oder seiner Schwester eine tote Schlange ins Bett gelegt hatte – dabei waren es nie giftige gewesen. Das Studium hatte er in Paris bei einer Cousine seiner Mutter verbracht, die ihm das Zimmer ihrer Tochter überlassen hatte, welche einige Jahre zuvor an einer Lungenentzündung gestorben war. Dieses Zimmer war winzig, mit schrägen Decken und einer kleinen Luke, durch die er manchmal die Sterne sehen konnte, doch auch dieses Zimmer war mehr Straflager als Freiraum, denn es war noch voller Spuren von seiner Cousine. Natürlich hatte er sich nicht getraut, etwas zu verändern; kein Buch hatte er zur Seite geschoben, um seine eigenen dort aufzustellen. Er hatte keinen der Stifte benutzt, die immer noch halb gespitzt in dem kleinen roten Lederbecher gestanden hatten.

Er studierte Geschichte an der Sorbonne, aber nach kurzer

Zeit merkte er, dass er sich nur für den Teil seines Fachs interessierte, der auf dem Wasser stattfand, alles andere ließ ihn merkwürdig kalt. Er verschlang alles über die Seefahrt und die großen Schiffbrüche, über die maritimen Handelsrouten, den Walfang und die Entstehung des Windes; er konnte nicht genug bekommen von Texten über Fischzucht, Korallenriffe und Meeresmythen. Und je mehr er las, desto grundlegender wurde sein Interesse. Bald fing er an zu untersuchen, inwiefern das Meer als Ganzes die Menschheit prägt und welche Rolle es in der Entwicklung der Zivilisation, der Weltpolitik, aber auch in der Vorstellungskraft der Menschen spielt. Er suchte nach Gleichgesinnten und gründete einen Vorläufer der heutigen *Nautical Archaeology Society*.

Doch dann merkte er, dass seine Mitstreiter aus den Augen verloren, worum es eigentlich ging; sie spezialisierten sich und lernten alles über die Entwicklung globaler Handelsnetze, über die Besonderheiten der Quallen oder über den englischen U-Boot-Krieg. Und sie vergaßen dabei, das Meer als vollkommen abgerundetes Kunstwerk zu verstehen, als etwas, das alles in sich trägt, nichts vermisst und nichts vermissen lässt. Aber niemand schien verstehen zu wollen, was er meinte. Außer Nietzsche natürlich. Also trat Horowitz aus der von ihm gegründeten Vereinigung wieder aus und beschloss, sofort nach dem Ende seines leidigen Studiums zur See zu fahren, um dem Geheimnis des Meeres auf die Schliche zu kommen.

Bis es so weit sein sollte, las er die großen Meeres-Romane und hatte dabei stärker als sonst das Gefühl, dem Meer nahe zu sein: Vernes *20000 Meilen unter dem Meer*, Melvilles *Moby Dick* und Conrads diverse Erzählungen. Stunden und Tage verbrachte er mit dieser Lektüre in seiner Dachkammer, während sich seine Tante im unteren Stockwerk ihrer Trauer hingab und an Kissen stickte, in die sie ihre nächtlichen Tränen weinen konnte.

Als er das Studium dann mehr recht als schlecht beendet hatte, beschloss er, Paris zu verlassen, auf Jacques-Yves Cousteaus Boot anzuheuern und dort das Meer zu begreifen. Cousteau würde gewiss nichts dagegen haben, einen Mann an Bord zu haben, der sich keine Sauerstoffflasche umschnallen musste, um ins Meer einzutauchen. Doch all seine Briefe an Cousteau blieben unbeantwortet. Um nicht länger auf dem Trockenen zu sitzen, musste er also anders auf See kommen, und so buchte er erst einmal eine Kreuzfahrt auf der legendären Queen Mary. Doch dann verstarb seine Tante ganz unerwartet, und er musste sich um das Erbe kümmern, die Pariser Wohnung auflösen und für die Berliner Wohnung einen Mieter finden. In Berlin beschloss er, die Wohnung doch nicht zu vermieten, sondern dort seine Basis einzurichten und auf eigene Faust ein Forschungsschiff samt Crew zu organisieren. Geld hatte er nun ja genug.

Und erst jetzt, in diesem Moment, als er in Ellas Wohnung stand, wurde ihm klar, dass er mit Ella nicht nur seine Wohnung getauscht hatte, sondern einen Bogen geschlossen hatte, der mit dem Auszug aus Paris und dem Einzug in Berlin begonnen hatte.

»Hallo«, sagte nun eine helle Frauenstimme hinter ihm.

Horowitz bekam einen Schreck und hielt sich die Hand vor den Mund, als hätte er laut vor sich hin gesprochen. Hinter ihm kam eine blondierte, rundliche Frau mit grau-blonden Locken und herausforderndem Blick die Treppe hinaufgestiefelt.

»Hallo?«

»Hallo«, wiederholte die Frau und blieb stehen.

Horowitz musterte die Frau, sie war attraktiv, vielleicht Mitte fünfzig, nicht sein Typ (die Drallen hatten ihm immer Angst gemacht), aber sehr attraktiv.

Die Frau schaute ihn an. Er sollte jetzt wohl etwas sagen. Sie standen sich gegenüber.

»Wollen Sie zu mir?«, fragte er zögerlich.

»Nein«, sagte sie und zog ihre lindgrünen, bestickten Handschuhe aus, »ich wollte zu Ella Rot. Ist sie da?«

»Ach so, nein, sie ist … Darf ich mich erst mal vorstellen? Horowitz«, sagte er und deutete eine Verbeugung an. Das war deplatziert, aber heute war nun mal ein deplatzierter Tag.

»Horowitz?«, fragte die Frau.

Plötzlich kam ihm ein Gedanke: »Sind Sie Ellas Mutter?«

»Sieht man das?«, fragte sie und steckte ihre Handschuhe in eine winzige Handtasche, die mit zwei Kupferkugeln verschlossen war.

»Nein«, sagte er, »überhaupt nicht.«

»Ach so«, sagte sie und nahm nun zwei Kämme aus ihren Locken, goldene Kämme mit vielen kleinen Glitzersteinen, und ließ sie in die Tasche ihres Samtmantels gleiten. »Ja, ich bin Ellas Mutter, nennen Sie mich Sibylle, wenn Sie wollen. Und Sie? Sie sind nicht Ellas Vater, wenn ich mich recht erinnern kann …«

Horowitz lachte, und Ellas Mutter fuhr fort: »Wo ist sie überhaupt? Ist sie nicht da?«

»Sie ist in meiner Wohnung«, antwortete Horowitz.

Sie schaute ihn erstaunt an und löste ihren türkisfarbenen Chiffonschal: »In Ihrer Wohnung? Was soll das hier sein? Ein Wohnungstausch?«

»Ja, ein Wohnungstausch.«

»Und warum?«

»Wollen Sie hereinkommen?«, fragte Horowitz, erleichtert, nicht weiter über seine Vergangenheit nachdenken zu müssen.

»Ja, gerne, sehr gerne.«

Horowitz zögerte: »Tee?«

»Ja, das auch«, sagte sie und rollte ihren Schal zu einer winzigen Kugel zusammen.

Das auch?, dachte er und rührte sich nicht von der Stelle.

Wenn sie hier länger stehenblieben, dann wäre sicher gleich der Mantel dran, und dann die Bluse und dann …

»Und worauf warten Sie?«, fragte sie.

»Worauf ich warte?« Er erschrak.

»Na ja, noch stehen wir hier herum.«

Horowitz stutzte.

Denn nun löste Ellas Mutter die Knöpfe ihres Mantels einen nach dem anderen und sagte: »Und schauen Sie nicht so ängstlich: Sie müssen mich nicht über die Schwelle tragen, ich war vier Mal verheiratet, glauben Sie mir, das reicht erst mal.«

Horowitz lachte wieder, und der Mantel war offen.

Horowitz machte eine einladende Geste, sagte: »Dann gehen Sie doch vor. Sie kennen sich ja sicher hier besser aus als ich«, und fing dabei einen Blick von Ellas Mutter ein, der zerbrechlich und mädchenhaft wirkte.

»Das denken Sie«, sagte Ellas Mutter mit heiserer Stimme, während sie sich aus ihrem Mantel schälte. »Aber ich war noch nie hier. Ella lässt mich nicht rein.« Ihr Blick flatterte.

Und auf einmal wirkte sie nicht mehr so schnoddrig und drall wie vor ein paar Minuten.

Horowitz nahm ihr den Mantel ab: »Sie lässt Sie nicht rein?«

»Ist nicht zu verstehen«, sagte Ellas Mutter. »Versuchen Sie es erst gar nicht.«

Sie betraten hintereinander die Wohnung und schauten sich währenddessen um.

»Ist es nicht seltsam«, fragte Ellas Mutter, »dass wir beide noch nie hier waren, und Ella jetzt nicht hier ist, aber wir?«

Sie waren in der Küche angekommen. Hier stand ein weißer Schrank, und auf den Küchenschubladen lag eine dunkelbraun gebeizte Arbeitsplatte. An der einen Wand hing ein großes, kaschiertes Foto von einem weißen Hirsch vor einem dunkelgrünen Wald und in der Küche zwei kleine Zeichnungen: luftige, poetische Kritzeleien wie von Kinderhand gezeichnet und gleichzeitig raffiniert komponiert, rosa, hellgrün, tiefes Violett. »Schöne Bilder, sie haben was Befreiendes«, sagte Ellas Mutter. Sie hatte den Wasserkocher schon aufgefüllt und Ellas Schrank nach Tee durchsucht. »Diese Malerin muss niemandem etwas beweisen.«

»Die Malerin?«

»Na, würde ein Mann so unprätentiös malen? Aua!« Sie hatte einen Teil der Teeblätter verschüttet und sich am Wasserkocher verbrannt. Sie fluchte leise vor sich hin, ließ den Tee kaum eine Minute ziehen und kippte dann das leicht gefärbte Wasser in zwei dunkelgrüne Becher. Dafür, dass sie noch nie in Ellas Wohnung war, bewegte sie sich mit erstaunlicher Sicherheit und nahm die Küche sofort in Beschlag. Vielleicht war genau das der Grund, warum Ella ihre Mutter nicht in die Wohnung ließ: weil sie vielleicht alles sofort in Beschlag nahm, nicht nur die Küche.

»Dabei verstehen Ella und ich uns eigentlich sehr gut«, sagte sie, »ich meine, wir sind uns eigentlich sehr ähnlich. Das ist mit meiner älteren Tochter ganz anders, sie und ich: tja, das waren immer schon Welten, aber Ella …«

Ellas Mutter nahm die Tassen, stellte sie auf den kleinen hölzernen Tisch, der aussah wie eine alte Tempeltür, und setzte sich auf das Sofa: »Ich hoffe, er ist jetzt lange genug gezogen. Ich habe keine Geduld für Tee. Gefällt es Ihnen?«

»Was?«, fragte Horowitz.

»Na, das Zimmer.«

»Ja«, sagte er, »sehr sogar.«

»Meine Tochter hasst Muster, wissen Sie. Ich verstehe das nicht.«

Horowitz setzte sich zu Ellas Mutter aufs Sofa und nahm einen Schluck Tee. Er wollte sich sehr gerne mit ihr über Ellas Leben unterhalten, doch kaum saß er, fühlte er sich unwohl, als traute er ihr nicht, weil sie diese zur Spontaneität neigende sinnliche Kraft ausstrahlte. Diese Art der Sinnlichkeit flößte ihm immer noch größten Respekt ein; ihre andere Seite hingegen, die durchscheinende, flüchtige, zog ihn an, das konnte er nicht verhehlen. Außerdem war es das erste Mal seit langer Zeit, dass er sich allein mit einer Frau in einer Wohnung befand, die nicht seine Schwester war.

»Wovon leben Sie?«, fragte Ellas Mutter ihn nun und schaute ihm unumwunden in die Augen.

»Was?«, fragte Horowitz.

»Nun, ich meine, womit bestreiten Sie Ihren Lebensunterhalt?«

Wie bitte? Horowitz stockte. Das ging nun wirklich zu weit: »Ich bestreite gar nichts«, sagte Horowitz und rückte etwas weiter ans andere Ende des Sofas.

»Ach so«, sagte sie, »schade.«

Sie schwiegen. Horowitz schaute in seine Tasse. Das heiße, trübe Wasser dümpelte darin vor sich hin.

»Ich dachte …«, sagte sie und schwieg wieder. Kein Zynismus lag in ihrer Stimme und keine Ironie. »Sie wirken nicht wie jemand, der sein Leben in einem Büro verbracht hat, sie wirken wie jemand, der seine Träume gelebt hat.«

»Hm«, sagte er.

»Muss man Ihnen eigentlich alles aus der Nase ziehen?«

»Nein, das müssen Sie nicht«, sagte Horowitz.

»Oje!«, rief sie aus und verdrehte die Augen. »Verzeihung, dass ich Ihnen zu nahe getreten bin, dabei wollte ich doch einfach nur wissen, wie Sie Ihr Geld verdienen.«

»Mein Geld?«

»Vergessen Sie es. Tut mir leid, ich kann mir einfach nicht abgewöhnen, immer mit der Tür ins Haus zu fallen. Dabei … geht es mir gerade gar nicht so gut. Ich meine, allein hier zu sitzen …, endlich mal in der Wohnung meiner eigenen Tochter sitzen zu dürfen, ist schon bewegend genug. Können Sie sich das vorstellen?«

Horowitz nickte zögerlich.

»Vorhin, da hab ich mit meiner älteren Tochter telefoniert, und die nimmt ja alles so genau. Jeder Satz wird auf die Goldwaage gelegt, für alles ist man bei ihr verantwortlich. Sie macht mich für ihr ganzes Leben verantwortlich, und das hat ihr nicht einmal irgendein Therapeut eingeredet, darauf ist sie selbst gekommen. Es ist nicht zum Aushalten. Es ist nicht zum Aushalten, und es verletzt mich.«

»Wie heißt Ihre Tochter?«

»Jasmin.«

Stimmt, jetzt erinnerte er sich.

»Und Ella ist ganz anders?«, fragte er.

»Oh, ja, ganz anders«, sagte sie, »Ella ist ein Vögelchen. Mit ihr hatte ich nie Probleme, nie. Sie liebte mich, wie ich war. Sie hat es immer genossen, dass ich anders war als die anderen. Sie brauchte all diese Regeln nicht. Sie hat mir nichts übelgenommen, nicht mal, dass ich so selten im Krankenhaus war, als sie ihren Unfall hatte, obwohl sie da noch ganz klein war. Auch das hat sie mir nicht übel genommen, obwohl sie natürlich alles Recht der Welt dazu gehabt hätte. Aber damals war ich frisch verliebt, und der Mann war aus dem Libanon und fordernd, und da wollte er nicht, dass ich in meiner freien Zeit auch noch im Krankenhaus rumsitze, und wahrscheinlich wollte ich das auch nicht, wenn ich jetzt mal ehrlich bin. Deswegen bin ich von der Arbeit nur schnell bei Ella reingerauscht, hab ihr ein Küsschen gegeben und bin wieder rausgerauscht. Und das hat sie mir nicht übel genommen. Sie hat ein großes Herz. Sind Sie nicht viel zu alt für sie? Ich meine, wie alt sind Sie eigentlich?«

Horowitz wich zurück: »Ich bin nicht …«

»Ja, ja«, sagte sie, »ich auch nicht.«

Horowitz stand auf.

»Entschuldigung«, sagte Ellas Mutter, »jetzt ist es schon wieder passiert. Entschuldigung, ich wollte Ihnen wirklich nicht zu nahe treten. Ich bin nur gerade so aufgewühlt, und wenn ich aufgewühlt bin, dann hab ich mich noch weniger im Griff, und dann sage ich immer die unpassendsten Dinge. Wissen Sie, wie Ella das immer nennt, wenn ich so bin? Mutters Tourrettesyndrom.«

»Hm«, sagte Horowitz und setzte sich wieder hin.

Plötzlich fiel ihr Blick auf den kleinen pinkfarbenen Vogelkäfig aus Plastik in Ellas Bücherregal. Ellas Mutter stand auf, nahm den Käfig, suchte auf der Unterseite nach einem Schalter und knipste ihn an. Der Vogel begann sich zu drehen, seinen Schnabel auf- und zuzuklappen und dabei ganz lieblich zu zwitschern. Ellas Mutter schaute ihn mit Tränen in den Augen an: »Wenn Sie wüssten, wie sehr mich das rührt.«

Horowitz betrachtete den Käfig schmunzelnd, das Vögelchen gefiel ihm, nur der feuchte Blick von Ellas Mutter machte ihn verlegen. Er wandte sich wieder dem Bücherregal zu und versuchte die Titel auf den Buchrücken der in der untersten Reihe stehenden Bücher zu entziffern.

»Wollen Sie denn hören, was es mit dem Vogelkäfig auf sich hat?«

Horowitz nickte. Den ersten Namen hatte er nun entziffert. Zora Neale Hurston, von der hatte er nie gehört, nach der würde er Ella fragen, wenn sie das nächste Mal sprachen.

»So einfach war das natürlich nicht damals«, sagte Ellas Mutter und holte nun ein Taschentuch hervor. »Auch das mit ihrem Unfall war nicht so einfach. Natürlich war das ein Fehler von mir, mich im Krankenhaus nicht richtig um sie gekümmert zu haben. Ella behauptet jetzt sogar, dass ich *nie* da gewesen wäre, und erwähnt in ihren Erzählungen immer wieder diese Dame vom Jugendamt mit ihren roten Strümpfen. Aber ich versichere Ihnen: Die hat es nie gegeben! Und ich hab Ella auch selbst vom Krankenhaus abgeholt und nach Hause gebracht und ihr die geliebten Ringelnudeln gekocht und sie damit gefüttert. Aber das hat sie alles vergessen. Für sie steht fest, dass nicht ich, sondern der Fahrer des Libanesen sie aus dem Krankenhaus abgeholt hat. Aber auch das stimmt nicht. Er hat sie die Tage danach immer wieder zu einer kleinen Spritztour mitgenommen, aber aus dem Krankenhaus hab ich sie abgeholt. Nun ja, vielleicht geht es auch gar nicht darum. Vielleicht geht es darum, dass man eben Fehler macht. Jedenfalls dachte ich immer, Ella hätte ihre ganze Kindheit im Nachhinein verdammt, weil ich diesen einen Fehler gemacht habe. Und jetzt stellt sie sich einen Vogelkäfig in ihre Wohnung, und das treibt mir wirklich die Tränen in die Augen.«

Horowitz schaute sie fragend an.

»Ja, wissen Sie, wir lebten in München, in Schwabing, und ich hatte gerade die vierte Ehe hinter mir – jede einzelne war wunderbar, aber nicht wirklich lebbar, weil meine Männer immer im Ausland weilten und irgendwann von ihren Frauen (den anderen, meine ich) die Pistole auf die Brust gesetzt bekommen haben – und so waren sie vielleicht doch nicht so wunderbar, aber davon wollte ich ja gar nicht erzählen. Ich wollte von der Zeit mit den Blumen erzählen, der Zeit, in der ich unsere Wohnung über und über mit allen möglichen Blumen dekorierte, und von der Zeit mit den Vögeln. Es gab diesen neuen Blumenladen im Tal, und dort musste man nicht immer gleich bezahlen – und das war ja schon immer mein liebstes Geschäftsmodell! Dort wurde ich also Stammkundin. Und so hatten wir wunderbare Sträuße auf dem Esstisch, riesige Sträuße, langstielige Rosen und Lilien, bunte knubbelige Ranunkeln, Tulpen und Callas, und irgendwann hatten wir dann auch Sträuße auf allen anderen Tischen, und als die

Stellfläche nicht mehr reichte, steckte ich sie in Bodenvasen, die den Flur säumten und die Ecken des Wohnzimmers; auf den Ablageflächen der Badewanne und den Kommoden – überall standen Blumen in allen Farben des Regenbogens, vierzig, fünfzig Sträuße. Es war herrlich. Na ja, vielleicht waren es auch nicht ganz so viele, aber es fühlte sich so an, so überbordend. Ich fühlte mich wie nach einer großen Premiere. Als hätte ich die ganze Spielzeit noch vor mir. Dabei bin ich nie aufgetreten, wissen Sie, nie. Aber das ist eine andere Geschichte. Die erzähle ich Ihnen beim nächsten Mal.«

Horowitz schluckte.

»Ella konnte es immer kaum erwarten, von der Schule nach Hause zu kommen, um zu sehen, ob es neue Blumen zu entdecken gab, die sie noch nicht kannte. Und jede einzelne Blüte erklärte ich ihr. Das war mir immer wichtig, dass sie auch was lernt, nicht nur Mathematik und so was, sondern auch was Schönes. Jedenfalls durfte sie sich jeden Tag die schönste Blüte aussuchen und hinters Ohr stecken. Sie durfte der alten Dame aus dem ersten Stock kleine Sträuße binden, ihrer Lehrerin eine Lilie mitbringen und jede Menge Blumen zwischen den Seiten eines dicken Buchs pressen und trocknen. Jasmin wollte das alles nicht. Kaum war sie zu Hause, riss sie die Fenster auf und schmiss mit gerümpfter Nase die schlaffen Stengel weg. Sie machte Würgegeräusche, wenn sie abgestandenes Blumenwasser in den Ausguss kippte, und nannte Ella eine Schleimerin, wenn sie Blumen in die Schule mitnahm. Doch Ella und ich waren glücklich. Na ja, und wie es so kommt: Irgendwann war es dann vorbei mit den Blumen. Sie können sich gar nicht vorstellen, wie kleinkariert die Besitzerin des Blumenladens im Endeffekt dann doch war. Sie schickte eine Mahnung nach der anderen, schien das Prinzip von Stammkundschaft überhaupt nicht verstanden zu haben. Natürlich hatte ich das geahnt irgendwie, aber wenn ich immer nur das gemacht hätte, was ich mir hätte leisten können, dann wäre das phasenweise einfach zu karg gewesen, das können Sie mir glauben. Ich war niedergeschmettert, vor allem für Ella tat es mir leid, aber dann entdeckte ich einen weißlackierten schmiedeeisernen Käfig, und schon war es um mich geschehen. Ich kaufte ein hübsches Wellensittichpärchen in Grün und Blau, nannte sie Claude und Maude, und Ella strahlte. Und sogar Jasmin strahlte diesmal, denn sie liebte Tiere, hatte sie schon immer geliebt, und nun hatte sie eine neue Aufgabe. Bald war unsere Wohnung voll mit Käfigen in allen Größen und Formen, zum Schluss kaufte ich sogar Volieren mit größeren Vögeln. Und je mehr Vögel in unserer Wohnung um die Wette zwitscherten, desto mehr hellte sich unsere Stimmung auf, die ja durch die ganzen Scheidungen und so nicht gerade rosig war; also je lauter das Gezwitscher wurde, desto mehr vergaß ich meine Ehemänner und Jasmin ihre Verklemmtheit, und Ella war ja sowieso unser Sonnenschein, die musste nichts vergessen, außer den Unfall vielleicht und die leidige Frage nach ihrem Vater, nun ja.« Den letzten Satz verschluckte sie.

Horowitz hatte nun fast die ganze untere Reihe der Buchtitel entziffert. Neben dieser Zora Neale Hurston standen Werke von Dorothy Parker, Lady Hester Stanhope und Ingeborg Bachmanns *Undine geht*.

Ellas Mutter folgte seinem Blick: »Ja, ja, die berühmten Frauen. Das waren die Gutenachtgeschichten für meine Töchter. Immer, wenn ich abends zu Hause war, was ja nicht so oft vorkam, auch das vielleicht ein Fehler …, aber immer, wenn ich zu Hause war, dann habe ich meinen Töchtern von prachtvollen Frauen und deren Leben erzählt. Gertrude Bell und Lady Stanhope waren meine Lieblingsfiguren. Die frühen Reisen in den Orient, diese Abenteurerinnen, aber auch Dorothy Parker mit ihren Exzessen und Zora Neale Hurston, dieses Stehaufmännchen, das die schwarze Literaturszene durcheinandergewirbelt hat. All die Damen, die Sie gerade da im Bücherregal studieren, um mir nicht zuhören zu müssen ...«

Horowitz bekam einen Schreck.

»All diese Damen hat Ella schon als kleines Mädchen kennengelernt, und jetzt tut sie so, als hätte ich damit nichts zu tun gehabt. Nur weil sie aus irgendeinem Grund momentan alles verteufelt, was von mir kommt. Dabei war sie doch so ein Sonnenschein früher und ist es im Grunde immer noch ... Es ist wirklich verletzend. Verstehen Sie das?«

Horowitz nickte.

»Das ist schön, dass Sie das verstehen. Und auch schön, dass ich Ihnen das alles erzählen kann. Im Moment bin ich ziemlich allein, und wenn ich irgendetwas nicht ertragen kann: dann das Alleinsein. Und Sie?«

»Ich war eigentlich immer gern allein«, sagte Horowitz.

»War?«, fragte Ellas Mutter.

»Bin, war ...?«

»Na ja, wie auch immer. Wir sind ganz vom Thema abgekommen. Ich wollte Ihnen ja von den Vögeln erzählen: Also irgendwann war unsere Wohnung zweigeteilt, in einen unteren Teil, in dem wir und die verwaisten Blumenvasen lebten, und einen oberen, in der die Vögel lebten, die Sittiche, Kakadus und Papageien. Jasmin hatte wirklich ein Händchen für Tiere, und es machte ihr Spaß, die Käfige in Schuss zu halten, und Ella malte sich den lieben langen Tag aus, sie würde im Dschungel leben. Sie hatte so eine überbordende Phantasie. Doch dann hörte sie von einem Tag auf den anderen auf, sich für die Vögel zu interessieren, sie ignorierte sie regelrecht und unterhielt sich nicht einmal mehr mit dem Papagei, der tags zuvor noch ihr Liebling war, ihren Namen sagen konnte und sie immer so verständnisvoll anschaute. Und als ich abends mal an Ellas Bett saß und ihr gerade was von Gertrude Bells Liebe zur Wüste erzählen wollte, da weinte sie. Und als ich sie fragte, warum sie so weinte, sagte sie, dass sie die Vögel zu sehr liebte und jetzt schon wusste, dass ich sie ihr wieder wegnehmen würde irgendwann, und dass sie deswegen lieber jetzt schon aufhörte, sie zu lieben. Hat man so was schon gehört? Können Sie sich das vorstellen?«

»War es denn so?«, fragte Horowitz.

»Natürlich ließ ich dann alle Vögel frei. Was hätte ich auch anderes machen können, wenn sie meine Tochter so traurig machten? Ich hatte nicht vor, Vögel zu halten, an denen sich keiner mehr erfreute. Und an dem Tag, an dem Ella nach Hause kam und die leeren Käfige vorfand, hatten wir unseren ersten und einzigen Streit. Sie schrie mich regelrecht an: Wie gemein ich sei und wie ich ihr das antun könne! Dabei hatte sie es doch selbst gesagt. Ich verstehe das bis heute nicht. Und jetzt finde ich hier diesen hübschen kleinen Vogelkäfig, und das kann ja nur heißen, dass sie mir verziehen hat und sich nun daran erinnern will, wie schön es zu Hause bei uns war mit all den Blumen und den Vögeln. Das ist doch rührend, finden Sie nicht?«

Horowitz räusperte sich: »Sicher.«

Sie saßen eine Weile schweigend da und tranken den Tee. Währenddessen schaute Ellas Mutter immer mal wieder kurz zu ihm herüber, so als wartete sie darauf, dass er nun das Wort ergriff.

Horowitz gab sich also einen Ruck und fragte: »Ella hat mir erzählt, dass Sie Ella Fitzgerald mögen?«

»Sie etwa auch?«

»Nein, ich höre Barockmusik, ein bisschen Satie und Schubert, ein paar alte Schlager, das war's.«

»Wollen Sie trotzdem hören, warum ich Ella nach ihr benannt habe?«

»Doch, ja«, sagte Horowitz.

»Ich wollte meiner Tochter Fitzgeralds Leidenschaft und

Vergnügtheit mitgeben. Und so ist Ella auch geworden. Ella ist wie Fitzgeralds Stimme: In den oberen Lagen naiv, fröhlich und kindlich, in den mittleren erdig und stark und in der Tiefe rund, sanft und samten. Bei Jasmin ist das etwas anderes. Jasmin hätte ich lieber Edeltraut nennen sollen oder Wilhelmine. Sie ist so unglaublich deutsch, dass sie mir selbst den Duft ihres Namens übel nimmt. Sie hat mich mal gefragt, ob ich sie nach einer Antibabypille genannt habe. Können Sie sich das vorstellen? So was fragt mich meine Tochter! Ich meine …«

»Vielleicht wollte sie einfach nur hören, dass Sie froh sind, sie bekommen zu haben …«

»Ach, Gottchen. Also, wenn sie das nicht weiß …«

»Mein Vater hat mir das auch nie …«, fing Horowitz an und brach dann ab.

Ellas Mutter überging seinen Einwand und murmelte stattdessen vor sich hin: »Eine Antibabypille …«

»Nicht dass ich das besonders gut könnte, aber manchmal muss man die Dinge, die im Raum stehen, aussprechen«, sagte Horowitz.

»Jetzt noch? Nach dreißig Jahren?«

»Warum nicht?«, fragte Horowitz.

»Ich soll meiner dreißigjährigen Tochter sagen, dass ich sie nicht nach einer Antibabypille benannt habe?«

»Ich glaube, das wäre gut.«

»Das ist doch vollkommen absurd.«

»Wenn Sie meinen«, sagte Horowitz.

»Ich kann's ja mal versuchen.«

»Und Ella? Wollen Sie Ella jetzt anrufen?«, fragte Horowitz.

»Nein, danke«, sagte Ellas Mutter.

»Wirklich nicht, ich meine …?«

»Wissen Sie, ich hab's ja vorhin schon mal angedeutet: Wir haben gerade eine schwierige Phase. Und sie würde wahrscheinlich gar nicht erst wollen, dass ich hier in ihrer Wohnung sitze, und dann hätte sie schon wieder einen Grund, auf mich sauer zu sein.«

Sie schwiegen wieder.

»Sie wirken wirklich nicht wie jemand, der ein misslungenes Leben hinter sich hat«, sagte sie leise und blinzelte zu ihm herüber.

Horowitz schaute sie verwundert an.

Und dann begann Ellas Mutter zu weinen. Die Tränen liefen ihr über die Wangen, und sie versuchte es nicht zu verbergen: »Wissen Sie, wie das für mich ist, ich meine, hier zu sitzen?«

Horowitz schüttelte den Kopf, legte ihr zögerlich eine Hand aufs Knie, dann zog er sie wieder zurück.

»Ella lässt mich nicht mehr in ihr Leben«, sagte sie schniefend. »Ich klingele immer mal wieder hier, wenn ich in der Stadt bin, eine andere Möglichkeit habe ich ja nicht, aber sie ist nie zu Hause, oder vielleicht macht sie auch einfach die Tür nicht auf, ich weiß es nicht. Sie sagt, dass sie mich nicht sehen möchte oder wenn, dann nur bei ihrer Schwester. Und wie das bei ihrer Schwester immer abläuft …, das ist ein Trauerspiel. Da werden die Stimmungen – die schönen, die traurigen, die wütenden – alle ausgetrocknet. Man kommt sich fast vor wie … wie eine dieser Tütensuppen. Kennen Sie die? Karotte zu einem halben Fingernagel gepresst und jeder Feuchtigkeit entzogen. Und Ella macht da mit und denkt, sie hätte mir gegenüber ihre Schuldigkeit getan. Dabei ist das noch viel schlimmer. Wir sind eine Trockensuppenfamilie geworden. Lauter Edeltrauts. Kein Duft, kein Schwung, nichts Frisches mehr.«

Horowitz hob die Tasse, obwohl sie längst leer war, noch mal an seine Lippen.

»Und in der Liebe sind beide auch total verkorkst. Jasmin hat diesen rührenden Mann, der keinerlei Leidenschaftlichkeit in ihr weckt und sie auch noch in ihrem Perfektionswahn unterstützt, und Ella ist so einsam, dass sie ihre Wohnung mit Ihnen tauscht. Dabei ist sie doch so ein reich beschenktes Wesen. Ich verstehe auch nicht, warum sie sich immer so abschottet und so viel alleine ist.«

Horowitz stand auf und ging in die Küche, um noch einen Tee aufzubrühen. Doch Ellas Mutter schien seinen Weggang misszuverstehen, denn kaum hatte er den Wasserkocher in Gang gesetzt, sagte sie: »Ich gehe jetzt. Ich bin Ihnen zu viel, das merke ich schon die ganze Zeit. Sie haben auch so ein ausgetrocknetes Herz. Wie Sie mich jetzt allein anschauen! Wenn das keine Angst ist! Das flackert ja nur so. Dabei habe ich Ihnen mehr anvertraut, als Sie sich vorstellen können. Und dann stehen Sie einfach auf und gehen! Soll ich Ihnen was sagen? Jeder einzelne irakische Hallodri in meinem Leben hatte mehr Trost zu bieten! Von dem Trost, mit dem meine treulosen Ehemänner mich überschüttet haben, ganz zu schweigen.«

Horowitz war vor den Kopf gestoßen. Mit einer solchen Reaktion hatte er überhaupt nicht gerechnet. Und schon ging es weiter.

»Wissen Sie was?«, fragte Ellas Mutter. »Sie sind auch so eine Trockensuppe. Insofern passen Sie bestens in den Rest meiner Familie. Suchen Sie sich doch eine Edeltraut! Ich mache da sicher nicht mit. Auf Wiedersehen.«

Damit erhob sie sich, wischte sich die Tränen aus dem Gesicht, stellte den Vogelkäfig ins Regal und ging in Richtung Tür.

Horowitz stand mit gesenktem Haupt auf und überlegte fiebrig, was er darauf entgegnen konnte. Wenn sie jetzt ging, dann würde alles wieder von vorne anfangen, die Bankrotterklärung, die Zweifel, die Angst. Da fiel die Tür ins Schloss, er setzte sich aufs Sofa, stützte seinen Kopf in beide Hände und atmete einmal tief aus. Er durfte sie nicht einfach gehen lassen.

Warum, wusste er nicht, aber das Gefühl war ganz eindeutig: Diese Frau durfte er nicht gehen lassen. Sie war an einem Punkt in sein Leben geschneit, an dem alles auf der Kippe stand und vielleicht … Er schnappte sich seinen Mantel und lief ihr hinterher. Auf dem letzten Treppenabsatz hatte er sie eingeholt: »Warten Sie!«, rief er atemlos.

Ellas Mutter schaute ihn mit flirrendem Blick an.

»Warten Sie«, bat er noch einmal.

Sie sagte nichts.

»Sie haben recht, ich bin trockengelegt, oder wenn Sie so wollen, eine Tütensuppe, aber …«

Sie schaute ihn an.

»Aber …«, er hielt inne, »ich meine nur, Sie sind keine.«

Sie schaute skeptisch.

»Und ich will auch keine Edeltraut.«

»Dann können wir ja morgen Abend zusammen was trinken gehen.«

»Sehr gerne.«

»Holen Sie mich um acht ab«, sagte sie, nannte ihm die Adresse ihres Hotels, gab ihm einen luftigen Kuss auf die Wange, drehte sich um und ging beschwingten Schrittes davon.

Horowitz blieb auf dem Treppenabsatz stehen, bis er Ellas Mutter nicht mehr sehen konnte, dann ging er nach oben. Er hatte seine Wohnung getauscht, und der Zufall hatte ihm etwas zugespielt, mit dem er am wenigsten gerechnet hatte: eine Frau; eine Frau, die sich um Kopf und Kragen redete, eine Frau, die er sich nie gewünscht oder vielleicht doch gewünscht hatte, aber eine Frau. »Trockensuppe«, hörte er die Stimme von Ellas Mutter, und er musste lachen.

Er setzte sich noch einmal auf den Platz, auf dem er gerade gesessen hatte, dann auf den Platz, auf dem Ellas Mutter gerade gesessen hatte. Dort war es wärmer.

14

Ella rannte mit wackeligen Knien an dem blauen Porschewrack vorbei, ohne noch einmal hinzusehen, stieg in die U-Bahn ein und stellte ihr Telefon aus. Sie saß nun dicht an die Trennwand des Waggons gedrückt. Sie hatte Angst vor dem Blick des Obdachlosenzeitung-Verkäufers, der gleich am anderen Ende des Waggons beginnen würde, seinen Spruch aufzusagen; sie hatte Angst vor dem schwarzen Hund, den seine kurze Leine würgte und der versuchte, die Balance zu halten; und sie hatte Angst vor dem trockenen Husten der alten Frau gegenüber. Die Reifen quietschten schriller, und der Wagen fuhr wackeliger als sonst, als säße er nicht richtig auf den Schienen. Der Sitz neben ihr war aufgeschlitzt, die Fenster beschmiert, die Arme des Mannes neben ihr von roten Pusteln übersät. Es gelang ihr nicht mehr, sich dieses Leben vom Hals zu halten.

Ella sperrte Horowitz' Wohnung auf und ging durch den langen Flur in den »großen Salon«. Sie wunderte sich über das Geräusch, das ihre Schritte auf dem Boden machten. Sie setzte sich auf das Sofa, strich sich durch die Haare, die sich anders anfühlten als sonst, so als wären es nicht ihre, und schaute auf das leere Aquarium. Sie war jetzt ganz ruhig, kein Herzrasen mehr, kein pochender Magen. Sie war jetzt mittendrin in etwas, das sich wie Angst anfühlte, auch wenn es nicht stürmte, sondern gespenstisch still war. Ihr war noch nie klar gewesen, was es wirklich bedeutete, sein Leben selbst in der Hand zu haben.

Sie schaute auf das leere Aquarium. Eigentlich wollte sie es ja mit Tulpen oder Margeriten bepflanzen, aber jetzt wusste sie nicht mehr, ob Tulpen trösteten, ob Tulpen in der Lage waren, ein Wrack in ein Beet zu verwandeln. Verwandeln …

Ihr achtzehnter Geburtstag. Ihre Mutter hatte sich in die Mitte des Münchner Wohnzimmers gestellt, um eine Rede zu halten. Sie hatte eines ihrer peinlichsten Kleider getragen, viel zu bunt, leicht transparent, und der eine Träger rutschte unentwegt über die Schulter. Sie hatte schon mehrmals die Jungs aus Ellas Klasse zum Tanzen aufgefordert und den Mädchen einen Sekt nach dem anderen aufgezwungen. Dann kam die Rede. Ihre Mutter war schon ziemlich angetrunken, als sie ein paar Mal mit einer Gabel gegen ihr Weinglas schlug, um für Aufmerksamkeit zu sorgen, und ihre schwere Zunge schlingerte durch die Sätze, als würde sie jeden Moment das Gleichgewicht verlieren: »Liebste Ella, mein Vögelchen! Heute wirst du also erwachsen, und deswegen möchte ich deinen Freunden ein Geheimnis verraten, ihnen verraten, wer du bist: Du bist nämlich eine Alchimistin des Lebens. Du verwandelst Schwefel in Gold, du destillierst, extrahierst und sublimierst das Leben so lange, bis es dich strahlen lässt und du dich damit schmücken kannst. Dein Umwandler ist dabei nicht der *Stein der Weisen* wie in alten Zeiten, sondern einzig und allein deine überbordende Phantasie. Unsere Generation – und dabei vor allem wir Frauen – haben dafür gekämpft, die Hoheit über unser Leben zu gewinnen, wir haben es den Kirchen, der Gesellschaft, der Moral abgerungen, und ihr könnt es jetzt zur Vollendung bringen. Wir haben uns selbst verwirklicht, damit ihr eure eigene Wirklichkeit gestalten könnt! Ihr seid jetzt also die Zeremonienmeister eures eigenen Glücks! Das ist ein Geschenk! Nutzt es!« Ellas Freunde schauten allesamt auf den Boden, Jasmin hatte den Raum verlassen. »Du, Ella, nutzt es schon, du kannst es schon, du hast es schon immer gekonnt. Wie du das machst, die schmerzhaften Erfahrungen deines Lebens so zu verwandeln und zu veredeln, bleibt ganz in der Tradition der großen Alchimisten ein gut gehütetes Geheimnis. Und ob du es je mit jemandem teilen wirst, weiß niemand. Manchmal habe ich die Befürchtung, dass dir dein Geheimnis wichtiger ist als die Menschen, mit denen du es teilen könntest. Und manchmal habe ich das Gefühl, du hast Angst, die Gabe zu verlieren, wenn du dich mitteilst, aber ich glaube, das ist ein Irrtum. Du kannst dich ruhig öffnen, Ella, dann strahlst du noch mehr. Noch war sie nicht da, die große Liebe, aber bald wird sie kommen«, dabei schaute sie einmal bedeutungsvoll in die Runde der Jungs, die an ihren Gürteln, Haarspitzen oder Hemdkrägen herumnestelten, »und dann wirst du sehen, dass man auch strahlen kann, wenn man sich öffnet; und dass man auch strahlen kann, wenn nicht alles glänzt. Ich wünsche dir also die erste große Liebe!« Sie erhob ihr Glas: »Auf Ella, die Alchimistin, und die große Liebe!«

Damit war die Party gelaufen. Ellas Schulfreunde standen noch eine Weile starr und verlegen herum, dann begannen die Mädchen zu tuscheln und die Jungs sich einer nach dem anderen zu verabschieden. Jasmin räumte in der Zwischenzeit alles weg, was auch nur halbwegs benutzt aussah, und Ella zog sich ins Bad zurück und wollte nie wieder herauskommen.

Am nächsten Morgen beim Frühstück fuhr Jasmin ihre Mutter an, sie hätte Ella den achtzehnten Geburtstag versaut, und Ella sagte kein Wort. Ihre Mutter entgegnete, sie habe die jungen Leute nur animieren wollen, sich ein bisschen gehenzulassen, sie seien ja alle so gesittet gewesen, und so, so könne man doch nicht sein Erwachsenwerden feiern. Jasmin war daraufhin wort- und tonlos aufgestanden, hatte Ella an die Hand genommen und aus der Tür gezogen. »Sie versteht es einfach nicht«, hatte Jasmin gesagt, »sie wird es nie verstehen.«

Und jetzt saß Ella hier in Horowitz' Wohnung – mit ihrem Leben in der Hand und wusste nicht mehr, was sie damit anfangen sollte. Sie hatte keine Ahnung, wie sie das, was sie heute erlebt hatte, so verwandeln sollte, dass es ihr eine Zukunft offenhielt. Sie hatte keine Ahnung, wie sie ihr Leben in der Hand halten sollte, ohne es durch die Finger rieseln zu lassen. Sie wusste, dass es einzig und allein an ihr lag, ob sie sich die Geschichte mit Paul jetzt als große Liebe oder als bedeutungslose Affäre verkaufte; dass es nur an ihr lag, ob sie die Szene mit seiner Frau als unverzeihlichen Betrug oder als eine Lappalie interpretierte. Sie musste sich also ganz auf ihr Gefühl verlassen. Doch genau diesem Gefühl misstraute sie gerade grundlegend. Und damit schwand die einzige Gewissheit, die ihr noch nie abhandengekommen war.

Ihr Leben lag auf einmal in unverbundenen Einzelteilen vor ihr, wie ein Steinbruch, und sie hatte keine Ahnung, was sie mit all diesen hartkantigen Würfeln anfangen sollte. Sie sah nur noch rohen Stein und keine Bedeutung mehr, in kleine Würfel gehauene Steine und keinen Weg mehr, den sie damit pflastern konnte. Wie gerne wäre sie jetzt so katholisch wie Natalia oder so pragmatisch wie ihre Schwester gewesen. Jasmin konnte immer sagen, wem was warum nützte, und alles andere beiseitelassen, und Natalia konnte beten.

Ella starrte durch das trübe Glas des Aquariums. Sie hatte weder Fische noch Tulpen parat, um es füllen zu können. Sie stand auf und fuhr mit dem Finger die silberne Kante des Aquariums entlang. Das Metall war staubig und stumpf. Horowitz hatte über das Meer geforscht und ertrug es trotzdem, ein leeres Aquarium in seiner Wohnung zu haben, das er Wrack seiner Möglichkeiten nannte. Wenn er keine Antwort auf ihre Fragen hatte, wer dann?

Ella rief in ihrer Wohnung an, Horowitz nahm den Hörer ab.

»Hallo, Horowitz.«

»Ella, wie schön, dass Sie anrufen! Geht es Ihnen gut?«

»Nein«, sagte Ella, »überhaupt nicht, aber fragen Sie bitte nicht weiter. Geht das?«

»Natürlich geht das«, sagte Horowitz.

»Ich muss *Sie* nämlich etwas fragen.«

»Alles, was Sie wollen«, sagte Horowitz ernst.

»Ich frag Sie das nur, weil ich nicht weiß, wen ich es sonst fragen soll, und weil Sie ja jetzt in meinem Leben wohnen.«

»Fragen Sie, Ella, ich bezweifle, dass gerade ich Ihnen helfen kann, aber ...«

»Haben Sie es gefunden?«, fragte sie.

»Was?«

»Mein Leben.«

»Sagen Sie bloß, Sie haben es hier vergessen?«, fragte er mit verschmitzter Stimme. »Ich kann's ja mal suchen, wie sieht es denn aus?«

»Schön, dachte ich immer, schön und bunt, voller Wünsche, eben genauso, wie ich es mir immer vorgestellt habe ..., aber jetzt bin ich mir da nicht mehr so sicher, bin mir überhaupt mit diesem ganzen Wünschen nicht mehr so sicher.«

Ella hörte, wie Horowitz in der Wohnung herumging, Rascheln. Dann antwortete er plötzlich: »Ach, hier ist es ja, ich hab's gefunden. Und soll ich Ihnen was sagen: Es ist genauso schön und bunt, wie Sie es sich vorstellen.«

»Glauben Sie das wirklich?«

»Wissen Sie, Ella, ich denke viel über mein Leben nach, seitdem ich nicht mehr in meiner Wohnung bin. Und ich ahne langsam, dass jeder für sich selbst entscheidet, ob das, was von ihm sichtbar ist, für ihn wichtiger und realer ist, oder das, was von ihm verborgen bleibt. Ich für meinen Teil glaube, dass unsere Vorstellungen der Realität vorausgehen und ihr den Weg bahnen ...«

»Hm«, sagte Ella.

»Mit uns Menschen ist es doch wie mit der Sprache: Das, was wirklich wichtig ist, wird verschwiegen, blitzt vor allem zwischen den Zeilen hervor. Wenn ich mal im Sterben liege und mich frage, wer ich gewesen bin und was für ein Leben ich gelebt habe, dann werden meine Wünsche, Ziele und Vorstellungen – ob sie sich realisiert haben oder nicht – mindestens so prägend für mein Leben gewesen sein wie das, was Gestalt angenommen hat. Das ist doch sehr tröstlich, oder nicht?«

»Glauben Sie das wirklich?«

»Ich weiß es.«

Ella seufzte.

»Kann ich Ihnen irgendwie helfen, Ella? Sie klingen wirklich angeschlagen.«

»Ich weiß nicht«, sagte Ella.

»Soll ich vielleicht auf Ihr Leben aufpassen, bis Sie es wieder abholen?«

»Würden Sie das für mich tun? Ich kann es nämlich gerade nicht«, sagte Ella, und der Traurigkeit ihrer Stimme war nun Erleichterung beigemischt.

»Natürlich, Ella. Wenn Sie wüssten, was Sie für mich getan haben … Ich hoffe, ich trete Ihnen nicht zu nahe, aber ich glaube, wir sitzen auf eine seltsame und schicksalhafte Art im selben Boot.«

»Im selben Boot?«, wiederholte Ella.

»Und soll ich Ihnen was verraten: Mein Leben ist auch nicht mit umgezogen.«

»Brauchen *Sie* es denn?«

»Nein«, sagte Horowitz, »denn ich habe es aus gutem Grund vergessen. Es hat aus dem allerletzten Loch gepfiffen.«

»Und jetzt?«

»Keine Ahnung. Ein anderes vielleicht«, sagte Horowitz, »falls es so etwas gibt.«

»Ich wünsche es Ihnen«, sagte Ella.

»Dann wird es klappen«, sagte Horowitz und hakte nach: »Ella?«

»Ja?«

»Ich habe mir Ihres gerade noch mal genauer angeschaut, und glauben Sie mir: Alle Wünsche sind noch da, keiner verkümmert.«

»Das ist ja das Problem«, sagte Ella.

»Ich weiß«, sagte Horowitz, »aber es ist auch eine Gabe. Hören Sie, wie die Wellen um unser Boot herum plätschern?«

»Ja«, sagte Ella, »ganz leise.«

2. Teil

Die Vermehrung der Häfen

To multiply the harbors does not reduce the sea.
Emily Dickinson

15

Montagmorgen. Der Innenhof kam Horowitz jetzt schon nicht mehr ganz so schäbig vor. Horowitz lief an dem Brautladen, dem Optiker und dem Sanitätshaus vorbei. Auf der ganzen Chausseestraße kein Friseur. Er bog um zwei weitere Ecken, auch da kein Friseur. Ein Kosmetiksalon (»Frisieren Sie auch?« »Nein, wir sind kein Friseur.« »Ach so, verzeihen Sie, danke, Wiedersehen.« »Wiedersehen«), eine Drogerie, ein Blumenladen, gut zu wissen, aber kein Friseur. Er musste unbedingt zum Friseur, seine Haare waren in einem schrecklichen Zustand. Eigentlich musste er sich auch noch ein Parfum kaufen und ein neues Hemd, aber zuerst musste er zum Friseur. Mit diesen Haaren konnte er sein erstes Rendezvous seit Jahren nicht bestreiten. Aber zum Friseur zu gehen war auch eine Qual. Vielleicht erst mal einen Kaffee. Dieses da, direkt an der Ecke, das kleine, da würde er einen Kaffee trinken und die Kellnerin nach einem Friseur fragen.

Das Café war ziemlich voll und karg eingerichtet: ein paar weißgestrichene Holztische, auf denen Tulpen in kleinen Limonadeflaschen steckten, vier kleine gerahmte Fotos von Straßen, Wegen und Kreuzungen an der Wand, blau-weiß gestreifte Kissen auf der Fensterbank.

Sechs Männer und eine junge Frau saßen herum, nur zwei unterhielten sich, die restlichen Gäste blätterten in Zeitschriften. Die junge Frau tippte auf ihrem Telefon herum. Was machten diese Menschen hier alle Montagmorgens um halb zehn? Waren sie arbeitslos? Wohl kaum, die Stimmung hatte nichts Niedergeschlagenes, eher etwas sonntäglich Erschöpftes. Die Frau mit dem Telefon war Studentin, sie hatte ein Buch von Max Weber neben sich liegen, und den liest man in der Uni oder gar nicht. Die Männer sahen aus wie Schuljungs, trugen Turnschuhe in grellen Farben, rutschende Hosen und komische Haarschnitte und hatten trotzdem schon ein paar Falten und den einen oder anderen ausgebeulten Tränensack. Sie erinnerten ihn allesamt an seinen Neffen.

Horowitz hatte immer gedacht, sein Neffe wäre ein Individualist mit einem ganz eigenen Stil, ein Künstler, aber in Wahrheit trug er eine Uniform, genau das, was alle trugen. Er war überhaupt kein Individualist. Das musste er seiner Schwester erzählen, das würde ihr gefallen: Ihr Sohn war ein Soldat, ein Konformist, er war wie alle anderen.

Die Kaffeemaschine zischte und röhrte, als führe sie gleich los, und wenn das Zischen mal nachließ, konnte man die Beatles hören.

»Sie müssen sich Ihren Kaffee selbst holen«, sagte ein junger Mann, der neben ihm auf der Fensterbank saß und neongelbe Armbänder trug. Er blätterte mit durchsichtig lackierten Fingernägeln in einem Magazin, das Mädchen in verrenkten Posen zeigte, mit Schuhen, die wie Zentaurenstiefel aussahen. Was waren das für Magazine, die sich da neben ihm auf einem kleinen Hocker stapelten? Kein *Spiegel*, kein *Stern*, nur seltsame Titel und komische Formate.

»Ach so«, sagte Horowitz und erhob sich, »danke.«

Der Mann hatte tatsächlich durchsichtig lackierte Fingernägel. Horowitz hatte nichts gegen Homosexuelle, gar nichts, aber dieser junge Mann schien nicht homosexuell zu sein, er hatte einfach nur lackierte Fingernägel, vielleicht ein Nagelpilz, der Arme.

»Viel Spaß«, murmelte der junge Mann noch, deutete mit dem Kopf auf die Kellnerin und blätterte weiter. In seinem

Blick lag etwas Verschwörerisches. Wie konnte ein Mann mit Klarlack auf den Fingernägeln denken, dass sie beide Teil derselben Verschwörung sein könnten?

Horowitz ging zum Tresen. Von der Kellnerin waren nur ihr Rücken in einem hellen, seidigen T-Shirt zu sehen und ein goldblonder Schopf. Sie beugte sich nach unten, um eine neue Milchtüte zu holen, dann tauchte sie wieder auf (lange, niedergeschlagene Wimpern, schmaler Nasenrücken), drehte den Dampfhahn zu, goss mit graziler Geste den Milchschaum in die bereitstehende Tasse, stellte die mattsilberne Kanne zur Seite und schaute ihn erst dann mit einem eindringlichen Blick an.

Große grüne Augen unter den langen Wimpern, geschwungene Augenbrauen und eine Narbe, die wie ein Pfeil von der Schläfe auf ihr linkes Lid zeigte. Horowitz versuchte seinen Blick zu zügeln, aber der Pfeil zeigte ihm unmissverständlich, wo es langging, und schon war er erneut in diesen Augen gelandet. Er sollte jetzt wohl etwas sagen.

»Haben Sie Kaffee?«, fragte er und hatte das Gefühl, er hätte keine unpassendere Frage stellen können.

Sie lächelte, antwortete aber nicht, schloss die Lider einmal und öffnete sie wieder. Zwinkern nannte man das, dachte er, zwinkern.

»Natürlich haben Sie Kaffee, Sie sind ja sogar eins. Ich meine … nicht Sie direkt, sondern …«

Die Blonde lachte und machte keinerlei Anstalten, ihrer Arbeit nachzugehen. Wenn sie nicht bald anfing, ihre Kaffeemaschine in Gang zu setzen, würde er sich um Kopf und Kragen reden. Sie schloss noch einmal die Lider und öffnete sie wieder. So zwinkert man doch nicht, dachte er, so zwinkert doch niemand!

»Und was sind Sie, wenn ich kein Kaffee bin?«, fragte sie mit einem hinreißenden Akzent.

»Ich?«, fragte er und dachte dabei: Das war Schwedisch.

Diese Frau hier ist Schwedin, auch das noch, wie in den siebziger Jahren, da waren auch alle Schwedinnen …

»Sie sind also kein Kaffee«, sagte sie.

Er schüttelte den Kopf.

»Dann kann ich Ihnen ja einen machen«, sagte sie.

Er nickte.

»Und?«, fragte sie und lächelte noch immer.

»Und?«, flüsterte er und räusperte sich.

»Mit Schaum oder ohne Schaum?«

Mit Schaum!, dachte er. »Mit Schaum«, sagte er.

Sie nickte, senkte den Blick und begann ihm einen Kaffee mit Schaum zu machen.

Er atmete aus und drehte sich um. Der Blick des jungen Manns mit den lackierten Fingernägeln traf ihn, der junge Mann lächelte ihn an. Dann nahm Horowitz seinen Kaffee aus den Händen der Schwedin entgegen, die auch noch feingliedrige Finger und wunderschöne Fingernägel mit blassrosa Monden besaß. Horowitz schaute sich nun die vier Fotos an den Wänden genauer an. Die Straßen und Wege auf den vier kleinen, gerahmten Fotografien trugen alle denselben Namen: *Paradiesweg*. Vier verschiedene Paradieswege an einer öden Kreuzung, in einer Wohnsiedlung, einem Feldweg und einer Geschäftsstraße. Paradiesweg.

Als er wieder auf seinem blau-weiß gestreiften Kissen saß, legte der junge Mann sein Magazin zur Seite und fragte: »Sind Sie Tourist?«

»Ja«, sagte Horowitz.

»Woher kommen Sie?«

»Aus Charlottenburg«, sagte Horowitz.

Der junge Mann lachte: »Dann sind Sie Tourist.«

Sie schwiegen.

»Und warum trinken Sie Ihren Kaffee in Mitte, können die Charlottenburger keinen Schaum?«

»Ich …«, Horowitz zögerte, ein bisschen ungewohnt war das schon, sich mit einem fremden jungen Mann zu unterhalten, »ich wohne jetzt für eine Weile hier.«

Der junge Mann schaute ihn erstaunt an.

»Ich habe meine Wohnung getauscht. Mit einer jungen Dame, die für eine Zeit in meiner Wohnung wohnen wird.«

Der Blick des jungen Mannes weitete sich: »Warum? Ich meine, warum tauschen Sie Ihre Wohnung? Das wäre mir viel zu intim.«

»Zu intim?«, fragte er und dachte: Bei mir ist es genau andersherum, mir ist meine eigene Wohnung zu intim.

Horowitz schaute aus dem Fenster.

»Ihnen ist es also nicht zu intim?«, fragte der junge Mann lächelnd.

»Im Gegenteil«, sagte Horowitz.

»Aha«, sagte der junge Mann.

Sie schwiegen eine Weile, dann setzte Horowitz noch einmal an. Er bekam jetzt mehr und mehr Lust auf dieses Gespräch: »Kennen Sie das nicht? Dass Sie sich auf eine Version Ihres Lebens festschreiben lassen, obwohl man die ganze Geschichte auch anders erzählen könnte?«

Der junge Mann überlegte, dann sagte er: »Mein Vater ist Schlosser. Er weiß, was ein Mann ist. Ich bin keiner.«

Horowitz überlegte, die Antwort überraschte ihn. Ob es das war, was er meinte?

»Was war Ihr Vater?«, fragte der junge Mann jetzt.

»Mein Vater?«, fragte Horowitz. Nach seinem Vater war er schon seit Ewigkeiten nicht mehr gefragt worden.

»Mein Vater war Säufer, ein eleganter Säufer, aber Säufer. Ich bin in Südrhodesien groß geworden, dem heutigen Simbabwe, und danach an lauter verschiedenen Orten. Es war furchtbar, mein Vater hasste die Fremde und weigerte sich trotzdem, nach Deutschland zurückzugehen. Er hasste seine

Heimat und alles, was er nicht kannte. Und mein großes Pech war: Ich sah nicht aus wie er.«

»Und?«

»Und?«

»Sind Sie ein Mann?«

»Ein Mann?« Horowitz rieb sich den Kopf. »Wahrscheinlich nicht. Ich trinke nicht, ich habe keine Kinder, ich habe das Militär geschmissen, mein Erbe verbraten, danach mehr oder weniger auf Kosten meiner Schwester gelebt und mein ganzes Leben lang das Meer erforscht.«

»Aber das ist doch alles was«, sagte der junge Mann.

Horowitz stutzte. Dann brach das Gespräch unversehens ab. Der junge Mann verabschiedete sich, schlurfte aus der Tür und ließ Horowitz sitzen. Mit einem Schlag fühlte Horowitz sich ausgeliefert, wie ein Fremdkörper, als habe er kein Recht, hier zu sitzen mit all diesen jungen Menschen. Er stand auf, bezahlte und versuchte dem Blick der schönen Schwedin auszuweichen, indem er sich auf die Halbmonde ihrer Finger konzentrierte. Die schöne Schwedin nach einem Friseur zu fragen war ein Ding der Unmöglichkeit. Dann schon eher die Max-Weber-Leserin, die einen akkurat geschnittenen Pony trug, der die Stirn vom Rest des Gesichts abtrennte.

Die junge Frau schaute zuerst erstaunt, dann lächelte sie und sagte: »Noch was Schönes vor heute, was?«

Die schöne Schwedin lachte, das ganze Café schaute ihn an. Horowitz räusperte sich. Das alles war an Peinlichkeit kaum zu überbieten.

»War nur ein Witz. Klar, gleich hier um die Ecke schneidet Colonel Schneider. Die hat montags offen, da sind Sie goldrichtig.«

»Schönen Abend!«, sagte die Schwedin mit einem Augenzwinkern und winkte Horowitz nach, als er auf die Straße trat.

16

Ella war gestern tatsächlich mit dem leisen Plätschern im Ohr eingeschlafen. Sie hatte tief und traumlos geschlafen, bis der Wecker klingelte und ihr erster Arbeitstag begann.

Sie duschte, zog sich an, fuhr zum Sender, verbot sich jeden Gedanken an Paul und stellte sich ihren Kollegen vor. Schon nach zwei Stunden im Sender kam ihr der gestrige Tag vollkommen unwirklich vor. Zwischendurch zuckte die Szene mit Paul immer mal wieder wie eine Stichflamme durch sie hindurch, aber nur, um sofort wieder zu erlöschen.

Sie legte ihrer Chefin eine Liste der Frauen vor, die sie porträtieren wollte, machte einen Stimmtest, der alle begeisterte, und bekam den Auftrag, gleich morgen die Kulturtipps zu lesen. Als sie sich abends von ihrer Chefin verabschiedete, fragte diese Ella im Vorübergehen, ob sie mit Zora Neale Hurston anfangen könne und ob es ihr möglich sei, schon nächste Woche das erste Porträt zu produzieren. Ella bejahte und hielt den Auftrag wie ein Pfand in der Hand.

In der U-Bahn auf dem Weg zurück in Horowitz' Wohnung schaltete sie kurz ihr Telefon ein. Auf ihrem Anrufbeantworter häuften sich mehrere Nachrichten von Paul und eine von Natalia. Sie hörte sie nicht ab, schaltete das Telefon wieder aus und schaute auf.

»Gute Nachrichten?«, fragte der junge Mann mit amerikanischem Akzent, der direkt gegenübersaß und sie anlächelte.

»Viele«, antwortete sie und merkte erst jetzt, wie sehr sie sich darüber freute, dass Paul so viele Nachrichten hinterlassen hatte.

»Kann ich dir auch mal eine schicken?«, fragte der junge Mann.

»Das wäre schön«, sagte Ella, lachte ihn an und stieg aus.

In der Küche goss sie sich ein Glas Wein ein und hörte ihren Anrufbeantworter ab. Fünf Nachrichten von Paul – mal gehetzt, mal verzweifelt, mal flehend. Wo sie nur sei? Wieso sie einfach verschwunden sei, ohne sich zu verabschieden? Was das zu bedeuten habe? Dass er ihr alles erklären wolle, erklären könne; dass Horowitz nicht in ihrer Wohnung anzutreffen war, und dass Horowitz doch der Einzige war, der wusste, wo sie zu finden war; dass er nicht wusste, wie ihre Schwester mit Nachnamen hieß, dass er in dem Italiener und im Dumpling-Restaurant war, aber dass ihm da auch niemand helfen konnte; dass er abends nach der Arbeit noch die Fasanenstraße auf und ab gelaufen sei, aber dass diese blöde Straße viel länger sei, als er dachte, und sie ihm die Hausnummer nicht gesagt habe.

Ella musste schmunzeln.

Ob sie nicht miteinander reden sollten, darüber, was passiert war? Dann seufzte er wieder und sprach von ihrer Haut, ihren Kniekehlen, ihrem Nacken, der weichen Haut auf ihrem Bauch.

Nein, sie wollte nicht darüber reden, was passiert war, aber seine Stimme wollte sie hören. Seine Stimme war so anziehend wie eh und je, vielleicht war sie sogar noch anziehender, seit Ella dagegenhielt. Jetzt würde sie erst einmal Natalia zurückrufen.

»Hallo Natalia«, sagte Ella. »Wie geht es dir?«

»Hey, toll, dass du zurückrufst, aber täusche ich mich oder ist was?«

»Na ja«, sagte Ella. »Ich schulde dir noch eine Geschichte.«

»Ach ja, stimmt. Und wie war der erste Arbeitstag?«

»Gut. Ich bin nur gerade ein bisschen allein, und da dachte ich mir, du bist ja wahrscheinlich auch allein, und dann wäre eine kleine Geschichte für uns beide gut.«

»Ja! Bitte! Ich sterbe hier vor Langeweile. Wir haben nur eine Glotze im Zimmer, und die Damen schalten von einer Horrorsendung zur nächsten, und zwischendurch schlafen sie ein, und ich schalte dann um, und immer, wenn ich umschalte, wachen sie auf und bekommen diese widerlichen Hustenattacken und schauen mich böse an. Ich will hier raus, Ella. Erzählst du mir bitte was von dieser wilden New Yorkerin, die so viel gesoffen und einen Kerl nach dem anderen flachgelegt hat, damit ich auf andere Gedanken komme?«

»Nein, das geht heute nicht, aber von einer anderen tollen Frau kann ich dir was erzählen, einer Kämpferin mit dem schönen Namen Zora Neale Hurston.«

»Los!«, rief Natalia.

»Zora war auch Amerikanerin und Schriftstellerin, aber ganz anders als Dorothy. Eher Rum als Champagner.«

»Klingt gut«, sagte Natalia.

»Also, wie ich schon sagte: Zora war eine Kämpferin, die sich ihr ganzes Leben lang selbst aus dem Schlamassel gezogen hat.«

Natalia seufzte.

»Zora kämpfte für ein selbstbestimmtes Leben und für die Emanzipation der schwarzen Frauen in Amerika. Ende des neunzehnten Jahrhunderts wurde sie in Alabama in eine stolze schwarze Familie hineingeboren und war schon als Kind ein Energiebündel und eine Schlaubergerin, die am liebsten auf einem der hohen Paradiesbäume in ihrem Garten saß und in die Welt hinausschaute. Der Horizont hatte es ihr angetan, und sie wünschte sich nichts sehnlicher als ein schönes schwarzes Reitpferd mit Zaumzeug aus weißem Leder, mit dem sie bis ans Ende der Welt reiten konnte. Sie wollte unbedingt wissen, wie es dort aussah, am Ende der Welt. Doch was bekam sie statt eines Reitpferds? Puppen, und zwar eine nach der anderen. Und warum? Weil ihr Vater Angst hatte, dass es ein böses Ende mit seiner wilden Tochter nehmen würde, dass die Weißen ein aufmüpfiges Wesen wie sie am nächsten Galgen aufknüpfen würden. Doch was sollte jemand, der ans Ende der Welt reiten wollte, mit einer Puppe anfangen oder gar mit mehreren? Die Dinger mussten immer nur herumgeschleppt werden – war das langweilig!

Ihrer Mutter hingegen gefiel Zoras Wesen, und sie wollte ihr den Mumm auf keinen Fall ausbleuen, wie sie sagte, sondern war überzeugt davon, dass Zora mal ein Mordserfolg werden würde. Und so wurde es ja auch, nur dass die Mutter das leider nicht mehr miterleben durfte. Die Mutter starb, als Zora neun war, und von nun an zogen haarige Zeiten auf. Erst einmal bekamen Zora und ihre zahlreichen Geschwister eine Stiefmutter vor die Nase gesetzt, die ihrem Ruf alle Ehre machte, dann musste Zora das Haus verlassen. Da war Zora gerade vierzehn und wollte unbedingt zur Schule gehen. Doch genau das war das Problem, Schule kostete Geld, und das musste sie ab jetzt selbst verdienen. Sie kämpfte sich also die nächsten Jahre alleine durchs Leben, immer auf der Suche nach einer Arbeit, die genug einbrachte, um weiter die Schule zahlen zu können. Nach längeren Anstellungen als Garderobiere einer Wanderbühne und Fußpflegerin in einem Friseursalon hatte sie es endlich geschafft: sie schloss nicht nur die Schule ab, sondern auch noch ein Studium bei dem berühmtesten Anthropologen seiner Zeit, Franz Boas. Von ihm bekam sie dann auch ein Stipendium, um die Kunst und das Brauchtum der Schwarzen in den Südstaaten zu erkunden. Sie betrieb ihre Forschung mit großem Erfolg, unter anderem über den Voodoo-Kult in der Karibik, wurde selbst eine berühmte Anthropologin, aber das reichte ihr nicht.«

»Voodoo? Respekt!«, sagte Natalia.

»Denn Zora wollte über was anderes schreiben, sie wollte sich nicht auf die Südstaaten-Folklore beschränken und noch weniger auf das Rassenproblem, auch wenn das von den Intellektuellen ihrer Hautfarbe zu dieser Zeit erwartet wurde, oder vielleicht gerade deswegen. Sie wollte Romane schreiben, darüber schreiben, was einen Menschen dazu bewegt, dies oder das zu tun, egal welcher Hautfarbe. Und das tat sie dann auch und wurde so zu einer der Lichtgestalten der *Harlem Renaissance*, einer der wichtigsten und einflussreichsten schwarzen Künstlerbewegungen ihrer Zeit. Dass sie nichts vom typischen Täter-Opfer-Schema hielt und es sowieso schon immer abgelehnt hatte, sich selbst als Opfer zu stilisieren, kannst du dir wahrscheinlich schon vorstellen.«

»Wie wir, oder?«, fragte Natalia.

»*Ich gehöre nicht zu der schluchzenden Schule von Negern*, schrieb sie einmal, *nein, ich weine nicht über die Welt, ich bin viel zu sehr damit beschäftigt, mein Austernmesser zu schärfen*«, fuhr Ella fort.

»Ha!«, rief Natalia aus. »Das ist gut. Ich schärfe auch schon seit Jahren mein Messer, aber ein Austernmesser? Das klingt noch eine Nummer schärfer.«

»Und weißt du, wie das Buch heißt, das sie über ihr Leben geschrieben hat: *Ich mag mich, wenn ich lache*«, sagte Ella und wurde plötzlich ganz still.

»Schöne Geschichte«, sagte Natalia. »Und wie geht sie aus?«

»Wieder kein Happy End. Sie ist auch einsam und verlassen gestorben wie Hester und Dorothy. Ich verstehe das einfach nicht.«

»Warum sagst du das so komisch? Meinst du etwa, uns könnte das auch passieren?«, fragte Natalia. »Niemals! Du wirst umringt sein von deinen Verehrern oder deinen Ehemännern oder lauter kleinen Kindern mit großen Nasen und zu einer Radiolegende geworden sein, und ich …, also, wenn bei mir alles so klappt, wie ich mir das vorstelle, dann lande ich in Las Vegas oder Hollywood unter einem strassverzierten Grabstein, und meine Fans pilgern scharenweise zu mir hin. Also bei mir wird das sicher nichts mit letzter Ruhe, Einsamkeit und so …«

»Klar«, sagte Ella und musste lachen. Nach einer Weile fragte sie: »Wovor hast du eigentlich am meisten Angst?«

»Na, vor was wohl? Vor dem Tod natürlich.«

»Und vor dem Leben?«

»Vor dem Leben?«, fragte Natalia. »Nie.«

»Ich schon«, sagte Ella und wunderte sich über Natalias Antwort.

»Mein Problem ist doch, dass ich nicht genug davon abbekomme«, sagte Natalia. »Wenn ich große Brüste hätte, dann wäre alles anders. Dann könnte es endlich losgehen, dann wäre ich Sängerin und müsste auch nicht mehr so viel arbeiten. Aber bald hab ich's ja zusammen, das Geld, und dann geht's endlich los.«

»Und was ist das jetzt alles?«

»Das ist nur die Vorbereitung … Anders kann ich das nicht denken, sonst wär's echt schlimm. Morgen komm ich übrigens raus«, sagte Natalia.

»Du hast doch aus dem Ohr geblutet.«

»Das sagst du immer, aber es stimmt nicht. Ich hab den Doc gefragt. Kein Tropfen, Ella, kein einziger Tropfen.«

»Seltsam«, sagte Ella und sah das Bild noch einmal ganz deutlich vor sich, wie das Blut im Sekundentakt aus Natalias Ohr auf den Asphalt tropfte.

Ella schwieg.

»Und weißt du, was ich als Erstes mache, wenn ich aus dem scheiß Kasten hier rauskomme?«, fragte Natalia und fuhr ohne

Pause fort: »Oder nein, viel besser, ich verrat es dir nicht, das wird eine Überraschung für dich. Nur für dich! Da wirst du Augen machen.«

17

»Haben Sie was gesagt?«, fragte der Taxifahrer.

»Nein, nein«, antwortete Horowitz nervös, »nur laut gedacht.«

»Sibylle, Sibylle, Sibylle«, hatte Horowitz vor sich hingemurmelt, und anscheinend nicht ganz lautlos. Er konnte sie nicht mehr »Ellas Mutter« nennen (was alles schon kompliziert genug machte), wiederholte aber fortwährend ihren Namen, um seine Nervosität auf drei Silben fädeln zu können: Si-byl-le – Prophetin, Orakel, Meisterin der Doppeldeutigkeit; Sibylle, Name zweier gesunkener U-Boote der französischen Marine, Sibylle …

Vielleicht sollte er Sibylle eine Nachricht im Hotel hinterlassen, dass er krank geworden, oder besser: dass ein Termin dazwischengekommen sei, ein unaufschiebbarer Termin. Vielleicht sollte er sie doch wieder »Ellas Mutter« nennen, denn das war sie: Ellas Mutter. Er sollte doch auf Ellas Leben aufpassen, und zu diesem Auftrag gehörte ein Rendezvous mit ihrer Mutter mit Sicherheit nicht. Noch dazu wusste er überhaupt nicht, wie man so ein Rendezvous beging, oder was auch immer man mit einem Rendezvous machte. Wie sollte dieser Abend bloß gelingen, wenn ihm nicht einmal die richtige Vokabel dazu einfiel? Beging man ein Rendezvous, oder handelte man es ab oder bestritt man es? Er strich sich durch die frisch frisierten Haare, die sich unangenehm anfühlten, weil Colonel Schneider ihm Creme hineingeschmiert hatte, um ihnen mehr Glanz zu verleihen. »Glänzen, das wollen wir doch alle!«, hatte Colonel Schneider noch gesagt. Und Colonel

Schneider war mitnichten der strenge Haarmeister, den ein solcher Name vermuten ließ, sondern eine junge norddeutsche Schönheit im kurzen Blümchenkleid, die beim Haareschneiden eine Platte nach der anderen auflegte und von Viehzucht, Adventskalendern und ihren zahlreichen Nichten erzählte.

Wie sollte er Sibylle nur begrüßen? Mit einem Wangen- oder Handkuss? Und was sollte er machen, wenn er nicht mithalten konnte mit ihrer Sinnlichkeit, wenn er nicht witzig genug war, nicht geistreich, nicht annähernd so charmant wie ihre irakischen Hallodris? Er würde das alles nicht durchstehen, er war für diese Art Unvorhersehbarkeiten einfach nicht gemacht.

Das Taxi hielt, und Horowitz stieg direkt vor einem kleinen, schäbigen Hotel aus. *Hotel Pension* stand in altmodischer Typographie auf dem flackernden Schild, aus dem eine gläserne Ecke herausgebrochen war. Durch die Schwingtür sah er die Rezeption, eine Zimmerpalme und einen Aufsteller mit Stadtplänen und Postkarten. Es war nichts zu machen. Wenn er nicht für immer und ewig ein Faschingskapitän bleiben wollte, dann musste er da jetzt hineingehen.

Er erblickte Sibylle, noch bevor er den Rezeptionisten mit dem schütteren grauen Haar und dem imposanten Schnauzbart nach ihr fragen musste. Sie stieg in dem Samtmantel, den sie bereits heute Vormittag getragen hatte, und einem Seidenschal mit Schmetterlingsmotiven aus dem Hotel-Fahrstuhl. Sie strahlte ihn an, hakte sich bei ihm unter, zwinkerte dem Schnauzbärtigen zu, zog Horowitz auf die Straße und küsste ihn dort auf die Wange. Ihr Lippenstift war rosarot und roch nach Erdbeeren. Die Begrüßung war überstanden. Sibylles Arm war weich und gepolstert, ihre Hüfte rieb sich an seiner und ihre Locken kitzelten seinen Hals.

»Schön, dass Sie gekommen sind. Ich war mir da nicht so sicher …«, sagte sie schmunzelnd.

»Diesen Abend hätte ich mir doch nicht entgehen lassen«, sagte Horowitz und biss sich auf die Lippe.

»Um die Ecke gibt es einen Iraker, der macht himmlisches Hummus, und ich habe eine Faiblesse für Hummus und Iraker.«

Horowitz schwieg. Hummus und Iraker? Er hatte schon verloren …

»Und natürlich für Trockensuppen, die ihre Brille festknoten«, schob sie nach.

Horowitz versuchte zu lachen, aber so recht wollte es ihm nicht gelingen. Er schluckte. Jetzt bloß nicht gleich humorlos werden oder empfindlich oder am schlimmsten: beides zugleich.

Doch Sibylle lehnte ihren Kopf einmal kurz an seine Schulter und sagte: »Kommen Sie! Ich wollte Sie nur ein bisschen auflockern. Ich hatte das Gefühl, dass ich Sie ein wenig einschüchtere … Sie sind in diesen Dingen vollkommen aus der Übung, wie mir scheint. Dabei bin ich …«

Horowitz schaute sie zögerlich fragend an.

»… so erleichtert, dass Sie mich nicht einfach haben ziehen lassen. Das rechne ich Ihnen hoch an. Hatte irakische Qualitäten, wie Sie da in Ellas Haus die Treppe hinabgestürmt kamen. Und außerdem bin ich auch aus der Übung, ob Sie mir das nun glauben oder nicht.«

Horowitz atmete aus.

»Sindbad!«, rief er aus, als sie das Restaurant erreicht hatten und Sibylle die Tür öffnete. »Wie kann man sein Restaurant *Sindbad* nennen? Das ist wirklich der Gipfel des Kitschs.«

»Warum?«, fragte Sybille. »Sindbad war doch ein tapferer kleiner Seefahrer. Denken Sie nur an all seine Schiffbrüche, und immer wieder hat er sich eigenhändig aus dem Schlamassel gezogen. Das ist doch nicht schlecht! Bevor Sie hier rumschimpfen: Haben Sie überhaupt schon mal einen Schiffbruch überlebt?«

»Nun«, sagte Horowitz leise, »vielleicht: ja.«

Nachdem Sibylle den Besitzer und die drei untersetzten, pomadierten Kellner begrüßt hatte, nahmen sie an einem kleinen Tisch am Fenster Platz, bekamen frischen, zuckersüßen Pfefferminztee serviert und bestellten eine Flasche Weißwein.

»Sind Sie denn mal zur See gefahren?«, fragte Sibylle.

»Das ist nicht so einfach zu beantworten. Ja und nein, vielleicht.«

Sibylle stutzte: »Also, das müssen Sie mir erklären, wie das geht: zur See fahren und nicht zur See fahren?«

»Das frage ich mich auch«, sagte Horowitz und trank einen Schluck Tee. »Ich bin mir da nicht mehr so sicher. Natürlich gibt es einen Unterschied, ob man zur See gefahren ist oder ob man sich das nur vorgestellt hat, aber ich weiß immer weniger, wie man diesen Unterschied bewerten soll. Jedenfalls habe ich mein ganzes Leben lang nichts anderes gewollt, als aufs Meer zu fahren.«

»Sehen Sie«, sagte Sibylle und schnalzte mit der Zunge, »hab ich es doch gleich gewusst: dass Sie jemand sind, der seine Träume gelebt hat.«

»Ich …«

»Jetzt sagen Sie nicht, dass nichts draus geworden ist.«

»Aus mir jedenfalls nicht«, sagte Horowitz schmunzelnd, »und aus dem Meer ein Feld für Umweltschützer und Meeresbiologen, also insgesamt ein ziemliches Trauerspiel.«

»Schön, dass Sie darüber lachen können. Vorhin dachte ich für einen Moment, Sie wären verzweifelt …«

»Ich bin verzweifelt«, sagte Horowitz und schmunzelte erneut.

»Ja, da haben Sie recht, vielleicht ist man in unserem Alter immer ein bisschen von beidem: verzweifelt und heiter, heiter und verzweifelt. Nur meine ältere Tochter ist nichts davon, sie ist immer gleich. Aber über die reden wir ja gerade gar nicht. Und wissen Sie was? Wenn aus Ihren Träumen nichts geworden sein sollte, dann haben wir was gemeinsam. Aus meinen Träumen ist nämlich, wenn ich ehrlich bin, auch nie wirklich was geworden, aber gelebt habe ich sie und sie niemals verdammt. Ich brauche meine Träume, sonst wäre das Leben doch trüb. Ella ist übrigens genauso. Ich weiß ja nicht, wie gut Sie Ella schon kennen, aber das mit den Träumen hat sie von mir … Sie hat so vieles von mir, wirklich vieles …. Warum sperrt sie mich nur so aus ihrem Leben aus? Kinder können einen ins Mark treffen. Haben Sie Kinder?«

Horowitz schüttelte den Kopf.

»Sie hatten ja das Meer«, sagte Sibylle. »Warum eigentlich das Meer?«

»Das Meer«, Horowitz dachte nach: »beinhaltet alles, was mich je fasziniert hat: die Unendlichkeit, die Tiefe, das Geheimnis und das Fernweh. Und jedes Meer hat seinen eigenen Charakter. Der Pazifik liegt mir am nächsten, seine Einsamkeit und Weite, sein tiefes Blau. Er ist ganz anders als der inselbesäte Atlantik, anders als der mysteriöse Indische Ozean und nahezu das Gegenstück zum lieblichen Mittelmeer. Für mich gab es immer nur das Meer. ›Auf die Schiffe, Philosophen!‹ hat der alte Nietzsche gerufen, und recht hatte er. Wer was übers Sein verstehen will, der muss aufs Meer, hat er gesagt, glaube ich, oder vielleicht hab ich das auch mal gesagt. Wie auch immer. Mein ganzes Leben hat es mich gelockt, es hat mich gerufen und verführt.«

»Und haben Sie sich verführen lassen?«

»Nun ja«, sagte Horowitz. »Kennen Sie die Geschichte der Vasa, des schwedischen Prachtschiffs, das bereits im Hafen sank?«, fuhr er fort.

Sibylle schüttelte den Kopf.

»Die *Vasa* lichtete im August 1628 die Anker, und schon auf den ersten Metern geriet es in eine bedrohliche Schräglage. Dabei war kaum Wind. Der erste stärkere Windstoß ließ sie dann kentern. Die Fahrt der Vasa dauerte nur etwa zwanzig Minuten.«

»Und warum erzählen Sie mir das?«

»Hm«, sagte Horowitz.

»Ich kenne Sie ja noch gar nicht, aber Sie sehen mir aus wie einer dieser Perfektionisten, die erst dann loslegen, wenn die Vorbereitung perfekt ist. Aber eins kann ich Ihnen sagen: Das ist sie nie! Und wissen Sie, warum? Weil man sich auf manche Dinge gar nicht vorbereiten kann. Vielleicht sind Sie auch einfach zu streng mit sich? Ich kann das gar nicht verstehen, wieso alle immer so streng mit sich sind. Was ist denn Scheitern anderes als die Interpretation einer Geschichte, die man auch hätte anders erzählen können? Ich bin auch nicht mehr streng mit mir, weil es nichts bringt. Wenn mich was lockt, dann versuche ich es, und wenn es nicht klappt, dann scheitere ich eben. Das nehme ich mir doch nicht übel. Vorher wissen, ob's was wird, kann man doch sowieso nicht. Also bin ich mein ganzes Leben lang von einem Flop in den nächsten getanzt. Und wissen Sie was?« Sie senkte die Stimme. »Und das ist ein großes Geheimnis!« Dann sprach sie in normaler Lautstärke weiter: »Ich finde gar nicht, dass ich gescheitert bin, auch wenn nicht viel übrig geblieben ist: kein Lebenswerk, kein Mann, kein Geld und zwei Töchter, die sich für mich schämen. Nicht gerade berauschend, was? Aber meine Träume, die sind so prachtvoll wie eh und je, die nimmt mir keiner. Wenn ich's mir recht überlege, scheitere ich eigentlich ganz gern.«

Horowitz schaute sie an.

»Kennen Sie das Gefühl nicht? Vom Meer, vom Blick auf diese Endlosigkeit? Wenn man scheitert, macht man doch eine unmittelbare Erfahrung. Auf eine unergründliche Art verbindet mich das Scheitern mit etwas, ja, wie soll ich das nennen …, mit etwas Unendlichem, etwas, das ich sonst nicht erlebe.«

Der Wein kam, Horowitz trank einen Schluck, Sibylle wechselte ohne Unterbrechung ins Arabische, um sich mit dem Kellner zu unterhalten.

»Hab uns was bestellt«, sagte Sibylle, als der Kellner gegangen war, »verschiedene Vorspeisen. Ich hoffe, das ist Ihnen recht?«

Horowitz nickte.

»Wo waren wir?«, fragte Sibylle.

»Beim Scheitern«, sagte Horowitz.

Sibylle lachte, dann fuhr sie fort: »Natürlich habe ich auch mal auf Kosten anderer gelebt, aber was anderes hab ich auch nie behauptet.« Sie nahm einen Schluck Weißwein. »Und soll ich Ihnen noch was verraten? Alkoholikerin bin ich auch keine. Obwohl meine ältere Tochter das standfest behauptet und Ella es Ihnen vielleicht auch schon erzählt hat?«

Horowitz schüttelte den Kopf: »Nein.«

»Ach, das süße Vögelchen … Es stimmt ja auch nicht. Ich kenne die Grenze zwischen Rausch und Sucht sehr genau, und ich übertrete sie nicht. Sie ist mir heilig. Nur Jasmin kennt den Unterschied nicht, weil sie nicht einmal weiß, was ein Rausch ist, die Ärmste! Und Ella …, ja Ella, sie plappert ihrer älteren Schwester alles nach, sie ist noch sehr kindlich, wissen Sie, oder sie wählt den Weg des geringsten Widerstands, ich weiß es auch nicht. Aber wenigstens weiß sie, was ein Rausch ist. Ella ist ein durch und durch rauschiges Wesen. Manchmal denke ich, sie würde sich mit mir viel besser verstehen als mit ihrer Schwester, aber mir nimmt sie alles übel und ihrer Schwester gar nichts; und das nur, weil Jasmin ihr all diese Pausenbrote geschmiert hat, früher, als ich mich mit den schönen Scheichs rumgetrieben habe.«

»Mit den schönen Scheichs?«

Sibylle lächelte und schien das Erstaunen in Horowitz' Augen zu genießen.

»Na ja«, fuhr sie fort, »waren natürlich nicht alle schön und auch keine Scheichs, aber ein paar von denen waren schön, und vielleicht war sogar auch mal ein echter Scheich dabei, glaube ich aber nicht. Reicher als die Männer, die ich sonst kennengelernt habe, waren sie allemal und nicht so knausrig. Das war nicht unwichtig, ich musste schließlich zwei kleine Mädchen ernähren, da bekommt man es schon manchmal mit der Angst zu tun. Ich glaube übrigens, Ella denkt noch heute, dass ich einen Scheich nach dem anderen hatte. Und dass nur, weil einer meiner besonders wohlhabenden Liebhaber sie mal ins *Vier Jahreszeiten* eingeladen hat. Das muss sie so beeindruckt haben, dass von da an jeder meiner Männer für sie ein Scheich war. Vielleicht war das ihr Weg, damit umzugehen, dass ich sie immer alleine gelassen habe und so. Bei Jasmin war es ganz anders, die hat sich ihre Kindheit nie so veredelt, für sie war es am einfachsten, mich für alles zu verdammen, was ich tat, für alles Gute und alles Schlechte. Dagegen ist kein Kraut gewachsen. Aber Scheich oder nicht Scheich, mich interessierten die opulenten, tröstenden Seelen der arabischen Männer und natürlich ihr Vermögen, da bin ich ganz ehrlich. Das Leben, das sie mir eröffneten, war schon großartig. Die haben mich verführt und überschüttet und schwindelig geredet, und ich musste mir überhaupt keine Sorgen machen, wie ich die nächste Miete bezahlen sollte. Nur leider war das alles nie von Dauer, weil so richtig wollte ich mich ja gar nicht auf die einlassen. Ich zieh doch keinen Schleier an! Wenn, dann nur einen kleinen, kecken am Hut, aber nicht über alles drüber, das widerspricht meinem Körpergefühl. Aber für die kurzen Intermezzi musste ich das auch gar nicht. Also, vielleicht kann man es so sagen: wenn das Meer Ihre Verführung war, dann waren die arabischen Männer meine. Vor allem der erste, der war unglaublich! Der hat mich wirklich von meinem Ufer weggelockt – in eine andere Welt, eine fremde, offene, abenteuerliche Welt. Er hat mich, auch wenn das jetzt pathetisch klingen mag, von mir selbst befreit. Ich komme ja aus einem bayerischen Dorf, wissen Sie? Und so war das schon eine großartige Erfahrung. Dieses Fremde, Überbordende und all diese Geschenke.«

Horowitz goss sich nach.

»Das Meer hätte wahrscheinlich auch für Sie solche Erfahrungen bereitgehalten, wenn Sie nicht Ihr Leben lang über die Ausfahrt nachgedacht und einen perfekten Kreis an den anderen geschmiedet hätten.«

»Die Verführung …«, sagte Horowitz vor sich hin.

»Und jetzt?«, fragte Sibylle.

»Jetzt sitzen wir bei Sindbad und trinken Tee und Wein und warten auf die Vorspeisen und darauf, dass es endlich losgeht«, sagte Horowitz.

»Wissen Sie, wie orientalische Märchen anfangen?«

Horowitz schüttelte den Kopf.

»Kan ma kan«, sagte sie. »Es war so und es war nicht so.«

»Es ist also alles offen«, sagte Horowitz.

»In welche Richtung man auch schaut.«

»Dorthin – will ich; und ich traue / mich fortan und meinem Griff. / Offen liegt das Meer, ins Blaue / treibt mein Genueser Schiff«, sagte Horowitz.

»Und schon ist der Hafen fern«, sagte Sibylle und legte ihre Hand auf seine.

18

Freitagabend. Die erste Arbeitswoche war vergangen, ohne dass sie sich bei Paul gemeldet hatte. Jetzt saß Ella in der U-Bahn auf dem Weg vom Sender in die Fasanenstraße.

Sie fühlte sich wohl im Sender, bekam mehr und mehr Aufgaben übertragen, und die Abende waren mit der Arbeit an ihren Porträts gefüllt. Sie telefonierte mit Natalia, erzählte ihr eine Geschichte über Dorothy Parker und gab sich ansonsten große Mühe, nicht zu viel nachzudenken. Sie versuchte sich in Horowitz' Wohnung einzuleben, duschte so lange, bis ihre Haut rot wurde, kaufte die teuren Tomaten, die noch fest an den Stauden saßen, und die gute Milch in der Glasflasche. Sie betrank sich mit Wodka, Wein und Schnaps und lief nachts durch die Wohnung. Sie las Joan Didions *Das Jahr magischen Denkens*, in dem Didion den Tod ihres Mannes zu begreifen versucht, und stapelweise Klatschzeitschriften, aber sie kam keinen Schritt weiter. Dass sie auch vor sich selbst abtauchte, war ihr noch nie gekommen. Und jetzt stand das Wochenende vor der Tür.

Als Ella den Kudamm entlanglief, entlud sich ein gewaltiges Sommergewitter. Es donnerte so laut, dass sich plötzlich etwas in ihr löste, das bis dahin den Atem angehalten hatte. Sie wollte jetzt reden, sie musste jetzt reden, und sie musste mit jemandem reden, der sie gut kannte. Horowitz und Natalia kamen also nicht in Frage. Ella schaltete das Telefon ein, rief ihre Schwester an und bat sie, vorbeizukommen. »Wenn, dann jetzt gleich«, sagte ihre Schwester, »später bin ich verabredet.«

Das Gewitter war so heftig, dass Ella völlig durchnässt in Horowitz' Wohnung ankam. Die nassen Kleider lagen nun verteilt auf dem Flurboden, und die neuen Sandalen standen schlapp im Eingang und ließen ihre Riemchen hängen. Ella konnte sich gerade noch abtrocknen und einen Bademantel überwerfen, bevor ihre Schwester klingelte.

Jasmin ließ den Regenschirm aufgespannt im Treppenhaus stehen, schlüpfte aus den Gummistiefeln und fragte Ella, wohin sie das knöchellange Regencape zum Trocknen hängen solle. Unter dem Cape war Jasmin absolut trocken. Nachdem Ella Jasmin das Badezimmer gezeigt hatte, lotste sie ihre Schwester in den »großen Salon«, kauerte sich in eine Ecke des Sofas, ihre Haare schwer und nass über die Schultern hängend, und wickelte sich in eine Decke. Jasmin pfiff durch die Zähne.

»Nicht schlecht!«, rief sie aus. »Da hast du aber einen guten Tausch gemacht! Wie viele Quadratmeter sind das hier?«

Ella zuckte mit den Schultern.

»Hast du das nicht gefragt?«

»Dieses Zimmer hier nennt Horowitz seinen ›großen Salon‹«, sagte Ella.

Inzwischen hatte es aufgehört zu donnern, aber draußen toste noch der Wind, und der Regen prasselte gegen die Sprossenfenster.

»Na ja, zweihundertfünfzig werden es schon sein, soweit ich das überblicken kann, aber merkwürdig ist es hier. So eine Wohnung hab ich ja noch nie gesehen. Ist das da das Aquarium, von dem du erzählt hast?«, fragte Jasmin.

Ella nickte.

»Wie aus einer anderen Zeit. Wie eine Theaterkulisse«, sagte Jasmin.

»Können wir später über die Wohnung reden? Ich muss was anderes mit dir besprechen ...«

»Ja«, sagte Jasmin, »obwohl ich ja gern noch …, aber das hat Zeit. Was gibt's denn? Wie war denn die erste Woche im Sender?«

»Gut.«

»Klingt aber nicht so.«

»Doch, doch, alles gut. Nette Kollegen, nette Stimmung, gute Kaffeemaschine, alles wunderbar. Sie werden gleich eins meiner Porträts produzieren, aber das ist es gar nicht, was ich dir erzählen wollte, das passiert gerade alles nur am Rande. Letzten Sonntag …«

»Eine neue Arbeit fühlt sich immer komisch an«, unterbrach Jasmin sie, »wirst sehen, dauert zwei Wochen, bis man ankommt.«

Ella wendete sich ab. Wie hatte sie nur denken können, es würde ihr helfen, mit ihrer Schwester zu sprechen. Ihre Schwester konnte nicht trösten, das hatte sie doch noch nie gekonnt.

»Ich muss dir was sagen …«, sagte Jasmin nun plötzlich mit einer veränderten Stimme.

Ella richtete sich wieder auf.

»Leo war nicht in Hamburg, er war in Berlin.«

Ich weiß, dachte Ella und sagte: »Ja?«

»Und es war keine andere Frau.«

»Nein?«, fragte Ella.

»Er wollte ein Geheimnis haben oder so. Ganz hab ich es immer noch nicht verstanden. Er hat sich um Kopf und Kragen geredet, gemeint, er würde einfach mal einen Abend brauchen. Einen Abend, der nichts anderes sein musste als ein Abend. Einfach nur ein Abend. Und nach diesem Abend wollte er dann nicht nach Hause, weil er eben ein Geheimnis haben wollte. Oder so. Es ist mir alles nach wie vor ein Rätsel. Aber eine andere Frau war es wohl nicht.«

»Keine andere Frau«, sagte Ella und sah das fassungslose

Gesicht ihrer Schwester vor sich. Natürlich glaubte sie ihm diese Geschichte nicht; sie hätte ihm eine andere Frau geglaubt, eine alte Liebe, vielleicht sogar einen Mann, aber nicht einen Abend. Das nicht.

»Aber weißt du, was ich am allerwenigsten verstehe?«, fuhr Jasmin fort. »Warum ihr eure Geheimnisse nicht einfach habt und mit ihnen lebt? Warum ihr euch dafür immer aus dem Staub machen müsst? Warum muss man um ein Geheimnis so ein Trara machen? Als ob es immer nur darum ginge, ein Geheimnis zu haben – egal, was für eins – und das dann allen unter die Nase zu reiben, indem man wegrennt. Wenn ich ein Geheimnis habe, dann hab ich eben eins. Dafür brauche ich doch keinen Abend.«

Ella schaute Jasmin mit wachsendem Interesse an.

»Ich meine ...«, sagte Jasmin, stand auf und ging neben dem Bücherregal auf und ab, »natürlich habe ich auch meine Geheimnisse, aber die habe ich, weil sie geheim bleiben müssen, nicht, weil ich es spannend finde, dass sie geheim sind. Ich muss sie nicht inszenieren, sodass andere wissen, dass ich ein Geheimnis habe. Das ist doch absurd.«

Ella traute ihren Ohren kaum. Ihre Schwester hatte Geheimnisse?

»Und natürlich habe ich mir auch lange gewünscht, dass mir ein Scheich die Welt zu Füßen legt, aber ich lasse mir doch nicht den ganzen Tag vermiesen, nur weil es mal keine Wachteln regnet.«

Ella reagierte immer noch nicht, sie wollte Jasmin nicht unterbrechen, hatte das Gefühl, Jasmin hätte noch mehr zu sagen.

»Meine Krankheit hab ich ja auch nicht gleich jedem auf die Nase gebunden.«

»Du bist krank?«

»Siehst du? Du hast es eben nicht gemerkt, weil es mein

Geheimnis war. Wenn man ein Geheimnis hat, dann sorgt man dafür, dass es auch so bleibt.«

»Was …?«, stotterte Ella. »Was hattest du denn?«

»Einen Tumor hatte ich, nach meiner ersten Schwangerschaft, aber der ist weg, den haben sie rausgeschnitten, und jetzt habe ich was anderes, vor zwei Tagen erst haben sie es mir gesagt, und keiner weiß, was es ist. Und keiner weiß, dass ich's hab …«

»Oh, Gott, Jasmin, das tut mir ja so leid, ich wusste ja nicht, dass du …«

»Schon gut, keiner weiß es.«

»Nicht mal Leo?«

»Der schon gar nicht, der macht sich sonst viel zu große Sorgen.«

»Aber …«

»Glaub mir, von dem Tumor hatte ich ihm erzählt, und das war ein Fehler. Zum Schluss musste ich mich noch um ihn kümmern, weil er vor Sorgen fast umgekommen wäre. Deswegen erzähl ich ihm diesmal besser nichts. Vorerst jedenfalls …«

»Und was … wo war denn der Tumor?«

»Über den spreche ich nicht mehr, der ist weg, und ich werde ihm keine Träne nachweinen.«

»Ach so«, sagte Ella, »aber …«

In Ellas Kopf schwirrte es.

»Lass es einfach gut sein, das ist vorbei. Ich kann da wirklich nicht mehr drüber reden. Diese stundenlangen Gespräche mit Leo …«

»Aber warum hast du mir nie was erzählt?«

Jasmin winkte ab: »Dir? Ella, komm, dir konnte ich doch jahrelang nichts erzählen! Was sollte ich dir denn anvertrauen? Alles hast du immer gleich weitererzählt – auch unserer Mutter, gerade der. Erinnerst du dich noch an den Tag, an dem ich ihre geheimen Flaschendepots leer geräumt habe, selbst das hast du ihr erzählt.«

»Es war doch klar, dass wir das waren«, sagte Ella.

»*Ich*, Ella. Aber darum geht es nicht. Wir hatten ausgemacht, dass wir es nicht verraten. Aber du bist eben so, es sprudelt nur so aus dir raus. Du dachtest, unsere Mutter hätte uns gar nicht böse sein können. Aber wie dem auch sei – damals hab ich mir geschworen, dir nichts mehr zu erzählen, bis du erwachsen bist. Und jetzt, jetzt hast du deine erste Arbeitswoche hinter dir und siehst traurig aus und brauchst mich und bist vielleicht endlich erwachsen geworden. Und deswegen kann ich dir heute …«

Plötzlich fing Jasmin an zu weinen. Und sie weinte nicht, wie andere weinten – aus einem Guss –, sie weinte wie ein stotternder Motor, wie ein Auto ohne Benzin, mit großen Pausen zwischen den Schluchzern und einem rostigen Unterton. Ella traute sich kaum, zu ihr zu gehen, tat es dann aber doch und legte einen Arm um ihre Schulter. Jasmin machte sich los und stellte sich ans Fenster.

»Und die Kinder?«, schluchzte Jasmin. »Was machen sie, wenn jetzt wirklich wieder was Schlimmes sein sollte? Es soll ja nichts Schlimmes sein, die Ärzte sagen, es wäre höchstwahrscheinlich nichts Schlimmes, aber langsam weiß ich nicht mehr, ob das stimmt. Meine Blutwerte …«

»Das wird wieder«, sagte Ella, »bestimmt, das wird wieder.«

Jasmin hörte genauso abrupt auf zu weinen, wie sie angefangen hatte, und ging zurück zum Sofa. Als sie an Ella vorbeikam, legte sie ihr kurz die Hand auf den Oberarm.

»Du hättest mir unbedingt davon erzählen sollen«, sagte Ella, »ich hätte dir doch helfen können.«

»Ich hab's dir doch gerade erklärt, Ella. Du hättest es unserer Mutter erzählt, irgendwie wär's dir rausgerutscht, um mich für sie interessanter zu machen oder warum auch immer.«

»Und ich dachte immer, du wärst unbesiegbar …«, sagte Ella leise, wie zu sich selbst.

»Weil du mich nie angeschaut hast«, sagte Jasmin. »Aus irgendeinem Grund hast du mich in eine Schublade gesteckt und holst mich da nicht mehr raus. Aber das macht nichts, du hattest genug um die Ohren mit deinem eigenen Leben. Ich mach dir da keine Vorwürfe! Musst ja ganz schön strampeln mit unserer Vorgeschichte, die dich ja viel mehr tangiert hat als mich. Wenn du dir keine anständige Arbeit gesucht hättest und weiter so rumgelebt hättest – dann hätte ich dir Vorwürfe gemacht, aber das mit der Schublade, das ist schon in Ordnung, damit kann ich leben.«

Die beiden schauten sich an.

Ella stiegen die Tränen in die Augen. Jetzt bloß nicht weinen!

»Aber jetzt hab ich nur von mir geredet, dabei wolltest du mir doch etwas erzählen. Du klangst vorhin so traurig«, sagte Jasmin mechanisch und gedankenverloren.

Ella schluckte die Tränen herunter und sagte leise: »Nein, nein, schon gut.«

»Erzähl ruhig«, sagte Jasmin und schneuzte sich die Nase. »Du tust mir einen Gefallen damit.«

Ella schüttelte den Kopf: »Ich kann nicht …«

»Bitte, Ella, weißt du, ich fühle mich blöd, wenn ich die Einzige bin, die traurig ist.«

Ella gab sich einen Ruck und begann zu erzählen: »Es geht um Paul. Na ja, eigentlich geht es nicht wirklich um Paul, sondern darum, wie ich mit schwierigen Situationen umgehe, mit Krisen …«

»Na ja: das ist doch einfach zu beantworten: gar nicht«, sagte Jasmin. »Tut mir leid, das zu sagen, aber es war schon immer so: Wenn's brenzlig wurde, bist du abgedampft und hast dich versteckt, mal unter der Decke, mal hinter einem Buch, mal hinter einem Lachen, aber wirklich auseinandergesetzt hast du dich nie.«

»Ich …?«

»Und wenn ich jetzt so darüber nachdenke: Ich dachte immer, ich wäre die mit der Fassade. Und ich hab ja auch eine, aber meine tut wenigstens nicht so, als wäre sie keine.«

Ella schluckte. Sie hatte keine Fassade, das war doch keine Fassade. Fassade war das falsche Wort.

»War das jetzt schon wieder falsch?«

»Nein, nein«, sagte Ella leise, »ich glaube nur, dass ich gar keinen Ort in mir habe, vor den man eine Fassade bauen könnte.«

»Sondern?«

»Ja, wenn ich das wüsste.«

Jasmin nahm die Muschel in die Hand, die auf dem Sofatisch lag, und drehte sie hin und her.

»Kann ich dich was fragen, Jasmin?«

Jasmin nickte.

»Glaubst du, dass ich mir was vormache, dass ich mir das Leben schönrede? Wenn das Leben nur das ist, was ich daraus mache, dann ist Schönreden vielleicht gar kein Problem, dann ist es vielleicht sogar das Beste, was man machen kann; aber wenn es doch noch ein anderes Leben gibt, eines, in dem es Wahrheiten gibt, die mit meiner Sicht der Dinge nichts zu tun haben, dann verstelle ich mir das Leben, indem ich es mir schönrede, dann lebe ich daran vorbei – und das ist das Letzte, was ich möchte.«

Auf Jasmins Stirn wurde nun eine breite Falte sichtbar. Sie legte die Muschel zurück auf den Tisch und antwortete: »Ich kann einfach nicht verstehen, warum du überhaupt so viel darüber nachdenkst. Da bist du wie unsere Mutter, die hat auch andauernd über ihr Leben nachgedacht, nur dass sie stolz darauf war: die große Selbstverwirklichung! Darum geht es ja bei dir zum Glück nicht, das haben wir hinter uns. Ich bin vielleicht sogar noch eher wie unsere Großmutter. Das Leben lebt mich, und ich folge. Und ich bin heilfroh, dass es nicht andersherum ist, das kann ich dir sagen. Vielleicht hat das auch was damit zu tun, dass ich die Ältere bin, für mich ist das normal. Das Leben ist für mich Tag und Nacht, Glück und Pech, aber sicher kein philosophisches oder was auch immer für ein Problem, es ist überhaupt kein Problem, wenn schon, dann bringt es Probleme mit sich, und die manchmal nicht zu knapp.« Jasmin hielt kurz inne, dann fuhr sie fort: »Aber ich habe nach unserem letzten Gespräch trotzdem nachgedacht, und ich glaube, ich reime mir meine Wirklichkeit genauso zusammen wie du, nur dass ich eben was ganz anderes will. Wir wollen uns beide nicht mehr allein fühlen, und wir wollen beide ein anderes Leben haben als früher. Nur willst du dir dafür eine Wirklichkeit erschaffen, und ich finde diesen Gedanken einfach nur anstrengend. Ich will eine Wirklichkeit vorfinden und mit ihr umgehen, anders umgehen, als ich das aus unserer Kindheit kenne. Dass ich mir damit vielleicht auch etwas vormache, kann sein, aber das ist mir vollkommen egal. Ich fände es grässlich, neben allem anderen auch noch für die Wirklichkeit verantwortlich zu sein. Und du findest das befreiend, oder?«

Ella nickte: »Ja, bei mir ist es genau umgekehrt.«

»Neulich habe ich übers Sterben nachgedacht, weil es mich beruhigt, mich mit den unangenehmen Seiten der Wirklichkeit auseinanderzusetzen. Ich hab einfach weniger Angst, wenn ich der Realität ins Auge blicke, und sterben, sterben müssen wir alle ganz alleine, vor diesem Moment bin ich lieber gewappnet. Du begegnest deiner Angst vielleicht, indem du dir ausmalst, wie du in den Armen eines Liebhabers, im Schlaf oder gar nicht sterben wirst. Und weißt du was? Am Ende sind wir wahrscheinlich beide gleichermaßen unvorbereitet und einsam.«

»Jasmin, du wirst nicht ...«

»Ist schon gut, so meinte ich das gar nicht. Ich hab jetzt gar nicht über meine Krankheit gesprochen. Was ich meinte, ist, dass wir uns die Dinge, die wir erlebt haben, anders erzählen und sie deswegen auch anders waren. Das ist mir jetzt klar geworden.«

»Es ist also keine Illusion?«

»Alles andere ist eine Illusion.«

»Das sagst *du*?«, fragte Ella.

»Weißt du, worauf ich mich fast genauso freue, wie ich mich auf deinen ersten Arbeitstag gefreut habe? Dass du endlich aufhörst, mich festzunageln.«

Ella schaute Jasmin erschrocken an. Und plötzlich nahm Jasmin Ella sanft in den Arm und schaukelte sie hin und her. Wie früher schaukelte sie sie hin und her, wie früher, als Ella nicht einschlafen konnte, weil sie Angst hatte vor der Nacht.

»Erinnerst du dich noch an deinen achtzehnten Geburtstag?«, fragte Jasmin plötzlich. »Weißt du noch, wie furchtbar peinlich Mutters Rede war? Und wie sie dir die große Liebe wünschte?«

»Ja«, sagte Ella und dachte, dass das die einzige Geschichte war, bei der sich ihre Erinnerungen deckten.

»Und ist sie da?«, fragte Jasmin dann. »Ist Paul jetzt die große Liebe?«

Jetzt fing Ella doch an zu weinen.

»Ella, was ist denn? Was ist denn passiert?«

»Letzten Sonntag bin ich zu seinem Laden gegangen, und da hab ich gesehen, wie er auf offener Straße seine Frau geküsst hat. So wie Mann und Frau sich küssen, die miteinander schlafen, so wie er und ich uns küssen.«

»Seine Frau?«

»Das ist noch nicht mal das Schlimmste.«

»Sondern?«

»Das Schlimmste war, dass ich eigentlich schreien wollte oder weglaufen, und dass ich nichts dergleichen getan habe, sondern sofort mit ihm geschlafen.«

»Und?«

»Ich wollte das gar nicht, aber dann dachte ich, wenn ich jetzt was sage, dann wird's wahr, und wenn ich nicht darüber spreche und wir miteinander schlafen, dann kann ich es irgendwie ungeschehen machen.«

Jasmin schaute sie fragend an.

»Und seitdem vertraue ich mir nicht mehr. Ich frage mich wirklich, ob es nur meine Wünsche sind, die alles aufrechterhalten; und ob diese Wünsche sich inzwischen so weit verselbständigt haben, dass ich Dinge tue, die zu meinen Wünschen passen, aber nicht mehr zu mir; dass ich also Dinge tue, die ich eigentlich gar nicht will.«

Plötzlich klingelte es in Jasmins Tasche, und eine Computerstimme rief: »Guten Morgen! Es ist Zeit aufzustehen!«

»Oh, nein!«, rief Jasmin aus. »Das tut mir so leid, Ella, aber jetzt muss ich los. Hab mir den Wecker gestellt, damit ich mich nicht verquatsche. Tut mir leid, Ella, aber ich kann heute nicht zu spät kommen, tut mir wirklich leid. Leo und ich feiern heute Abend Versöhnung … Versöhnung wegen eines Abends!«

»Natürlich, geh!«, sagte Ella und war fast erleichtert, nicht weitersprechen zu müssen. Als Jasmin ihr Regencape und die Gummistiefel holte, sagte Ella noch: »Und ruf mich an, wenn du mich brauchst«, und beide spürten sofort, wie merkwürdig dieser Satz aus ihrem Mund klang.

»Mach dir um mich keine Sorgen, ruf lieber Paul an! Trau dich mal was, Ella! Du schreibst über mutige Frauen, tauschst deine Wohnung mit einem Wildfremden, stellst das Leben selbst in Frage und hast ansonsten das allergrößte Hasenherz!«

19

Ein paar Wochen nach dem Essen bei *Sindbad* traten Horowitz und Sibylle aus dem Foyer der Volksbühne und gingen über die Straße in das *Café Voss*. Sie hatten gerade eine Inszenierung der Kameliendame gesehen, mit der lichterlohen Sophie Rois in der Rolle der hocherotischen, geldgierigen, männermordenden und zuletzt schwerkranken Kameliendame. Sibylle hatte Horowitz während des Stücks immer wieder vor Vergnügen auf den Oberschenkel geklopft und beim Schlussapplaus durch die Zähne gepfiffen.

»So kann es enden«, sagte Sibylle lachend, als sie in dem Restaurant Platz genommen hatten.

»Muss es aber nicht«, sagte Horowitz.

»Ihr junger ariensingender Verehrer sah aus wie ein Putto – hinreißend. Diese Locken, diese glockenklare Stimme, dieser Schmelz. Kein Wunder, dass sie dafür alles riskiert hat.«

»Und du sitzt hier mit mir …«

Sibylle lachte und nahm Horowitz' Hand.

Sie bestellten Wein.

»Ich war seit Jahren nicht mehr im Theater. Das können wir ab jetzt gerne öfter machen. Wir müssen uns ja nicht immer Stücke mit engelsgleichen jungen Männern ansehen. Oder wolltest du da deswegen unbedingt rein?«

»Nein«, sagte Sibylle und grinste, »nicht nur.«

»Das ist ja beruhigend«, sagte Horowitz.

»Hast du eigentlich genug Geld für uns beide?«, fragte Sibylle, plötzlich in einem anderen Ton.

Horowitz schaute sie fragend an.

»Na ja, vielleicht bin ich der schönen Kameliendame nicht ganz unähnlich. Ich habe nämlich auch Geldsorgen«, sagte Sibylle, »ich meine, wirkliche Geldsorgen.«

Horowitz faltete die Serviette vor sich auseinander.

»Ich kann die Wohnung in München nicht mehr halten. Der Vermieter macht das nicht länger mit.«

Horowitz legte sich die Serviette auf den Schoß.

»Brauchst du Geld?«, fragte Horowitz.

»Mein Gott, das kann doch jetzt nicht dein Ernst sein! Bist du unromantisch!«, sagte Sibylle. »Es ist wirklich nicht zu fassen. Ich hab dich nicht gebeten, mir einen Schein zuzustecken, ich hab dich nur gefragt, ob du dir vorstellen könntest, mit mir …«, fuhr Sibylle plötzlich ganz leise fort, dann brach sie ab.

Horowitz schaute sie erschreckt an.

»Trinken wir erst mal was«, sagte sie.

Der Wein kam. Sie tranken jeder ein paar Schlucke und schauten aneinander vorbei.

»Ich weiß zwar nicht, was das hier mit uns wird, aber ich weiß noch weniger, was das hier ohne uns werden soll«, sagte sie.

»Es ist Ellas Wohnung«, sagte Horowitz plötzlich wie zu sich selbst.

»Ich weiß«, sagte sie.

»Und ich kann nicht mehr in meine zurück«, sagte er.

»Ja, das sagst du immer wieder«, sagte sie. »Du bist eben nicht wie der schöne Putto. Alles würdest du nicht für mich tun.«

»Kein Putto, kein Scheich«, sagte Horowitz.

»Aber …«

»Aber?«

»Aber vielleicht sollten wir es trotzdem versuchen? Die letzten Wochen waren wunderschön. Auch wenn du ein Kauz bist, mir gefällt das. Außerdem bleibt mir auch nicht viel anderes übrig …«, sagte Sibylle.

»Hast *du* gerade gesagt, *ich* sei unromantisch?«, fragte Horowitz und ordnete das Besteck neu.

»So meine ich es ja gar nicht. Ich meinte nur, dass …«

»Ich habe keinen Pfennig mehr«, unterbrach Horowitz sie, »alles verbraten. Meine Schwester hält mich von ihrem Erbe aus. Ich weiß nicht …«

»Deine Schwester?«

»Sie ist ein Drachen.«

Sibylle richtete sich auf: »Drachen liebe ich ja noch viel mehr als Putti!« Sie überlegte kurz, dann sagte sie: »Wir gehen zu deiner Schwester. Frauen halten zusammen, du wirst sehen.«

»Das glaube ich kaum.«

»Weil du dich da nicht auskennst«, sagte Sibylle.

»Und Ella?«, fragte Horowitz.

»Was ist mit Ella?«

»Für Ella wird es schwer zu verkraften sein, wenn gerade *du* in ihrer Wohnung wohnst.«

»Ella wohnt jetzt in einem Palast. Die soll sich mal nicht so haben. Sie wird es verkraften«, sagte Sibylle und nahm Horowitz' Gabel. »Ruf deine Schwester an, wir brauchen sie! Wir müssen den Drachen bezwingen, nein, nein, wir müssen ihn bezirzen, ich muss ihn bezirzen.«

»Du hast keine Ahnung, auf was du dich da einlässt«, sagte Horowitz.

»Du ja auch nicht. Gehen wir«, sagte Sibylle.

Sie bezahlten den Wein und traten auf die Straße.

»War das nicht eine tolle Szene, als Sophie Rois mit unendlicher Allüre in großer Robe ihre Geldscheine gebügelt hat?«, fragte Sibylle und lachte Horowitz an. »Das würde ich mit dem Geld deiner Schwester auch machen. Ich würde es bügeln.«

20

Nachdem Jasmin mit ihrem Regencape über dem Arm abgerauscht war, blieb Ella noch einige Minuten lang im Türrahmen stehen. Dann begann sie in der Wohnung herumzuwandern. Das Esszimmer sah in der Dämmerung noch musealer und kulissenartiger als sonst aus. An den Seitenwänden standen hohe hölzerne Anrichten, die mit filigranen Intarsien verziert und mit Porzellangeschirr und Glasvasen prachtvoll bestückt waren. Die Mitte der reich gedeckten Tafel schmückte ein Pokal, in dem ein verzweigter Korallenstock den Blumenstrauß ersetzte; in Muschelschalen häuften sich Salz- und Pfefferhügel, und in die langstieligen Kristallgläser waren Seepferdchen eingraviert. Ella ging in den »großen Salon« und rief Horowitz an.

»Hallo Horowitz.«

»Ella, guten Abend«, antwortete Horowitz, räusperte sich und fragte: »Wollen Sie Ihr Leben wieder?«

»Mein Freund sagt, Sie wären nicht in meiner Wohnung, und da wollte ich mal hören, ob es Ihnen vielleicht doch nicht so gut gefällt bei mir.«

»Sie haben einen Freund?«

Ella schwieg.

Horowitz schwieg auch, dann räusperte er sich erneut und sagte: »Also, nein, im Gegenteil, mir gefällt es außerordentlich gut bei Ihnen. Und wissen Sie was? Ich habe Ihre Mutter kennengelernt.«

»Meine Mutter?«

Horowitz hustete.

»Wo?«

»Hier.«

»Haben Sie sie reingelassen?«

»Nein, nein, ich …«

»Gut«, sagte Ella erleichtert. »Sie haben keine Ahnung, wie sehr mich das erleichtert! Meine Mutter nimmt sich nämlich normalerweise alles, was sie will. Was ihr zusteht und was ihr nicht zusteht.«

»So«, sagte Horowitz. »Ihre Mutter ist …«

»Hat Sie Ihnen von den Blumen erzählt, den Vögeln, den Scheichs?«

Horowitz hustete erneut.

»Sind Sie erkältet?«, fragte Ella.

»Nein, nein, nichts.«

»Sie hat Ihnen also von den Blumen …«

»… den Vögeln, den Scheichs erzählt, ja«, fuhr Horowitz fort.

»Das macht sie immer«, sagte Ella.

Horowitz räusperte sich erneut.

»Sie haben sich erkältet«, sagte sie.

»Wollen Sie mir vielleicht erzählen, wie Ihre Mutter die Scheichs kennengelernt hat? Ich meine, die gibt es ja nicht an jeder Ecke«, sagte Horowitz.

»Warum?«, fragte Ella.

»Weil das sicher eine gute Geschichte ist.«

»Nur wenn Sie mir eines versprechen …«, sagte Ella.

»Und das wäre?«

»Dass Sie sie nie, nie, nie in meine Wohnung lassen.«

Horowitz räusperte sich wieder.

»War das ein Ja?«

»Erzählen Sie, Ella, erzählen Sie!«

»Also – wie Sie sich ja jetzt vorstellen können – war meine

Mutter eine ziemlich füllige Blondine mit einem ausladenden Dekolleté, kleinen speckigen Füßchen und einem losen Mundwerk. Diese Kombination schien den Herren aus dem Morgenland zu gefallen. Ein alter Schulfreund von ihr war ein berühmter Zahnarzt, obwohl er scheußlich aussah. Seine Praxis lag auf der Maximilianstraße in München, wo wir früher wohnten. Sie lag direkt gegenüber vom *Vier Jahreszeiten*, in das wir manchmal vom jeweils aktuellen Scheich zum Kakaotrinken eingeladen wurden. Im *Vier Jahreszeiten* servierten sie den Kakao in kleinen Silberkannen, und man bekam zu jeder Kanne Kakao eine kleine silberne Etagere mit Gebäck, herrlichem Gebäck. Der Zahnarzt behandelte die reichen Araber, die sich samt ihrer Entourage einmal im Jahr nach München einfliegen ließen, und er informierte meine Mutter immer, wann wer zu erwarten war. Sie steckte sich dann Schmetterlinge ins Haar und passte den jeweiligen Scheich im Wartezimmer ab. Wie sie es bewerkstelligte, weiß ich nicht, aber im nächsten Jahr kamen sie wieder, und spätestens im dritten brachte meine Mutter sie dann dazu, sie nach Saudi-Arabien, Brunei, in den Irak oder sonst wohin einzuladen, und vier Mal kam sie in der festen Überzeugung zurück, verheiratet zu sein. Die Rituale waren jedes Mal undurchsichtig, aber prächtig genug, um sie nicht genau hinterfragen zu müssen. Ums Geld sei es ihr dabei nie gegangen, sondern darum, dass ihr ornamentaler Charakter gewürdigt wurde – sagte sie jedenfalls«, sagte Ella.

»Und Ihr Vater?«, fragte Horowitz.

»Mein Vater? Ich mache mir gerade sehr viele Gedanken um meinen Vater. Ich weiß nicht, wer mein Vater ist. Mit sechzehn hat meine Schwester alles versucht, um unserer Mutter Hinweise auf ihn zu entlocken, aber meine Mutter schwieg. Sie schwieg so eisern, dass sie nicht einmal aufhörte, sich zu schminken oder zu lesen, wenn wir sie darauf ansprachen.

Vollkommen gelassen blieb sie dabei. Früher dachte ich, sie schwieg, weil sie Angst hatte, wir würden sie verlassen, wenn wir unseren Vater kennenlernten, aber vielleicht schwieg sie auch nur, weil sie sich für ihn schämte oder weil sie es tatsächlich nicht wusste. Ein Scheich als Erzeuger war eher unwahrscheinlich. Wir sehen beide nicht so aus, als wären wir zwischen arabischen Seidenkissen gezeugt worden. Außerdem war unsere Mutter, in dieser Hinsicht jedenfalls, lebenstüchtig genug, um sich eine solche Gelegenheit versilbern zu lassen.«

»Und dann?«, fragte Horowitz.

»Dann war es vorbei mit den Scheichs.«

»Und jetzt?«

»Horowitz?«, fragte Ella.

»Ja«, sagte er.

»Vergessen Sie es«, sagte Ella. »Meine Mutter frisst Sie mit Haut und Haar.«

»An mir ist nichts dran«, sagte Horowitz.

»Das müssen Sie mir versprechen.«

»Dass an mir nichts dran ist?«, fragte Horowitz.

»Bitte«, sagte Ella, »ich kann meine Mutter nicht wieder in mein Leben lassen.«

»Gut«, sagte Horowitz, räusperte sich und fragte dann: »Und Ihr Freund? Von dem haben Sie noch nie was erzählt. Taugt er denn was?«

Ella schwieg.

»Ella? Sind Sie noch da?«

Ella schwieg immer noch.

»Das klingt nicht gut«, sagte Horowitz, »das, was Sie da nicht sagen, klingt nicht gut.«

»Auf bald«, sagte Ella, legte auf und dachte: Und das, was Sie gerade nicht gesagt haben, klingt auch nicht gut.

Ella wanderte noch einmal durch die Wohnung. Und plötzlich wusste sie, woran der Speisesaal und der »große Salon« sie erinnerten: an Kapitän Nemos *Nautilus*. Der Speisesaal der Nautilus, in dem Nemo den schiffbrüchigen Meeresforscher, Professor Aronnax, die kulinarischen Reichtümer des Meeres servieren ließ, glich Horowitz' Esszimmer bis ins Detail; und auch der »große Salon« mit seinen Meeresfundstücken und überladenen Bücherregalen musste Jules Vernes U-Boot-Vision nachempfunden worden sein. Vielleicht war Horowitz wie Nemo in dieser Wohnung vor der Welt geflohen? Und wenn ihr nicht das Gleiche passieren sollte, dann musste sie jetzt zu Paul. Ob sie sich über den Weg traute oder nicht; ob sie Angst vor dem Ungewissen hatte oder nicht; ob sie Angst hatte zu scheitern oder nicht. Sie rief Paul an, der sie sofort mit Fragen bombardierte. Sie sagte nur: »Gleich!« und fuhr los.

Sie klingelte, Paul öffnete die Wohnungstür, griff sie wortlos an beiden Oberarmen und zog sie hinein, als müsste sie vor unsichtbaren Verfolgern versteckt werden. Auf genau eine solche Begrüßung hatte sie gehofft. Er roch wie vorher und küsste wie vorher.

Dann schob er sie von sich weg und fragte: »Wo warst du, Ella? Eine ganze Woche …! Du hast auf keinen meiner Anrufe reagiert. Wo warst du?«

»Hallo«, sagte sie und musste lachen, obwohl sie eigentlich nicht lachen wollte, weil es ja eigentlich nicht zum Lachen war.

»Da bist du ja endlich wieder«, sagte er.

»Jein«, sagte sie ein bisschen distanziert, aber ihre Freude war einfach nicht in den Griff zu bekommen.

Paul strich mit den Daumen über die Druckstellen auf ihren Oberarmen und schaute auf den Boden.

»War nicht so schlimm«, sagte sie.

»Was?«, fragte er.

Dann wollte er mit seinen Händen ihr Gesicht greifen, aber er brach ab.

»Komm rein«, sagte er stattdessen. »Zieh dich erst mal aus, bevor wir reden.«

Da musste Ella schon wieder lachen. Sie gab ihm ihren Regenmantel. Da lachte auch er.

Nun standen sie sich gegenüber und schauten sich an.

Und für einen kurzen Moment war alles klar.

Dann gingen sie hintereinander in die Küche.

»Willst du gar nicht mit mir reden?«, fragte Paul, ohne sich umzudrehen, und seine Frage traf fast den richtigen Ton.

Sie legte ihre flache Hand auf seinen Rücken. Und ihre Berührung wäre fast die richtige Berührung gewesen.

Schnell drehte er sich um, und sie drückten sich aneinander: Schulter an Schulter, Brust an Brust, Hüfte an Hüfte.

»Hast du ein Glas Wein?«, fragte sie, als sie sich wieder lösten, und er entkorkte eine Flasche und nahm zwei Gläser aus dem Regal.

Doch als sie zusammen tranken, floss der Wein in zwei getrennte Kehlen und schmeckte nicht so wie beim letzten Mal. Sie versuchten es mit einem Kuss. Dann versuchten sie es mit einem weiteren Kuss und noch einem und dann noch einem, bis sie nicht mehr recht wussten, ob die Küsse halfen oder nicht.

»Sollen wir jetzt reden, ich meine, über letzte Woche?«, fragte er, als sie irgendwann erschöpft nebeneinanderlagen, und sie antwortete: »Das Arbeiten fühlt sich noch ein bisschen seltsam an, aber es wird schon werden.«

»Das meine ich nicht«, sagte er.

»Ich auch nicht«, flüsterte sie.

Und da war wieder so ein Moment.

Und weil es schon der zweite Moment dieser Art war, überlegte sie kurz, ob sie ihm nicht doch sagen sollte, was passiert war, aber dann standen sie wieder auf, zogen sich an und gingen ins Kino, in ein Restaurant und danach wieder zu Paul. Und im Schlaf verbündeten sie sich heimlich gegen die Unwiederbringlichkeit, jeder für sich, und morgens beim Frühstück fühlte es sich so an, als wäre es möglich, als führte das alles in eine gemeinsame Zukunft. Und vielleicht tat es das sogar.

Als sie sich verabschiedeten, gab Paul ihr einen grünen Apfel mit auf den Weg und fragte: »Darf ich dich Montag nach der Arbeit mal in Kapitän Nemos Wohnung besuchen?«

Sie nickte und hielt den Apfel fest in der Hand.

Auf dem Weg zurück beschloss sie, dass sie nicht verstehen musste, warum sie so war, wie sie war, warum das Leben der Wünsche für sie realer war als äußerlich sichtbare. Horowitz hatte recht: Ob sie sich was vormachte oder nicht, konnte sowieso kein Mensch entscheiden. Wenn ihre Schwester sich treu bleiben und an Fakten glauben wollte, sollte sie das ruhig tun. Und wenn sie selbst sich ihr Leben immer wieder neu zurechtlegen wollte, dann war das genauso legitim. Man durfte nur nicht anfangen, an seiner Version zu zweifeln, denn dann geriet man in Teufels Küche. Also würde sie sich jetzt dafür entscheiden, mit Paul eine Beziehung zu führen – samt Ausflügen und Äpfeln.

21

Vormittags. Horowitz und Sibylle gingen in dicken Mänteln die Chausseestraße entlang.

»Hast du deine Schwester jetzt endlich angerufen?«, fragte sie.

»Ja«, sagte Horowitz.

»Und?«

»Sie hat uns morgen zum Tee eingeladen.«

»Phantastisch!«, rief Sibylle aus. »Warum erzählst du mir das erst jetzt?«

»Weil es in die Hose gehen wird«, sagte Horowitz, »meine Schwester hasst mich.«

»Lass mich nur machen«, sagte Sibylle. »Wenn du wüsstest, was Frauen bewegen können, wenn sie das Gefühl haben, sich solidarisieren zu müssen. Dann können sie Berge versetzen. Wohin gehen wir eigentlich?«

»In mein Café«, sagte Horowitz.

Horowitz lotste Sibylle in das Café der schönen Schwedin. Dort saßen ganz ähnliche Gestalten wie an dem Tag, als er das erste Mal hier gewesen war, und er erkannte die Max-Weber-Leserin mit dem akkuraten Pony, die ihn grüßte, als er mit Sibylle den Laden betrat. Horowitz grüßte zurück und hielt einen Moment inne. Die schöne Schwedin war nirgends zu sehen. Sie nahmen gerade auf den blau-weiß gestreiften Kissen auf dem Fensterbrett Platz, als plötzlich die Tür aufgestoßen wurde und ein junger Mann mit kinnlangen Locken, einem gelb-weiß gestreiften Sweatshirt, Turnschuhen und einer Zigarette im Mundwinkel eine Kiste Milch hereinschleppte, als handelte es sich um ein Surfbrett. Er stellte die Kiste mit einem Stöhnen hinter dem Tresen ab, wischte sich die Hände an einem Küchentuch ab, das er sich kurzerhand an die Jeans knotete, und fragte Horowitz und Sibylle dann, was sie gerne hätten.

»Wo ist denn …?«, fragte Horowitz.

»Anna?«

Horowitz nickte zögerlich.

»Anna hat mich sitzenlassen. Ich muss den Kaffee jetzt selbst kochen, obwohl ich gerade einen zweiten Laden aufmache und dafür keine Zeit habe, keine Zeit und keine Lust.« Er drückte seine Zigarette aus. »Was kann ich euch denn machen?«

»Zwei Milchkaffee, bitte«, sagte Horowitz.

Als der Cafébesitzer eine Milchtüte aufriss, sagte Sibylle: »Ich könnte das doch … Ich meine, ich könnte Ihren Laden hier schmeißen. Habe gerade sowieso nichts zu tun, und Kaffee kochen kann ich allemal.«

Der Cafébesitzer schaute sie erstaunt an, dann öffnete sich sein Blick und er fragte: »Meinen Sie das ernst? Könnten Sie denn gleich anfangen, jetzt gleich? Ich hab die Schnauze voll von den jungen Mädels, die bei jedem Wehwehchen eine Stunde zu spät kommen und sich über Nacht absetzen. Wollen Sie wirklich?«

»Probieren wir's aus!«, sagte Sibylle. »Wie funktioniert denn die Maschine?«

Der Mann winkte Sibylle um den Tresen herum und zeigte ihr mit ein paar Handgriffen, was zu tun war, wo die Milch, die Croissants und Muffins standen und wie die Kasse funktionierte. Dann sagte er: »Die Preise stehen alle hier an der Tafel. Mehr gibt es nicht zu wissen. Geben Sie mir Ihren Personalausweis. Ich kopiere ihn, gehe kurz auf meine Baustelle und bin in einer Stunde wieder zurück. Sie sind meine Rettung!

Wirklich, phantastisch! Acht Euro die Stunde. Und was soll schon schiefgehen? Chaotischer als jetzt kann's eh nicht werden.«

»Eben, was soll schon schiefgehen?«, wiederholte Sibylle und schaute nun zum ersten Mal Horowitz an, der mittlerweile vor dem Tresen stand.

»Das hättest du nicht gedacht, was?«, fragte sie und machte zwei Milchkaffees.

»Hier«, sagte sie und schob ihm eine Tasse über den Tresen, »mit einem Prachtschaum.«

Die Tür ging erneut auf, und vier Männer kamen ins Café. Sibylle bediente sie, als hätte sie nie etwas anderes getan, pries in höchsten Tönen die Croissants an und zwinkerte Horowitz dabei zu. Horowitz schüttelte lächelnd den Kopf, nahm seinen Kaffee, setzte sich wieder auf die Fensterbank und blickte sich in der Runde um. Der junge Mann neben ihm sagte: »Nicht schlecht, Ihre Frau!«

Horowitz wollte gerade eine abwehrende Handbewegung machen, als Sibylles Blick ihn traf. Sie lächelte, und Horowitz nickte.

Dann lehnte Horowitz sich mit dem Rücken ans Fenster, beobachtete, wie Sibylle sich hinterm Tresen zu schaffen machte, und auf einmal breitete sich in ihm eine tiefe Ruhe aus. Er schloss die Augen. Genau so hatte er sich das immer vorgestellt: *Neben dir liegt der Ocean, es ist wahr, er brüllt nicht immer, und mitunter liegt er da, wie Seide und Gold und Träumerei der Güte.*

Vielleicht ging es gar nicht um das Meer bei seiner Suche nach dem Großen und Ganzen, sondern um etwas ganz anderes? Vielleicht ging es um etwas, das sich jetzt in Form dieser überbordenden Frau zeigte? Auf die Liebe hatte er nie gebaut, sie war ihm immer zu unwegsam gewesen. Und falls das jetzt die Liebe war, fühlte sie sich ganz anders an, als er immer gedacht hatte. Als sich Sibylles und sein Blick erneut trafen, nickte er wieder, und sie strahlte ihn an. Dann strich er mit den Fingern über das blau-weiß gestreifte Kissen, auf dem er saß, und dachte: Keine schlechte Farbe eigentlich – Blau.

Nach drei Stunden kam der Cafébesitzer zurück, und als er Sibylle fragte, wie alles gelaufen sei, antwortete sie: »Na, gut natürlich, wie denn sonst?«

»Sollen wir eine Probewoche machen?«

Sibylle strahlte, überlegte eine Weile und sagte dann: »Kann ich Ihnen das morgen Abend sagen? Ich muss eine Nacht drüber schlafen.«

Der Cafébesitzer stimmte zu, sie tauschten Telefonnummern aus, und Sibylle gab ihm zum Abschied ein Küsschen. Sibylle winkte den Gästen und verließ den Laden. Horowitz folgte ihr verdutzt auf die Straße.

Draußen sagte sie: »Jetzt haben wir einen Plan B. Falls deine Schwester sich doch nicht erweichen lässt, können wir wenigstens die Miete zahlen. Und außerdem können wir morgen bei deiner Schwester ganz anders auftreten, wenn wenigstens einer von uns in Lohn und Brot ist, oder nicht?«

22

In den folgenden Wochen war Ella so verbindlich, wie Paul es nie für möglich gehalten hätte. Anfangs traute er dem Frieden nicht, hatte manchmal den Eindruck, Ella spielte Beziehung, aber nach und nach schwanden seine Zweifel; und das ermutigte ihn, seiner Frau nach all den Jahren endlich reinen Wein einzuschenken. Über das, was an jenem Sonntag passiert war, verloren beide nie wieder ein Wort. Stattdessen gingen sie ins Kino, in Galerien, zum Bowlen und auf Lesungen. Und Paul stellte Ella seinen Sohn vor.

An dem Tag, an dem Ella seinen Sohn kennenlernte, schenkte sie ihm ein Modellflugzeug. Sie setzte sich mit Pauls Sohn auf den Boden des »großen Salons« und sägte, klebte und lackierte so lange, bis das Flugzeug perfekt war und sie zum Teufelsberg fahren konnten, um es fliegen zu lassen. Es machte einen wunderbaren Bogen und stürzte dann so rasant ab, dass nichts mehr zu machen war. Als es mit seiner rotlackierten Schnauze in den Boden rammte, lachten Ella und sein Sohn so sehr, dass sie sich ins Gras fallen ließen.

Ella teilte ihre Sorgen mit Paul, wenn ihre Schwester auf neue Ergebnisse ihrer Blutuntersuchungen wartete, und erzählte ihm Geschichten aus ihrer Kindheit. Immer wieder rief sie ihn aus dem Sender an, um ihm zu sagen, dass sie gerne bei ihm wäre. Und all das am helllichten Tag.

Mit den Momenten, in denen Ella wie aus dem Nichts abtauchte, während eines Gesprächs plötzlich verstummte oder einfach nicht mehr ans Telefon ging, sich drei Abende hintereinander in der Wohnung verbarrikadierte oder schweigend neben ihm lag und an die Decke starrte, konnte Paul auch immer besser umgehen. Denn kaum tauchte Ella wieder auf, war sie so sanft und stürmisch, vergnügt und verführerisch, dass er nicht genug davon bekommen konnte.

Heute hatte Ella Paul, seinen Sohn, ihre Nichten und Neffen zu einer kleinen Feier eingeladen. Ellas drittes Porträt war erfolgreich im Sender gelaufen, und darüber freute sie sich so sehr, dass sie das mit Paul und den Kindern in Horowitz' Wohnung feiern wollte.

Ella war barfuß und strahlte übers ganze Gesicht, als sie die Tür öffnete: »Kommt herein. Heute spielen wir Insel.«

Pauls Sohn stürmte hinein. Ella strich ihm übers Haar und küsste Paul auf den Mund. Dann lotste sie die beiden in das Horizontzimmer, in dem schon ihre Nichten und Neffen warteten. Ella hatte eine grüne Decke auf dem Holzboden ausgebreitet und Kokosnüsse, Bananen, eine aufgeschnittene Ananas und rohen Thunfisch auf Bananenblättern ausgebreitet. Es gab Rum aus der Flasche und lauwarmes Wasser.

»Jetzt picknicken wir erst mal«, sagte sie, und die Kinder machten sich über die Früchte her und hoben den rohen Fisch angeekelt in die Höhe. Ella balancierte am Rand der Decke entlang und berührte mit den Zehenspitzen immer wieder das Holz, um sie schnell wieder zurückzuziehen: »Nachher gehen wir schwimmen. Das Wasser ist herrlich.«

Als die Kinder alles aufgemampft hatten, erzählte sie ihnen die Geschichte von Robinson Crusoe. Wie er seinen kleinen Freund Xuri an den portugiesischen Kapitän verkauft und Freitag kennenlernt, wie er sich eine Festung baut und ein Kreuz errichtet, in das er jeden Tag eine Kerbe ritzt. Und dass die Geschichte den längsten Titel der Welt trägt: *Das Leben und die seltsamen überraschenden Abenteuer des Robinson Crusoe aus York, Seemann, der 28 Jahre allein auf einer unbewohnten Insel an der Küste von Amerika lebte, in der Nähe der Mündung des großen Flusses Oroonoque; Durch einen Schiffbruch an Land gespült, bei dem alle außer ihm ums Leben kamen. Mit einer Aufzeichnung, wie er endlich seltsam durch Piraten befreit wurde. Geschrieben von ihm selbst.*

Die Kinder staunten, lauschten Ellas Geschichte, rochen am Rum und verzogen die Gesichter. Pauls Sohn machte Affengeräusche und tanzte um die Szenerie herum, und Ella saß wie eine satte Häuptlingsfrau in der Mitte und strahlte. Danach durften sich alle auf Ellas Bett im Löwenzimmer legen und *Pippi Langstrumpf in Taka-Tuka-Land* hören.

Als die Kinder gegangen waren und Paul seinen Sohn nach Hause gebracht hatte, kochten Ella und Paul in Horowitz' Küche einen Lammbraten. Genau das Richtige für einen herbstlichen Abend. Ella zündete überall Kerzen an und fütterte Paul zwischendurch mit schwarzen Oliven.

»Wusstest du, dass Capote für die Verfilmung seines Romans an Marilyn Monroe und nicht an Audrey Hepburn gedacht hat?«, fragte Ella. »Capotes Holly ist nämlich viel brüchiger als die im Film, das ganze Buch ist viel brüchiger, melancholischer, und es gibt auch kein Happy End.«

»Kein Happy End?«

»Jedenfalls nicht für Holly und Paul. Holly dampft ohne Paul nach Buenos Aires ab. Und alles, was er je wieder von ihr hört, ist eine Postkarte mit einem Lippenstiftkuss, und darunter steht, dass sie sich schon wieder einen reichen, verheirateten Mann geangelt hat. Das war's.«

»Und der Kater?«

»Den hat sie nie wiedergesehen. Sie hat ihn zwar auch im Regen ausgesetzt – wie im Film, aber nachgelaufen ist sie ihm nicht.«

»Das sieht ihr ähnlich«, sagte Paul schmunzelnd.

Ella stieß Paul in die Rippen: »Ich würde dir nie eine Postkarte aus Buenos Aires schicken.«

Als sie abends im Bett lagen, schaute er Ella von der Seite an, die in einem gelben Nachthemd und der türkisblauen Schlafbrille auf den Augenlidern neben ihm lag. Noch nie hatte er so eine federleichte, eigenwillige und geheimnisvolle Frau kennengelernt, und noch nie hatte ihn jemand so aus der Reserve gelockt. Ein Teil von ihm hatte immer auf der Bank gesessen und hatte dem Treiben zugesehen. Selbst in den Streiten mit seiner Frau hatte es diesen Teil von ihm gegeben, der unberührt blieb – von ihren Vorwürfen und seiner Härte. Das hatte ihn alles nicht gestört, er dachte, so wäre das eben.

»Paul?«, fragte Ella leise, ohne die Schlafbrille von den Augen zu nehmen.

»Das war ein schönes Fest heute, findest du nicht? Ich überlege mir gerade, ob wir nicht ein großes Weihnachtsfest zusammen feiern sollen? Wer weiß, wie lange ich die Wohnung noch habe … Mit deinem Sohn und den Kindern meiner Schwester und meiner Schwester und ihrem Mann? Meine Schwester ist sicher froh, nicht alles organisieren zu müssen, und dein Sohn ist doch dieses Jahr Weihnachten bei dir, oder nicht?«

»Hm«, sagte Paul und schaute sie ungläubig an, die immer noch unverändert auf dem Rücken lag.

»Also, dann machen wir doch ein großes Fest. Mit einem Karpfen oder gleich mehreren und Plätzchen und Kugeln und schöner Musik und Kerzen und …«

»… dir?«, fragte Paul.

Ella schob die Schlafbrille nun auf die Stirn, richtete sich auf, nahm sein Gesicht in beide Hände und küsste ihn lange und sanft auf die Lippen.

»Und mir«, sagte sie, legte sich wieder hin und schob den türkisblauen Samt wieder zurück auf die Augen.

»Danach darfst du mich auch verlassen«, sagte sie plötzlich ganz und gar unvermittelt.

»Dich verlassen? Wie kommst du denn darauf?«

»Oder deine Frau küssen auf offener Straße«, sagte sie, und ihr Mund lächelte, während ihre Augen immer noch unter der Schlafbrille verborgen waren, »aber nur einmal und nie wieder so lang wie beim letzten Mal.«

»Ich …, mir …« Paul stockte der Atem.

Er hatte nicht mehr damit gerechnet, dass sie ihn je darauf ansprechen würde.

»Irgendwann musste ich es ja mal ansprechen«, sagte Ella.

»Oh, Gott, Ella. Ich dachte immer, du wolltest nicht darüber reden.«

»Ich wollte auch nicht darüber reden, aber jetzt, wo wir zusammen Weihnachten feiern und du mich danach verlässt, dachte ich, können wir es ja vielleicht doch mal tun.«

»Ella …«

»Ich will mich gar nicht streiten.«

»Könntest du bitte deine Schlafbrille abnehmen?«

»Ich wollte es nur mal sagen«, sagte Ella und schob die Schlafbrille auf die Stirn.

Ihr Blick flatterte. Leicht schien ihr das Gespräch nicht zu fallen, auch wenn sie es so aussehen lassen wollte, dachte Paul.

»Ich verstehe dich nicht. Ich verstehe nicht, warum du nie was gesagt hast, ich verstehe nicht, warum wir uns nie darüber gestritten haben, warum wir uns sowieso nie streiten, warum du mir nie sagst, was dich an mir stört. Ich weiß nicht, ob das auf Dauer gutgehen kann. Manchmal wünschte ich mir, du würdest wenigstens versuchen, etwas an mir zu verändern, dann könnten wir uns wenigstens mal streiten.«

»Ich kann das nicht«, sagte Ella.

»Ja, und weißt du, warum? Weil Streit zur Wirklichkeit gehört, und von der willst du offenbar nichts wissen.«

»Sie beißt.«

»Die Wirklichkeit beißt?«

Ella nickte.

Paul lachte.

Dann schwiegen sie.

»Manchmal verstehe ich dich einfach nicht«, sagte Paul.

»Da haben wir was gemeinsam«, sagte Ella, wendete sich ihm zu und drückte ihr Gesicht an seinen Hals.

23

Horowitz' Schwester versuchte ihr Staunen zu verbergen, als Horowitz mit Sibylle im Schlepptau ihre Wohnung betrat.

»Sagen Sie bloß, er hat Ihnen verschwiegen, dass er nicht allein kommt?«, fragte Sibylle und schaute Horowitz streng an.

»Kein Wort«, sagte Horowitz' Schwester.

»Das sieht ihm ähnlich«, sagte Sibylle. »Dann möchte ich mich in aller Form bei Ihnen für diesen Überfall entschuldigen.«

»Schon gut«, sagte Horowitz' Schwester und servierte den Tee.

»Der schmeckt aber gut«, sagte Sibylle. »Eine Wohltat! Da haben Sie Ihrem Bruder was voraus, sein Tee schmeckt wie Hafenmole.«

Horowitz' Schwester schaute ihren Bruder mit einem Blitzen in den Augen an: »Das kann man wohl sagen. Teekochen kann er nicht.«

»Hat er Ihnen überhaupt etwas von uns erzählt?«

Horowitz' Schwester schüttelte den Kopf und schaute ihren Bruder dabei eindringlich an.

»Dann hat er Ihnen wahrscheinlich auch noch nicht erzählt, wie wir uns kennengelernt haben, dass uns Professor Heinzmann bekannt gemacht hat?«

»Professor Heinzmann?«, fragte Horowitz' Schwester, und Horowitz schaute Sibylle fassungslos an.

»Das muss dir nicht peinlich sein«, sagte Sibylle in Horowitz' Richtung. »Ja, Heinzmann ist ein bedeutender Historiker. Er hat mir von den Forschungen Ihres Bruders berichtet und davon, dass er kurz davor ist, sein Werk endlich zu vollenden, von dem sich die internationale Forschungsgemeinschaft den entscheidenden Impuls für eine Wiederbelebung der Naturgeschichte erwartet.«

Horowitz starrte Sibylle nun ganz unverhohlen an.

Horowitz' Schwester goss Sibylle Tee nach.

»Und Ihr Bruder hat mir auch erzählt, dass er das alles Ihnen zu verdanken hat, dass er es ohne Ihre Unterstützung niemals so weit gebracht hätte, und was Sie alles dafür geopfert haben. Ich weiß, ehrlich gesagt, nicht, ob ich so selbstlos gewesen wäre …«

Horowitz' Schwester schaute Horowitz an, Horowitz schaute seine Schwester an.

»Jetzt sagen Sie bloß …«, sagte Sibylle und wendete sich empört Horowitz zu: »Jetzt sag bloß nicht, dass du deiner Schwester dafür nicht gedankt hast.«

Horowitz wand sich: »Doch, doch, hab ich, aber vielleicht …«

»Vielleicht?«, fragte Sibylle.

»Vielleicht nicht genug«, sagte Horowitz kleinlaut.

Horowitz' Schwester stand plötzlich auf und ging aus dem Raum.

Sibylle zwinkerte Horowitz zu, Horowitz starrte sie an und flüsterte: »Bist du wahnsinnig? Was soll das hier werden?«

In dem Moment kam Horowitz' Schwester mit einer Kuchenplatte zurück ins Zimmer und fragte mit einer etwas weicheren Stimme: »Und Sie? Wir reden die ganze Zeit nur über den Herrn Meeresforscher. Dabei interessieren Sie mich doch viel mehr. Darf ich denn fragen, was Sie machen?«

»Ach, nichts Besonderes«, sagte sie, »ich leite ein kleines Café. Früher war ich Übersetzerin für Arabisch, aber wie das Leben so spielt …, da ist vieles schiefgelaufen, und man muss ja auch überleben mit zwei Kindern, und wir Frauen sind ja viel pragmatischer, und deswegen hab ich eben umgesattelt und leite jetzt dieses kleine Café.«

»Kuchen?«, fragte Horowitz' Schwester.

»Gern«, sagte Sibylle, und Horowitz nickte.

Horowitz' Schwester verteilte den Kuchen, und als sie die ersten paar Bissen gegessen hatten, fragte Sibylle: »Haben Sie Kinder?«

»Ich habe einen Sohn, aber der … na ja, der macht mir, ehrlich gesagt, nur Sorgen.«

»Er ist Künstler«, sagte Horowitz.

»Ja, ja«, sagte seine Schwester, »Künstler – dass ich nicht lache! Und Sie? Haben Sie Kinder?«

»Ich habe zwei Töchter, und was soll ich sagen? Auch nicht gerade ein Zuckerschlecken mit den beiden.«

»Wissen die etwa auch nichts mit sich anzufangen?«

»Mit sich vielleicht, aber nicht mit mir«, sagte Sibylle und zuckte mit den Schultern. »Ich darf die Kinder meiner älteren Tochter, meine eigenen Enkelkinder, nur jeden ersten Montag im Monat sehen. Können Sie sich so etwas vorstellen? Und meine jüngere Tochter lässt mich gar nicht mehr in ihre Wohnung.«

»Sie Arme! Das klingt ja wirklich furchtbar. Na ja, ich verstehe diese Generation sowieso nicht mehr. Sie hat überhaupt keinen *drive*, denkt dauernd über sich selbst nach und verzettelt sich dabei komplett. Wenn ich mir die Generation ansehe, dann denke ich, Menschen brauchen ganz offensichtlich Probleme, denn kaum haben sie keine mehr, machen sie sich welche. Ach, da fällt mir ein«, sagte Horowitz' Schwester und wendete sich ihrem Bruder zu: »Ich habe neulich eine junge Frau in deiner Wohnung getroffen, mit der hab ich darüber nämlich auch gesprochen. Sie meinte, sie habe mit dir ihre Wohnung getauscht. War das ein Witz?«

»Nein«, sagte Sibylle und schüttelte den Kopf, »das war meine jüngere Tochter.«

»Ihre Tochter?«, fragte Horowitz' Schwester. »Wie kommt das denn zustande? Ihre Tochter?«

»Meine Tochter«, sagte Sibylle, »Ella, die Jüngere.«

»Um die machen Sie sich Sorgen? Die hat zwar was komplett Nutzloses studiert, das hab ich ihr auch gleich gesagt, aber ansonsten ist sie doch ziemlich gelungen, wenn mich nicht alles täuscht. Wir haben uns jedenfalls glänzend unterhalten. Jetzt verstehe ich nur nicht, wie das alles zusammenhängt: Sie, Ihre Tochter, dieser Professor, den Sie vorhin erwähnten, und der Wohnungstausch?«

»Das ist eine lange Geschichte«, wiegelte Sibylle ab, während Horowitz langsam ins Schwitzen geriet, »aber bevor ich Ihnen die erzähle, wollte ich Sie noch etwas ganz anderes fragen. Von Frau zu Frau, von Mutter zu Mutter, ganz direkt und auf die Gefahr hin, dass Sie mich sofort aus der Wohnung schmeißen, wofür ich Verständnis hätte, größtes Verständnis!«

Horowitz' Schwester lehnte sich zurück und schaute Sibylle gespannt an.

»Ihr Bruder«, fuhr Sibylle fort, »hat mir gestanden, dass er sein Vermögen durchgebracht hat und mehr oder weniger auf dem Trockenen sitzt.«

»Ach?«, sagte Horowitz' Schwester.

»Ja, und auch wenn ich weiß, dass Sie allen Grund hätten, nichts mehr in jemanden zu investieren, der es Ihnen noch nie gedankt hat, wollte ich Sie doch um genau das bitten und Sie fragen, ob sie bereit wären, Ihrem Bruder noch ein weiteres und letztes Mal aus der Patsche zu helfen, damit er sein Werk vollenden und endlich den Ruhm ernten kann, den er trotz aller Scherereien, die er Ihnen bereitet hat, doch verdient hat. Er widmet es Ihnen auch. Namentlich. Vor- und Zuname.«

Horowitz' Schwester drückte den Rücken durch und aß,

ohne mit der Wimper zu zucken, ihren Kuchen. Horowitz trank mit gesenktem Blick seinen Tee, während Sibylle einen hochroten Kopf bekam und sich in der Wohnung umschaute.

»Dürfte ich kurz Ihr Badezimmer benutzen?«, fragte Sibylle dann, ließ sich von Horowitz' Schwester den Weg weisen und verschwand.

Horowitz saß da.

Seine Schwester stand auf und ging im Wohnzimmer auf und ab. Dann flüsterte sie: »Ich glaube ihr kein Wort, das muss dir doch wohl klar sein.«

Horowitz schaute sie erschreckt an: »Aber …«

»Kein Wort, wirklich, nicht ein einziges. Diese Geschichte mit diesem Professor Mainzelmann, sollte die mich beeindrucken oder was?«

»Sibylle ist …«

»Erspar mir deine Beschwichtigungen. Oder gehst du im Ernst davon aus, dass ich dir mehr glaube als ihr?«

Horowitz schwieg.

Seine Schwester wendete ihm den Rücken zu. »Aber weißt du, was mich am meisten erstaunt an der ganzen Sache?«, fragte sie nach einer kurzen Pause. »Sie scheint dich wirklich zu mögen.«

Horowitz blickte auf.

»Ich frag mich die ganze Zeit, wie sehr ich jemanden mögen müsste, um mich derart um Kopf und Kragen zu reden«, fuhr seine Schwester fort.

»Sie hat …, sie ist …«, stotterte Horowitz.

»Sie ist eine Granate, genau wie ihre Tochter, vielleicht sogar noch ein bisschen mehr, und damit bist du das erste Mal in deinem Leben in der richtigen Gesellschaft. Sie wird dein Leben auf Vordermann bringen, du wirst schon sehen.«

Horowitz legte seinen Kopf in beide Hände.

»Das hätte ich dir nicht zugetraut«, fuhr sie fort. »Du hast tatsächlich eine Frau gefunden, die dich mag, und dann auch noch so eine Frau, eine Frau, die sich von dir überhaupt nicht beeindrucken lässt und dich trotzdem mag. Und weißt du was? Damit erstaunst du mich zum ersten Mal in meinem Leben wirklich.«

Dann kam Sibylle zurück, und der Besuch endete ziemlich abrupt. Horowitz' Schwester sagte kaum noch ein Wort und verabschiedete Sibylle und Horowitz mit einem sphinxhaften Lächeln. Sibylle und Horowitz waren überzeugt, dass ihr Besuch fehlgeschlagen und von dieser Seite keinerlei Unterstützung zu erwarten war. Sibylle war deprimiert, zweifelte an ihrer Schauspielkunst, der Frauensolidarität und nahm noch am selben Abend die Stelle im Café an.

24

»Könntest du mir einen großen Gefallen tun und nächste Woche mit zu meiner Schwester kommen? Sie hat uns nun schon zum dritten Mal zum Abendessen eingeladen, und diesmal konnte ich es nicht mehr ausschlagen.«

»Gern«, sagte Paul, »solange ich mich nicht von ihr behandeln lassen muss.«

Ella lachte.

Ella hatte wochenlang Ausreden erfunden, um dieses Treffen zu vermeiden, aber nun kam sie nicht mehr drum herum. Jedes Mal, wenn sie bei ihrer Schwester anrief, um sich mit den Kindern für den Zoo zu verabreden oder um einfach nur zu fragen, warum der Montagnachmittag mit ihrer Mutter schon wieder ausgefallen war, erkundigte sie sich nach Jasmins Befinden, und jedes Mal überging Jasmin die Frage und drängte Ella stattdessen, ihr endlich einmal Paul vorzustellen. So als gäbe es nichts Wichtigeres auf der Welt. Ella irritierte Jasmins Haltung, sie dachte, nach ihrem letzten Gespräch in Horowitz' Wohnung würde Jasmin sie stärker ins Vertrauen ziehen, aber Jasmins Fassade war unversehrt, und sie verhielt sich, als hätte das Gespräch gar nicht stattgefunden. Und deswegen wollte Ella ihr auch Paul nicht vorstellen. Ganz abgesehen davon, dass sie es immer schon furchtbar fand, ihren Freund vorzuführen.

Doch dann hatte Jasmin gesagt, dass sie etwas Wichtiges zu erzählen hätten, etwas ganz Wichtiges. Und da musste Ella sofort an Jasmins Blut denken, in dem zu wenig weiße Blutkörperchen herumschwammen oder zu viele (so genau hatte sie das nicht verstanden), und mit diesem Bild vor Augen fiel selbst ihr nichts mehr ein, das gegen einen Abend zu viert gesprochen hätte, obwohl natürlich alles gegen einen Abend zu viert sprach, einfach alles.

Und so standen Jasmin und Leo Arm in Arm in der Tür und strahlten erwartungsvoll von oben die Stufen herab, als Ella und Paul die Treppe zu ihrer Wohnung hinaufstiegen, Ella mit schlechter Laune, Paul mit der Hand auf ihrem Rücken. Jasmin hatte ihr rotes Kleid passend zur Signalfarbe der ehelichen Umarmung gewählt, und Ella wusste nicht, was sie mehr befremdete: dass Jasmin ihre Krankheit benutzt hatte, um Ella und Paul hierherzulocken, oder dass Jasmin ihre Krankheit völlig in ihr scheinheilig perfektes Leben integriert hatte. Und jetzt merkte Ella einmal mehr, wie sehr es sie frustriert hatte, dass Jasmin ihre Fragen nach der Krankheit unbeantwortet gelassen hatte und wie wenig sie bereit war, sich zu öffnen. Ella wollte auf dem Absatz kehrtmachen.

»Wollt ihr nicht hochkommen?«, fragte Jasmin.

Ella und Paul standen immer noch auf dem Treppenabsatz. Nein, dachte Ella, wollen wir nicht.

Doch natürlich kamen sie hoch, und plötzlich gewann die Szene an Tempo: Schon hatten sie sich begrüßt, schon passierten sie zu viert die Tür, über der ein Tannenkranz samt roter Schleife hing, schon ging Jasmin mit Paul plaudernd in die offene Küche, in der bereits der Tisch gedeckt war, adventlich, signalfarben. Und so wie Jasmin Paul begrüßt hatte und so wie sie jetzt mit ihm sprach, brauchte sie ihn gar nicht erst kennenzulernen, denn sie tat so, als kannten sie sich bereits.

Jasmin erzählte, wie sehr die Kinder die Besuche bei ihr genossen und wie schön sie es fand, dass Ella sich so liebevoll um sie kümmerte. Ella nickte nur und antwortete nicht. Doch in Jasmins Welt war für solche Ausfälle gesorgt, sie wurden überbrückt, aufgefüllt, abgefedert; außerdem hielt Paul die Stellung.

Jasmin erzählte von einem Dirigenten, der sie in ihrer Praxis besuchte, einen großen Pfau auf dem Rücken tätowiert hatte und während der Behandlung ununterbrochen summte, und Leo entkorkte währenddessen eine Weinflasche. Ella dachte an Natalias Pfauentattoo, setzte sich an den gedeckten Tisch und pustete die brennende Kerze des Adventskranzes aus. Dann griff sie zu einer Streichholzschachtel, auf der ein Foto von Jasmins Kindern klebte, entnahm eines der langen Streichhölzer und zündete die Kerze wieder an.

»Das hast du früher auch immer gemacht«, sagte Jasmin.

Ella hob den Kopf.

»Mit dem Adventskranz gezündelt – das hast du früher auch immer gemacht.«

Ella schaute auf den Kranz und pustete die Kerze wieder aus. Wir hatten nie einen Adventskranz, dachte sie und rieb ein weiteres Streichholz gegen die Zündfläche.

»Bevor wir euch unsere Neuigkeiten erzählen«, sagte Jasmin mit geröteten Wangen, während sie am Küchenblock stand und die Nudeln ins siedende Wasser schüttete, »muss ich aber noch schnell hören, wie es euch geht. Hast du die Wohnung jetzt endlich umgeräumt und das Aquarium und den ganzen Muschelkram entsorgt?«

Warum sollte ich?, dachte Ella und antwortete: »Hm.« Jetzt waren noch drei lange Streichhölzer in der Schachtel.

Leo leitete Paul ins Wohnzimmer, wie der Herr Generaldirektor seinen zukünftigen Schwiegersohn.

»Schlafen die Kinder schon?«, fragte Ella, als es nichts mehr zu zündeln gab, und ging zum Küchenblock hinüber.

»Es ist acht.«

»Ach so.«

Als Jasmin die Nudeln mit der Sauce vermischt hatte, kam sie plötzlich ganz nah an Ellas Ohr, kniff ihr in den Arm und flüsterte: »Bin wieder schwanger. Nummer fünf. Ist das nicht toll?«

Ella schaute sie erstaunt an. »Und dein …«, stotterte sie. … Blut?, dachte sie.

»Mein was?«, fragte Jasmin.

»Dein …«, flüsterte Ella, gab sich einen Ruck, schaute auf das rote Kleid und fragte leise: »Blut?«

»Ach, das …« flüsterte Jasmin und zwinkerte Ella zu. »Welches Blut?«

Welches Blut? Ella schaute auf die Küchenrolle. Was war das denn für eine Gegenfrage?

»Erzähl ich dir gleich. Jetzt feiern wir erst mal.«

Leo und Paul kamen zurück in die Küche, und Jasmin rief: »Ich hab's schon verraten!«

Paul schaute Jasmin fragend an.

»Dass Nummer fünf unterwegs ist«, sagte Leo und klopfte Paul auf den Rücken, ganz so, als wäre dieser zu beglückwünschen.

Paul stutzte, suchte Blickkontakt zu Ella, die auf den Boden stierte. Paul beglückwünschte Leo, beglückwünschte Jasmin, und Ella wich Leos Blick aus, als sie auf ihn zuging und murmelte: »Das ist toll, wirklich toll.«

Ella wollte jetzt wirklich nach Hause. Sie wollte nicht dieses Gefühl in sich spüren, das vielleicht sogar Neid war, obwohl sie sich beim besten Willen nicht erklären konnte, wie sie auf eine Frau neidisch sein konnte, die sich selbst nicht entkam. Eine perfekte Schwester, deren Blut nicht ganz so perfekt war, konnte Ella gerade noch verkraften, aber eine Schwester, die selbst anämisch noch Nachwuchs ausbrütete, war einfach zu viel. Wie konnte man nur ein Kind nach dem anderen bekommen, selbst wenn man krank war? Und wie konnte man mit einer Schwester leben, die am laufenden Band Realität produzierte?

Dann kam das Essen und das Reden – Jasmin und Leo in verteilten Rollen. Und wieder beschleunigte sich der Abend und überholte sie. Paul übernahm das Nachfragen und Zustimmen und Nicken.

Zum Nachtisch gab's Eis. Vanille und Schokolade. Jasmin löffelte zuerst das Weiße, dann das Schwarze, und Ella verrührte die Kugeln.

»So sind wir: ich ordne, sie vermischt«, sagte Jasmin. »Und wisst ihr, was das Schreckliche daran ist? Je mehr sie vermischt, desto mehr ordne ich. Und es wäre so schön, wenn es mal …«

»… anders wäre«, setzte Ella den Satz fort.

Ella und Jasmin schauten sich lange an, und plötzlich blieb der Abend stehen.

Ella trank schweigend ihr Weinglas leer. Dann stand sie auf und flüsterte Paul ins Ohr, dass sie auf dem Balkon mit ihm eine rauchen wolle.

»Rauchst du?«, fragte Jasmin.

»Paul raucht«, sagte Ella und schaute Paul an.

»Paul raucht«, sagte Paul und folgte Ella auf den Balkon.

Draußen war es eiskalt. Ella schob ihre Hände unter Pauls Pulli und küsste seinen Hals, dann stellte sie sich hinter ihn, drückte sich an ihn und steckte ihre Hände in seine Hosentaschen.

»Du rauchst ja gar nicht«, flüsterte sie ihm ins Ohr.

»Schon seit Jahren nicht mehr«, sagte Paul und legte seinen Kopf in den Nacken. »Wollen wir auch ein Kind?«, fragte er dann.

Ella stockte der Atem. Sie zog ihre Hände aus seinen Taschen, blieb eine Weile mit gesenktem Blick auf dem Balkon stehen und ging wieder hinein.

Paul kam kurz darauf mit regungsloser Miene hinterher.

Jasmin brachte Kaffee und erzählte, wie Leo sich das Rauchen abgewöhnt hatte. Ella und Paul tranken Kaffee.

Als sie sich verabschiedeten, flüsterte Jasmin Ella ins Ohr: »Meine Werte haben sich stabilisiert. Alles hat sich stabilisiert. Und ein weiteres Kind wird auch Leo stabilisieren.«

Ella schaute sie fassungslos an, aber gleichzeitig stiegen ihr die Tränen in die Augen, und sie hielt ihre Schwester fest an der Hand.

Dann war Leo an der Reihe, er verabschiedete sich, und als sie schon aus der Tür waren, sagte er: »Was hältst du eigentlich davon, dass eure Mutter mit diesem Horowitz Richtung Portugal aufbrechen will? Ich meine, Horowitz kann noch nicht einmal Auto fahren, hat eure Mutter jedenfalls behauptet, und Jasmin bezweifelt, dass eure Mutter noch sicher genug fährt nach all den Jahren ohne Übung. Wenn das mal gutgeht … Wieso müssen sie auch mit dem Auto fahren?«

Ella starrte Leo mit offenem Mund an. Was hatte er da gerade gesagt?

»Das ist ein Schock, oder? Ich mache mir auch wirklich Sorgen«, sagte Jasmin. »Als sie mir das vor ein paar Tagen erzählt hat, hab ich ihr zwar zugeraten, aber da wusste ich noch nichts von dem Plan mit dem Auto. Vielleicht kannst du mal mit ihr sprechen?«

Ella war kreidebleich, sie stotterte nur: »Auf Wiedersehen.«

»Auf Wiedersehen? Ist das alles, was dir dazu einfällt?«, fragte Jasmin.

»Ich melde mich morgen.«

Paul und Ella gingen die Treppen hinunter. »Du hast mir gar nicht erzählt, dass Horowitz deine Mutter kennt«, sagte Paul.

»Ich wusste von nichts«, sagte Ella, »ich wusste nur, dass er meine Mutter einmal kurz gesehen hat, zufällig, mehr wusste ich nicht. Er hat mir versprochen, dass er sie nicht in meine Wohnung lässt, und jetzt will er mit ihr verreisen? Ich kann es einfach nicht glauben. Warum hat er mir das nicht erzählt? Warum hat sie mir das nicht erzählt? Warum erzählt mir niemand irgendwas? Warum sagt meine Mutter das meiner Schwester und nicht mir? Ich verstehe das alles nicht, es ist alles so undurchschaubar. Meine Schwester scheint wieder gesund zu sein, und Leo tut, als hätte es nie eine Krise gegeben, und du, du warst auch ganz furchtbar heute Abend, dieses ganze Nachfragen und Zustimmen und Essen und Weintrinken, und all diese schrecklichen Sachen, aber ich danke dir dafür.«

Paul schaute sie an, zog die Augenbrauen hoch und schloss die Autotür auf.

»Deine Schwester ist wieder gesund? Darüber hab ich heute auch die ganze Zeit nachgedacht, hab mich aber nicht getraut zu fragen, das ist ja wunderbar.«

»Ja, ist es ja auch«, sagte sie und seufzte. »Paul? Darf ich heute Nacht bei dir schlafen, auch wenn du all diese schrecklichen Sachen für mich gemacht hast?«, fragte sie.

Er nickte.

»Und noch was: Versprichst du mir bitte, dass wir erst mal keine Kinder zusammen machen, ja? Ich weiß nämlich nicht, wie das geht.«

»Du weißt nicht, wie das geht …«, wiederholte er lächelnd und fuhr los.

Ella schlief noch im Auto ein. Paul versuchte sie eine ganze Weile lang zu wecken, aber vergebens. Also schnallte er sie ab und trug sie nach oben in sein Bett. Er zog sie aus und deckte sie zu. Sie schlief einfach weiter, zusammengerollt wie eine Katze.

25

Ella hatte organisiert, dass Natalia jetzt Kurierdienste für den Sender fuhr. So konnten sie sich mehrmals die Woche sehen, wenn auch nur zwischen Tür und Angel. Natalia kam jede Woche mit einer neuen Haarfarbe oder einer neuen Frisur in Ellas Büro hereingeschneit. Sie meinte, als Sängerin reiche es nicht, gut singen zu können, man müsse sich auch gänzlich neu erfinden können. Natalia habe sich ein Beispiel an Ella genommen und eine Biographie von Madonna gelesen, und die müsse es ja wohl wissen.

Bei ihrem letzten Besuch hatte Natalia Ella gebeten, am nächsten Sonntag um zehn Uhr zum Ludwigkirchplatz nach Wilmersdorf zu kommen. Als Ella gezögert hatte, weil sie zu dieser Zeit am liebsten mit einem Buch im Bett lag, meinte Natalia: »Weißt du noch, was ich dir am letzten Tag im Krankenhaus versprochen habe?«

Ella schaute sie fragend an.

»Dass ich dich überraschen werde. Ich hab das nicht vergessen, es hat nur etwas länger gedauert, als ich dachte. Aber jetzt ist es so weit. Monatelang hab ich auf diesen Tag gewartet, und jetzt ist er da. Und es ist ein Adventssonntag. Da kannst du nicht kneifen. Du bist am Sonntag um zehn an der Westseite des Ludwigkirchplatzes, oder ich schleif dich eigenhändig hin!«

Und so stand Ella am Sonntagmorgen auf dem Platz mit der großen Kirche und schaute sich suchend um. Es schneite, und die Glocken läuteten. Natalia war nirgends zu sehen. Auf einmal tippte jemand Ella von hinten auf die Schulter. Ella drehte sich um. Hinter ihr stand der Weißhaarige.

»Was? Was wollen Sie?«, stotterte Ella und wich zurück.

»Bist du Ella?«, fragte der Weißhaarige mit einer freundlichen Stimme und streckte Ella die Hand entgegen.

»Ja, aber wer sind Sie, ich meine, bist du Harry?«

»Harry? Wer ist Harry?«

»Harry ist …«, sagte Ella, …der Mann, der Natalia verfolgt, dachte sie und sagte es nicht.

»Ich kenne keinen Harry, da müssen Sie mich verwechseln. Ich bin Krzysztof, Natalias Bruder.«

»Natalias Bruder? Du bist nicht Harry? Sie hat einen Bruder?«

»Na ja, sie schämt sich ein bisschen für mich, weil ich diese weißen Haare habe und sie mich für einen Idioten hält, aber ihr Bruder bin ich trotzdem. Und von einem Harry hab ich noch nie was gehört. Natalia hat mir gesagt, dass ich dich mit in die Kirche nehmen soll«, sagte er mit einem Akzent, der sie an Natalias Akzent erinnerte, auch wenn er stärker ausgeprägt war.

»In die Kirche?«

»Überraschung!«, sagte der weißhaarige Krzysztof, der so harmlos wirkte, dass es schwerfiel, ihm nicht zu glauben. »Natalia hat mir schon erzählt, dass du nicht mal getauft bist, aber das macht ja nichts. Die lassen dich trotzdem rein. Da gibt's keinen Türsteher«, sagte er.

Ella lächelte ihn unsicher an.

Der Weißhaarige, von dem Natalia ihr im Krankenhaus erzählt hatte, war Natalias Bruder und kein Fremder, der Natalia verfolgte, vor dem sie Angst hatte, der sie wegen krummen Geschäften erpresste? Und die Fahrt in ihre Wohnung? Was war das dann gewesen?

»Kannst mir ruhig glauben. Ich tu dir nichts«, sagte Krzysztof, der ihr Zögern bemerkt hatte. »Vor ihrer Operation sahen wir uns sogar total ähnlich, jetzt haben wir nur noch die gleichen Nasen. Schau!«, sagte Krzysztof und drehte sich ins Profil.

Er schien nicht die geringste Ahnung zu haben, was Natalia alles über ihn bzw. den Mann mit dem weißen Haar erzählt hatte.

Die Kirche war voll besetzt. Krzysztof tauchte seinen Zeigefinger einmal in das Becken mit dem Weihwasser, bekreuzigte sich und lotste Ella zielgerichtet nach vorne. Und schon begann die Messe.

»Und Natalia?«, fragte Ella.

»Pscht!«, sagte Krzysztof und legte seinen Finger an die Lippen. Ella schaute sich um. Viele Familien, einige elegante ältere Ehepaare und mittendrin Krzysztof, der sich hier mit schlafwandlerischer Sicherheit bewegte, der wusste, wann man aufstehen musste, sich zu bekreuzigen und zu beten hatte. Als der Organist das erste Lied anstimmte und der Kirchenchor zu singen begann, zeigte Krzysztof auf die Sänger, die sich auf der Empore erhoben hatten: »Siehst du? Da ist sie.«

Und tatsächlich, mitten zwischen all den Frauen in dunkelblauen Strickpullovern und roten Jacken stand Natalia in einem pinken Abendkleid, sang aus voller Kehle und strahlte stolz über das ganze Gesicht. Ihr Haar war wieder blond, platinblond diesmal, und in einer wilden Tolle auf die linke Seite gesprayt. Als Ellas Blick sie traf, ließ sie einmal kurz ihr Notenblatt los, um ihr zu winken, dann richtete sie ihren Blick wieder in das Kirchenschiff und bewegte ihre stark geschminkten und geblähten Lippen, so gut es eben ging. Die operierten Lippen, die platinblonde Tolle, die Schminke und das Abendkleid wirkten vollkommen deplatziert, und trotzdem schien das niemanden zu stören. Ein-, zweimal konnte Ella Natalias Stimme heraushören, weil Natalia lauter sang als die anderen, und sie war hell und klar und traf jeden Ton.

Als das Lied zu Ende war, setzten sich alle hin, nur Natalia blieb stehen und betrachtete die vollbesetzte Kirche, die ihr nun zu Füßen lag. Ella meinte, aus dem Glanz in Natalias Augen lesen zu können, wie sehr sie ihren Auftritt genoss und wie wenig sie ihn in den Mauern dieser Wilmersdorfer Kirche beließ. Kurz bevor Natalia sich wieder setzte, verbeugte sie sich einmal. Zwischen den Liedern tuschelte sie mit der älteren Dame mit Dutt und Brille neben ihr und zwinkerte der jungen Frau vor ihr zu. Sie betete mit geschlossenen Augen und schaute gebannt und mit zärtlichem Blick dem Priester beim Abendmahl zu. Nach jedem Lied blieb Natalia als Einzige stehen, und auch daran schien sich niemand im Chor zu stoßen.

»Sie ist der Star, siehst du? Sie hat so viel geübt«, flüsterte Krzysztof hinter vorgehaltener Hand. »In letzter Zeit hat sie nur noch geübt. Sie meinte, sie hat dir das versprochen.«

Die Messe ging dem Ende zu. Krzysztof vollzog neben ihr seine kirchlichen Handlungen – genauso routiniert und zärtlich wie seine Schwester. Es war sogar noch beruhigender, jemandem dabei zuzusehen, wie er seinen Glauben praktizierte, als jemandem, der ein Handwerk ausübte. Sie kannte niemanden, der das tat. Warum eigentlich nicht?

Als der Gottesdienst nach einem letzten Lied und Glockengeläut beendet war, lotste Krzysztof sie in ein kleines Café. Er war jetzt wortkarg und schien ein wenig aufgeregt.

»Sie kommt gleich«, sagte er immer wieder, »sie muss sich nur kurz noch verabschieden, dann kommt sie.«

Dann erschien Natalia in einer schwarzen Daunenjacke über dem Abendkleid und umarmte Ella stürmisch. Sie rauschte in das Café wie eine Diva aus einem Trash-Film.

»Na, wie war ich?«, fragte sie und drehte sich einmal um die eigene Achse.

»Ich bin sprachlos«, sagte Ella. »Du singst! Du kannst wirklich singen!«

»Hast du mir das etwa nicht geglaubt?«

»Hm«, sagte Ella, »ehrlich gesagt, war ich mir da nicht so sicher.«

»Du spinnst! Glaubst du, ich mache das alles ohne Peilung?«

»Nein, nein«, sagte Ella, »nur mit einer sehr speziellen ...«

Natalia und Ella lachten.

»Und weißt du, was das Beste ist? Die sagen, ich hab das Zeug zum ersten Sopran.«

Ella lächelte Natalia an.

»Das hab ich alles dir zu verdanken, Ella. Das mit dem Kirchenchor war deine Idee.«

»Wirklich?«, fragte Krzysztof.

»Wirklich«, sagte Natalia zu ihrem Bruder. »Sie hat mir das Leben gerettet, das hab ich dir doch erzählt, und dann hat sie mir auch noch das Versprechen abgerungen, in einem Kirchenchor anzufangen.«

Wie kommt sie denn darauf?, dachte Ella.

Sie tranken Sekt und bestellten Frühstück.

»Heute wird gefeiert!«, sagte Natalia. »Wenn du wüsstest, wie glücklich ich bin, wenn ich singen kann. Es gibt wirklich nichts, was mich glücklicher macht. Und dann auch noch diese ganzen netten Leute im Chor. Die sehen zwar aus wie scheintot, hast du gesehen? Auch die Jüngeren haben null Farbe im Gesicht. Heute vor der Aufführung hab ich's wieder versucht mit Lippenstift und Rouge, ich hatte mein ganzes Zeug dabei, aber keiner wollte was haben. Aber die sehen nur so langweilig aus, sind eigentlich super nett. Nach den Proben gehen wir immer noch was essen, und ein paar von denen haben mich auch schon zu sich nach Hause eingeladen, und da gab's dann Kuchen, selbstgebackenen Kuchen. Ich singe jetzt zweimal in der Woche, und einsam bin ich auch nicht mehr so. Keiner schämt sich für mich, im Gegenteil, sie sagen immer: Natalia ist unser Star. Das ist doch super nett, oder?«

»Du bist der Star«, sagte Ella und stieß mit Natalia an. Eine Weile aßen sie schweigsam vor sich hin, dann sagte Ella mit einem vielsagenden Blick auf Krzysztof: »Ich wusste gar nicht, dass du einen Bruder hast.«

Natalia verschluckte sich fast: »Oh, Gott, ja, das tut mir leid. Das hab ich jetzt in der Aufregung ganz vergessen. O Gott, o Gott, ich weiß. Ich muss dir noch was gestehen. Jetzt kommt's: Ich hab mir das alles nur ausgedacht. Das mit dem Friedhof, der Bedrohung und überhaupt alles. Mein Bruder hat weiße Haare, eine Erbkrankheit oder so was, genau weiß das keiner. Es gab nie einen Fremden mit weißen Haaren. Aber daran bist du ein bisschen selbst schuld. Ich dachte, wenn ich dir nicht auch irgendeine spannende Geschichte erzähle, dann kommst du nicht wieder. Und ich wollte doch unbedingt mit dir befreundet sein. Ich hab mir also eine Art Krimi überlegt, damit du bei der Stange bleibst und wissen willst, wie's weitergeht. Das hab ich mir im Fernsehen abgeschaut, und dann hat's sich irgendwann verselbständigt, und dann konnte ich es nicht einfach wieder auflösen, weil ich so einen Schiss hatte, dass du mich für eine Lügnerin hältst und nichts mehr mit mir zu tun haben willst, wo ich doch schon nicht in der Uni war und keine Bücher lese und so. Aber heute, heute kannst du mir nichts übel nehmen, stimmt's?«

»Was?«, fragte Krzysztof. »Um was geht's hier? Ich verstehe kein Wort.«

»Um dich geht's hier gar nicht, Krzysztof, halt den Mund!«

Krzysztof machte eine abschätzige Handbewegung und drehte sich weg.

Ella schaute Natalia fassungslos an: »Das kann doch wohl nicht wahr sein! Und was war das dann mit unserem Blitzbesuch in deiner Wohnung?«

»Ach so, das, na ja, da hast *du* mit dem Weißhaarigen angefangen. Da hab ich kein Wort von ihm gesagt. Da hatte ich wirklich Schiss, dass ich vergessen hatte, meine Kohle zu verstecken. Denn es gibt zwei, drei Leute aus Krakau, die einen Schlüssel zu meiner Wohnung haben und sie benutzen, wenn sie auf der Durchreise sind. Sie hatten mich frühmorgens angerufen und gefragt, ob sie ein paar Stunden in meiner Wohnung pennen können, und zuerst hab ich mir nichts dabei gedacht, weil die das ja öfters machen, aber dann bekam ich plötzlich totale Panik, weil ich nicht mehr wusste, ob ich das Geld aus Versehen auf dem Küchentisch liegen gelassen habe. Die Jungs sind nicht ohne, und wenn die fünftausend Euro in die Hände bekommen, dann kann man die ihnen nicht so schnell wieder abnehmen. Und als sie dann nicht mehr ans Telefon gegangen sind, was sie sonst immer machen, dachte ich plötzlich: Na, wunderbar, jetzt haben sie mein Geld geklaut. Und deswegen musste ich dahin. Mit dir. Denn wenn es brenzlig geworden wäre, hättest du Hilfe holen können.«

Ella schüttelte den Kopf: »Ich glaube es nicht.«

»Bitte, Ella, sei jetzt nicht sauer. Ich hab für dich gesungen.«

»Und du erzählst mir, dass du dir aus deinem Leben keinen Reim machen kannst? Du bist ein Profi! Ein gottverdammter Profi!«

»Nicht fluchen!«, sagte Natalia. »Das macht man nicht.«

»Du hast recht«, sagte Krzysztof nun verschmitzt. »Meine Schwester ist ein Profi, und bald ein Profi mit professioneller Oberweite.« Und während er das sagte, formte er mit seinen Händen zwei Halbkreise vor seiner Brust.

Ella schaute Natalia ungläubig an.

»Na, glaubst du, ich will ewig im Kirchenchor singen? Sicher nicht. Ich hab's dir doch gesagt: Sie sagen, ich hab das Zeug zum ersten Sopran. Und wenn ich dann auch noch die richtigen Dinger dran habe, dann ...«

»Dann?«

»Ella?«

Ella schaute sie fragend an.

»Ich habe heute nur für dich gesungen. In einer Kirche, in einer vollbesetzten Kirche. Jeder einzelne Ton war für dich«, sagte Natalia.

»Das war eines der schönsten Geschenke, die ich je bekommen habe«, sagte Ella, »und noch was: das mit dem Krimi, das hat ziemlich gut funktioniert.«

Natalia strahlte sie an, zuckte mit den Schultern, fuhr ihrem Bruder durch das weiße Haar, riss ihre Augen auf und rief: »Buh!«

Auf dem Nachhauseweg dachte Ella, dass der Weißhaarige aus Natalias Erzählungen eine jener Figuren war, auf die man gebannt starrt, während am Bildrand das wirklich Spannende abläuft. Und genauso war es mit Natalias Brüsten, und wenn sie jetzt so darüber nachdachte, vielleicht auch mit Horowitz' Meer.

26

Ein paar Tage nach dem Besuch bei seiner Schwester kam Horowitz strahlend und mit einem Packen Kontoauszüge nach Hause. Seine Schwester hatte ihm so viel Geld überwiesen, dass sie problemlos zwei Jahre ohne Einkünfte leben konnten, vielleicht sogar noch länger. Sibylle tanzte in der Wohnung herum und rief immer wieder: »Hab ich's doch gewusst! Hab ich's doch gewusst! Na ja, kurz nach unserem Besuch hab ich kurz heftig an meinem Talent gezweifelt, aber eigentlich konnte ich es mir auch wirklich nicht anders vorstellen.«

Horowitz musste schmunzeln.

Dann wurde Sibylle plötzlich ganz still und verkündete mit feierlicher Stimme: »Und jetzt planen wir unsere Reise.«

Horowitz nickte zögerlich.

»Wie lange bist du denn schon nicht mehr gereist? Ich, Ewigkeiten! Also fahren wir jetzt über Weihnachten weg, das Café hat sowieso geschlossen, und wir fahren ins Blaue.«

»Ins Blaue?«, fragte Horowitz. »Ausgerechnet.«

Doch Sibylle überging seinen Einwand und fragte: »Warst du schon mal in Portugal?«

»Nein«, sagte Horowitz. »Und meine Arbeit?«

»Die nimmst du mit und schreibst sie unterwegs fertig oder lässt sie einfach im Kofferraum liegen. Wie wär's?«

»Ich weiß nicht«, sagte Horowitz.

»Zuerst müssen wir das Auto kaufen, und dann fahren wir quer durch Europa bis nach Portugal. Du wirst sehen, das wird herrlich! Und auf Reisen lernt man sich ja bekanntlich noch mal ganz anders kennen.«

»Vorher müssen wir aber noch etwas anderes machen«, sagte Horowitz. »Wir müssen es Ella sagen.«

»Dass wir verreisen?«

»Nein, dass wir zusammen sind. Sie weiß es immer noch nicht, und wir müssen es ihr sagen.«

»Sag du's ihr doch. Wenn du es ihr sagst, wird sie sich bestimmt freuen, sie ist doch ein Vögelchen«, sagte Sibylle.

»Das glaubst du doch selbst nicht.«

»Nein«, sagte Sibylle, »natürlich nicht. Sie wird es hassen, sie wird mich noch mehr hassen, und genau deswegen traue ich mich nicht, es ihr zu sagen. Ich kann es einfach nicht. Ich kann so was nicht.«

»Dann mach ich es«, sagte Horowitz.

Sibylle schaute ihn lange an, länger und dankbarer als je zuvor, dann sagte sie: »Ja, ja, mach dich nur unersetzlich!«

Kurz vor der Abfahrt nach Portugal fasste Horowitz sich ein Herz und bat Ella um ein Treffen in seiner Wohnung. Er sagte, er müsse seine Unterlagen abholen. Ella willigte ein, klang aber reserviert, als wüsste sie schon, dass die Abholung seiner Unterlagen nicht der wahre Grund für seinen Besuch war. Und so war ihm ganz flau im Magen, als er in die Fasanenstraße einbog.

»Ich hab Ihr Geheimnis gelüftet«, sagte Ella, als sie die Tür öffnete, und die Reserviertheit ihrer Stimme war einem herausfordernden Unterton gewichen.

»Mein Geheimnis?«

»Ich weiß jetzt, wer Sie sind und wo Sie sich versteckt haben«, sagte sie und ging mit ihm in den »großen Salon«.

Horowitz versuchte, ihre Mimik zu lesen, aber Ella ließ sich nicht in die Karten schauen.

»Das hier ist gar nicht die Titanic«, sagte sie.

»Nicht die Titanic?«, antwortete er.

»Nein. Das hier ist die Nautilus. Und Sie sind Kapitän Nemo, der große Weltflüchtige.«

Horowitz schaute sie verdutzt an.

»Nun, das Esszimmer, die Bibliothek, der ›große Salon‹ – alles bis ins letzte Detail nachempfunden. Alles wunderbare Räume, um der Welt zu entfliehen, von der sie nichts halten.«

»Ich wusste nicht, dass …«

»Bevor ich jetzt auch all Ihre anderen Geheimnisse lüfte, muss ich Sie noch etwas fragen. Ein Rätsel habe ich nämlich nicht gelöst: Woher haben Sie eigentlich all die alten, prachtvollen Abendroben, Fracks und Hüte, die sich in den Kisten in Ihrer Kammer stapeln?«

»Das konnten Sie nicht erraten … Den Krempel habe ich vor Jahren mal einem befreundeten Reeder abgekauft, der nicht wusste, wohin mit dem Hab und Gut all der Passagiere, die sich auf Kreuzfahrten von Bord gestürzt hatten. Ich wollte immer schon mal ein Schild für die Kammer anfertigen lassen mit der Inschrift: *Archiv textiler Vermächtnisse nautischer Selbstmörder.*«

»Sie sind verrückt«, sagte Ella. »Aber jetzt geht es weiter. Ihre Notizbücher …«

»Meine Notizbücher?«, fragte Horowitz erstaunt.

»Na, die Notizbücher, die Logbücher, nichts von dem, was da drinsteht, ist von Ihnen selbst, alles Zitate.«

Horowitz stutzte.

»Jules Verne, Conrad, Michelet, Nietzsche usw. … Alle nebeneinander aufgereiht in Ihrem Bücherregal, nicht gerade schwer zu finden.«

Horowitz schwieg.

»Das Zimmer mit dem Strich an der Wand«, sagte Ella, »das hab ich übrigens als erstes erraten. Sie waren nie am Meer, oder?«, fragte sie.

»Nein«, sagte er.

»Karl May war nie in Amerika«, sagte sie.

»Doch, war er«, sagte Horowitz, »leider.«

»Aber erst, als er die ersten Bände von Winnetou schon geschrieben hatte«, sagte sie.

Horowitz wurde plötzlich ganz schweigsam, dann sagte er leise, wie zu sich selbst: »Mein ganzes Leben hatte ich genau vor diesem Moment Angst: dass jemand herausfindet, dass mein Leben ein einziger großer Bluff ist, nichts dahinter, keine eigenen Gedanken. Der große Meeresforscher, der all sein Wissen von anderen geklaut hat. Der große Meeresforscher, der nie am Meer war ...«

»... ist trotzdem ein großer Meeresforscher«, sagte Ella. »Sie haben doch zu mir gesagt, dass es das wahre, rauhe Leben da draußen gar nicht gibt. Und wissen Sie, ich glaube, das stimmt. Nicht einmal bei dem Unfall, den ich im Sommer hautnah miterlebt habe, kam es mir näher. Im Gegenteil: Da rückte es fast noch weiter weg, war noch mehr wie ein Film.«

»Habe ich das gesagt? Mir scheint vielmehr, Ihnen ist der Konstruktivismus zu Kopf gestiegen. Man sollte sich keinesfalls mit diesen Dingen zu sehr beschäftigen und sie persönlich nehmen, sonst kommt man in Teufels Küche. Meine Devise in der Wissenschaft war ja zeitlebens: Immer schön theoretisch bleiben!«

Ella musste lachen. »Na ja, also als eine Praktikerin kann man mich ja nun nicht gerade bezeichnen. Aber ich meine es ernst, Horowitz. Es ist genau, wie Sie gesagt haben: Es ist egal, was wir glauben. Wir müssen uns nur für eine Version entscheiden und die dann mit allen Konsequenzen leben. Vor kurzem hat mich das in eine tiefe Krise getrieben, aber jetzt finde ich es eigentlich doch wieder verlockend. Alles ist möglich, theoretisch jedenfalls. Und da sind wir uns doch schon wieder einig, oder nicht?«

Horowitz schaute sie an.

Ella stand auf. »Wissen Sie noch, als Sie am Telefon zu mir sagten, wir würden im selben Boot sitzen?«

Horowitz nickte.

»Wir sitzen im selben Boot.«

»Wenn das so ist, Ella, wollen Sie die Nautilus dann übernehmen?«, fragte er. »Ich mag sie nicht mehr haben. So langsam beginne ich mich an den festen Boden unter meinen Füßen zu gewöhnen.«

»Na ja, stürmisch genug wird es ja bleiben, so wie ich …«, Ella stockte kurz, »… meine Mutter kenne«, fuhr Ella nun aus heiterem Himmel fort und schaute Horowitz dabei blitzend an.

Horowitz wich die Farbe aus dem Gesicht, und er fragte: »Das wissen Sie also auch? Ich wollte es Ihnen gerade gestehen.«

»Ich hab Sie gewarnt«, sagte Ella. »Sie wird Sie fressen. Mit Haut und Haaren. Und ich kann nur hoffen, dass Sie mein Leben mitgebracht und es nicht achtlos herumliegen haben lassen, denn wenn meine Mutter es in die Finger bekommt, dann Gnade ihm Gott.«

»Sie haben es doch längDt wieder«, sagte Horowitz.

Ella schwieg, dann sagte sie: »Meine Mutter! Ausgerechnet meine Mutter! Wie können Sie nur? Dafür sind Sie mir aber jetzt was schuldig.«

Horowitz schaute sie erwartungsvoll an.

»Also, zuerst müssen Sie für mich herausfinden, wer mein Vater ist. Und dann müssen Sie mich einmal im Monat zum Kakaotrinken ins *Adlon* einladen. Mit allem Drum und Dran. Kakao in einer Silberkanne, und dazu eine kleine silberne Etagere mit Keksen und kleinen runden Törtchen. Das sind Sie mir schuldig, denn das haben sie alle gemacht, und es war das einzig Gute an all den Männern, wegen denen meine Mutter mich vernachlässigt hat.«

»Mit allem Drum und Dran«, sagte Horowitz.

»Gut, dann können Sie ja jetzt Ihre Sachen holen, oder war das nur ein Vorwand?«, fragte Ella.

»Beides«, sagte Horowitz.

»Ich lasse Sie jetzt allein. Muss eigenartig sein, nach all den Monaten wieder in seine Wohnung zu kommen«, sagte Ella. »Wir sehen uns bei Kakao und Drum und Dran, ja?«

»Ja«, sagte Horowitz, »genau dort. Danke, Ella.«

Als Ella die Tür hinter sich zuzog, stand Horowitz eine Weile unschlüssig herum. Dann packte er in Windeseile seine Unterlagen zusammen und verließ das Haus. Ella hatte recht: Seine Wohnung sah aus wie die Nautilus. Ihm war das bis zum heutigen Tag nur noch nie aufgefallen.

27

Als Horowitz Sibylle nach seinem Treffen mit Ella in dem Café abholte, fragte sie aufgeregt: »Und wie war's?«

»Sie will, dass ich sie jeden Monat zum Kakaotrinken einlade«, antwortete Horowitz, und Sibylle blieb mitten auf der Straße stehen und verdrückte eine Träne.

»Sie kann es noch«, sagte sie dann leise, wie zu sich selbst.

Horowitz schaute sie fragend an.

»Schwefel in Gold verwandeln, sie kann es noch.«

Ein paar Tage danach kauften Horowitz und Sibylle bei einem Gebrauchtwagenhändler am Stadtrand von Berlin einen alten, silbernen Wagen. Sibylle verriet Horowitz nicht, dass sie seit Jahren nicht mehr Auto gefahren war, sondern packte ihre Sachen. Dann brachen sie nach Portugal auf, mit Horowitz' Unterlagen im Kofferraum.

Sie fuhren von Berlin über Luxemburg, die Schweiz, Frankreich und Spanien. Die spanischen Landgasthäuser gefielen ihnen am besten. Sie hielten in kleinen Dörfern, bestellten Tapas, aßen diese im Stehen, warfen ihre zerknüllten Servietten und Zahnstocher zu den anderen zerknüllten Servietten und Zahnstocher auf den Boden, spielten Flipper, tranken Rioja und spanischen Kaffee.

Abends, wenn sie ihre Gastzimmer bezogen hatten, falteten sie die Europakarte auseinander, schauten, wie weit sie gekommen waren, und maßen mit den Fingern die Strecke ab, die sie am nächsten Tag zurücklegen wollten. Und an jedem Morgen fuhren sie nach einem kurzen Frühstück mit süßem, puddinggefülltem Gebäck weiter. Zwischendurch stand Horowitz an einer Tanksäule, in einer Bar oder dem Bad eines Gastzimmers und hielt den Atem an.

Horowitz lotste Sibylle mit der Karte und alten Reiseführern auf den Knien zu Sehenswürdigkeiten, die auf der Strecke lagen. Und so setzten sie das gemeinsame Leben fort, das im Sommer in Berlin begonnen hatte, ohne dass sie sich je dafür entschieden hätten oder hätten entscheiden müssen. Zu Beginn der Reise hatte Horowitz noch gedacht, sie müssten wenigstens mal darüber reden, wie das alles weitergehen sollte, aber jedes Mal, wenn er ansetzte, lenkte Sibylle das Gespräch in eine andere Richtung. Und wahrscheinlich hatte sie in ihrer stummen Beharrlichkeit recht: Was gab es da zu besprechen?

Jetzt waren sie noch über hundert Kilometer von Lissabon entfernt, und es begann zu nieseln und zu dämmern. Die portugiesische Landschaft wurde langsam grobkörnig. Die knorrigen Bäume auf den Feldern bekamen etwas Märchenhaftes, und die kleinen Siedlungen, durch die sie hindurchfuhren, hatten ihre Neonbeleuchtung und Lichterketten angeschaltet. Überall bunt leuchtende Sterne, Weihnachtsmänner, Schlitten und Engel. Pinien standen, mit elektrischen Kerzen geschmückt, blinkend in den Vorgärten, und auf einigen Dorfplätzen bereiteten die Menschen große Lagerfeuer vor. Es war der Abend vor Weihnachten.

Horowitz und Sibylle waren den ganzen Tag gefahren. Sie hatten sich Proviant in einer Bäckerei besorgt, in der die junge Bäckerin eine plüschige Weihnachtsmannmütze getragen und unablässig mit Zimt bestreute Weißbrotscheiben verkauft hatte. Sie tranken ihre Kaffees und stiegen dann gleich wieder ein. Morgen wollten sie in Lissabon aufwachen. Horowitz schmerzte der Rücken, er rutschte auf dem Sitz hin und her und wurde langsam müde. Also legte er sich eine Jacke über und versuchte immer mal wieder die Augen zu schließen. Dass man mit Sibylle auch schweigen konnte, hatte er anfangs nicht gedacht, aber man konnte es sogar ausnehmend gut. Es war eines jener Schweigen, das Nähe schafft.

Horowitz schaute zu Sibylle hinüber, die zwischen den schwer arbeitenden Scheibenwischern hindurch auf die glänzend schwarze Straße blinzelte. Die Niederschläge wurden stärker, der Regen prasselte gegen die Windschutzscheibe und floh in dünnen Rinnsalen die Seitenfenster entlang. Horowitz breitete seine Jacke wie eine Decke über seinen Körper, sank tiefer in den Sitz hinein und schloss die Augen.

Sibylle verlangsamte das Tempo nicht. Wenn sie das Tempo nicht hielten, dann kämen sie heute nicht mehr in Lissabon an; nur wurde das Fahren zunehmend anstrengender, und nichts sprach wirklich dagegen, heute noch irgendwo einzukehren und morgen früh den Rest der Strecke zurückzulegen. Doch sie konnte Horowitz nicht fragen, denn er war gerade neben ihr eingenickt. Sie fuhr also weiter und beschloss, anzuhalten und eine Pause zu machen, sobald er wieder aufgewacht war.

Sie hielt das Steuerrad nun fest in beiden Händen. Die Landstraße war spärlich beleuchtet, und es war kaum jemand unterwegs. Sie dachte an Ella und Jasmin, die nun beide in Berlin mit Weihnachtsvorbereitungen beschäftigt sein mussten; sie dachte daran, dass Ella wahrscheinlich ziemlich einsam war mit diesem Paul, der viel zu schwach für sie war, auch wenn er gut aussah und scheinbar doch mit einer Frau wie ihr umgehen konnte; sie dachte daran, dass die fünfte Schwangerschaft für Jasmin viel zu gefährlich war, und daran, dass nicht einmal Jasmin das Leben erzwingen konnte.

Nach einer Weile sah sie weit vorn einen Wagen entgegenkommen. Die gelben Kreise der Lichter zerflossen auf der Windschutzscheibe und wurden immer greller und größer. Der Wagen schien sich schubartig zu nähern: Mal dachte Sibylle, er stünde, dann näherte er sich plötzlich wieder in einer rasenden Geschwindigkeit. Die Geräusche des Regens draußen und des Motors und der Lüftung drinnen wurden ganz leise, und Sibylle hörte Horowitz' schweren Atem. Die Scheibenwischer schaufelten gelbe Spiralen von links nach rechts und wieder zurück, und die Reifen glitten über den Asphalt wie über pechschwarze Seife. Sibylle schloss die Lider im Takt der Scheibenwischer, die immer träger wurden und nun kaum noch gegen den schweren schwarzen Regen ankamen. Dann legte sie ihren Kopf zur Seite und schaute zu Horowitz hinüber, der just in diesem Moment seine Augen öffnete und sie mit einem Lächeln anblickte. Glücklich sah er aus, dachte sie, glücklich und zufrieden. Sie würde jetzt eine Pause machen, endlich eine Pause machen, nach all den Jahren, dachte sie, und ihre Hände sanken in ihren Schoß.

28

Die Nachricht vom Unfall ihrer Mutter weckte Ella am Weihnachtsmorgen auf Portugiesisch.

Bis sie realisiert hatte, um was es ging, hatte sie mit geschlossenen Augen den weich klingenden Lauten gelauscht und ab und zu etwas vor sich hin gebrummt. Sie war zunächst davon ausgegangen, dass sich jemand am anderen Ende der Welt verwählt hatte. Doch der Mann mit der tiefen Stimme wechselte plötzlich in ein hartes Englisch und übersetzte den morgendlichen Sprech-Fado in stolpernde englische Fakten: Ihre Mutter habe östlich von Lissabon einen Unfall gehabt. Ihr Wagen sei auf einer Landstraße in der Nähe von Évora frontal mit einem anderen Fahrzeug zusammengestoßen. Sie befände sich jetzt dort in einem Krankenhaus. Wie schwer sie verletzt war und ob Horowitz noch am Leben war, könne er ihr nicht sagen.

Ella ging ins Bad und übergab sich.

Dann buchte sie einen Flug für den frühen Nachmittag. Sie duschte, zog sich an und kaute auf einer Scheibe Brot, die sich in ihrem Mund häppchenweise vermehrte. Sie hängte große bunte Glaskugeln an den Weihnachtsbaum, der mit seinen ausladenden Ästen die Hälfte des »großen Salons« füllte. Sie steckte die Bienenwachskerzen in die silbernen Halter, packte die Geschenke ein, band große, seidige Schleifen darum, beschriftete die Päckchen mit Namen und verteilte sie unter dem Baum. Sie deckte die lange Tafel in Horowitz' Esszimmer, räumte die Nagelbretter in den Schrank, verteilte Plätzchen, rote Äpfel, Nüsse und Mandarinen zwischen den Gläsern und legte Wunderkerzen auf die Teller. Sie bereitete das Abendessen vor, dekorierte mehrere silberne Platten für die Karpfen, die nebeneinander aufgereiht im Kühlschrank lagen. Auf dem Küchentisch, im Bad, auf den Regalen, den Kommoden, überall stellte sie Kerzen auf und hinterließ bunt bestreute Zuckerkringel für die Kinder.

Dann saß sie im Flugzeug nach Lissabon. Als ihr Sicherheitsgurt einrastete, atmete sie das erste Mal aus und schaute sich verwundert um. Ihre Sitznachbarin fing ihren Blick auf und fragte, ob sie auch zu ihrer Familie nach Hause flöge. Ella nickte, wendete den Kopf ab, schaute aus dem Fenster und begann zu weinen. Die Tränen rannen ihr links und rechts über die Wangen. Sie griff nach der kleinen Papiertüte, die vor ihr aus der grün-blau gemusterten Sitztasche ragte. Bilder von schweren Verkehrsunfällen schossen ihr durch den Kopf und schlugen in ihrer Magengrube ein. Sie durfte nicht darüber nachdenken, wie es weiterging, wenn ihre Mutter diesen Unfall nicht oder nur schwer verletzt überlebte. Sie musste sich zusammenreißen. Sie faltete die Papiertüte zusammen.

Und da fiel ihr plötzlich ein, dass sie Paul keinen Brief hinterlassen und ihrer Schwester nichts vom Unfall ihrer Mutter erzählt hatte. Sie musste so sehr damit beschäftigt gewesen sein, in dieses Flugzeug zu gelangen und sich zusammenzureißen, dass sie es vergessen hatte. Sie war auf dem Weg zu ihrer Mutter, die in einem portugiesischen Krankenhaus lag, doch das, so wusste sie, war keine Entschuldigung dafür, dass sie schon wieder einfach so verschwand. Es wäre leicht gewesen, es allen zu erzählen. Warum bloß hatte sie es nicht getan? Sie atmete tief durch und schloss die Augen. Doch kaum hatte sie die Augen geschlossen, tauchten Bilder von abgeriegelten Unfallorten, auf dem Rücken liegenden Fahrzeugen und Massenkarambolagen auf. Sie öffnete die Augen wieder.

Das Flugzeug startete. Es gab kein Zurück mehr. Sie war gegangen, ohne sich verabschiedet zu haben, sie hatte die Kinder um ihr Weihnachtsfest gebracht, sie hatte Paul maßlos enttäuscht und sich selbst auch.

Ellas Sitznachbarin fragte sie nun, ob's ihr nicht gutgehe. Ella schüttelte den Kopf und zerknüllte die Papiertüte in ihrer Hand. Sie verstand nicht, warum sie so war, warum sie jetzt schon wieder floh; sie verstand nicht, warum sie nicht wenigstens einmal in ihrem Leben einen klaren Schnitt setzen konnte. Sie verstand nicht, warum sie Paul das antun musste und ihrer Schwester. Sie verstand das alles einfach nicht. Und ihre Mutter lag im Krankenhaus.

Die Stewardess kam mit dem Getränkewagen. Ella trank ein Glas Wasser, und ihre Sitznachbarin fragte, ob es ihr jetzt bessergehe. Und es ging ihr tatsächlich ein bisschen besser. Ella nickte, wischte sich die Tränen von den Wangen, atmete ein und fragte: »Ist Lissabon denn schön?«

Die Nachbarin erzählte ihr erleichtert von der Festung, den gekachelten Bars, dem kleinen, steilen Bähnchen und dem tintenblauen Reisgericht, und Ella überlegte, ob sie Paul nicht doch gleich nach der Landung anrufen und ihm alles erklären und ihn fragen sollte, ob er nicht nachkommen wolle, um mit ihr tintenblauen Reis zu essen. Doch wahrscheinlich hatte Paul keinerlei Sinn für tintenblauen Reis, wenn er erfuhr, dass sie bereits in Lissabon war und er heute ohne sie ein Weihnachtsfest herstellen musste, das keines mehr war, weil sie es in der Mitte auseinandergerissen hatte – als wär's aus Papier.

»Ich mag leider keinen Tintenfisch«, sagte Ella und schaute wieder aus dem Fenster.

»Das ist schade«, antwortete ihre Sitznachbarin, die wirklich eine sanfte Stimme und Verständnis für alles Mögliche zu haben schien.

In Lissabon kaufte Ella noch schnell eine Tüte Süßigkeiten für ihre Mutter und fuhr mit dem Zug nach Évora.

Ella klopfte an die Tür des Krankenzimmers, in dem ihre Mutter liegen sollte, aber niemand antwortete. Sie klopfte noch einmal, wartete einen Moment und trat dann ein. Ihr Herz schlug bis zum Hals.

»Sibylle?«, rief sie leise, obwohl sie schon beim Öffnen ahnte, dass ihre Frage nicht beantwortet werden würde. Die Stille menschenleerer Räume schlug ihr förmlich entgegen. Sie stellte ihren Koffer ab und ging die paar Schritte, die es brauchte, um von dem kleinen Flur an die Wandkante zu gelangen, hinter der das Krankenbett stehen musste. Und dann sah Ella das Bett, die Decke, das Kopfkissen und die große, schwarze Sonnenbrille auf dem Nachttisch. Ihre Mutter war nicht mehr da.

Die Tüte mit den Süßigkeiten glitt ihr aus der Hand, und die Bonbons kullerten über den gekachelten Boden. Ella unterdrückte einen Schrei und stolperte rückwärts aus dem Zimmer heraus, dann drehte sie sich um und lief den langen Gang entlang, bis sie endlich eine Krankenschwester fand, die aber kein Englisch sprach. Ella versuchte mit Händen und Füßen, aus ihr herauszubekommen, was das leere Bett und die Sonnenbrille auf dem Nachttisch zu bedeuten hatten und wo ihre Mutter sich jetzt befand. Doch die Schwester schüttelte immer nur den Kopf und schaute betrübt. Als Ella es aufgab und sich anschickte, in das Zimmer zurückzukehren, sagte die Schwester stockend: »Sorry for you.«

Was sollte das heißen? Sie musste mit einem Arzt sprechen.

Ella eilte durch die verwaisten Gänge. Niemand da. Es war Weihnachten, dachte sie. In Évora war auch Weihnachten – genau wie in Berlin.

Ella ging zurück in das Krankenzimmer. Der ganze Boden

war von Bonbons in buntem Glanzpapier übersät, so als wären sie die letzten Zeugen einer großen Feier. Ella kniete sich auf die Kacheln und versuchte, die Bonbons wieder aufzusammeln. Doch kaum hatte sie sich nach unten gebeugt, wurde ihr wieder schlecht. Sie rannte aufs Klo und übergab sich erneut.

Auf dem Waschbeckenrand lagen der Waschbeutel und das kleine, bestickte Schminktäschchen ihrer Mutter. Ella öffnete den Waschbeutel, nahm mit zittrigen Händen zwei der bunten, strassbesetzten Schmetterlingskämme heraus und steckte sie sich ins Haar. Dann schaufelte sie sich Wasser ins Gesicht, trocknete sich ab und setzte sich an den Bettrand. Neben der Sonnenbrille auf dem Nachttisch lagen ein Reiseführer und ein paar lose Zettel. Dass ihre Mutter hier gewesen war, stand außer Frage, aber wo war sie jetzt? Was hatten sie hier im Krankenhaus mit ihr gemacht? War Ella nur ein paar Stunden zu spät gekommen, nur ein paar Stunden?

Ella drückte ihr Gesicht in das Kopfkissen, das nach ihrer Mutter roch, ganz unverwechselbar nach ihrer Mutter roch, so roch, wie nur ihre Mutter riechen konnte und schon immer gerochen hatte, und begann bitterlich zu weinen. Und mitten in dieses Weinen hinein begann sie dem Kopfkissen all das zu sagen, was sie ihrer Mutter nicht gesagt hatte: Dass sie sie liebte, dass sie sie nicht ertragen konnte, was für Schuldgefühle sie ihr gegenüber habe; dass sie bis heute nicht verstünde, warum sie ihre Schwester und sie immer gegeneinander ausgespielt habe; dass sie sie nicht einmal getröstet habe und dass sie selten einen falscheren Satz gehört hätte als den, dass Vögelchen keinen Trost brauchen, solange man sie nicht einsperrt; wie falsch dieser Gedanke gewesen wäre, wie grundlegend falsch.

Schritte auf dem Gang, irgendwo ging eine Tür auf und zu. Stille.

Ella hatte sich kurz aufgerichtet, jetzt flüsterte sie weiter in das inzwischen durchnässte Kopfkissen hinein: dass sie die Schmetterlingsspangen für ihre Nichten damals nehmen wollte, dass ihre Schwester da zu hart reagiert hätte; dass sie nie verstanden habe, warum sie ihr den Vater vorenthalten habe; ob ihr Vater »Dickie«, der Libanese vom kleinen Laden an der Ecke, oder doch ein anderer sei; dass sie wisse, dass sie sie damals im Krankenhaus besucht habe, als sie ihren Fahrradunfall gehabt hatte; dass sie sich neulich einen kleinen, pinken Vogelkäfig gekauft habe, weil sie sich an die Zeit mit den Blumen und den Vögeln gerne erinnerte, und dass sie nicht wisse, warum sie sich nicht von ihr verabschiedet habe, bevor sie mit Horowitz aufgebrochen sei; warum sie ihr nichts davon erzählt habe und warum sie jetzt einfach gegangen sei, ohne ihr die Möglichkeit zu geben, sich von ihr zu verabschieden.

Da ging die Tür auf. Ella schreckte auf. Ihre Mutter kam ins Zimmer. Horowitz hinterher. Ihre Mutter sah vollkommen übernächtigt aus, trug eine Halskrause und eine Bandage um den Oberkörper, aber sie lief auf ihren eigenen Beinen und lebte.

»Ella!«, rief sie. »Du bist schon da?«

Ella richtete sich auf.

Ihre Mutter lebte.

Horowitz lebte.

Ella lief zu ihrer Mutter.

»Du weinst ja, mein Vögelchen, warum weinst du denn?«, fragte ihre Mutter, und ihr Blick war voller Sorge, fast mütterlich.

»Ich dachte, du …«, sagte Ella schluchzend.

»Dachtest du, dass ich tot bin?«, fragte ihre Mutter, ging zu dem Bett, legte sich ächzend auf den Rücken und bettete ihren Kopf auf das durchnässte Kopfkissen. »Das dachte ich auch«, sagte ihre Mutter.

Horowitz legte Ella kurz die Hand auf die Schulter, nickte ihr müde zu und setzte sich auf den Stuhl, der in der einen Ecke stand.

Ella fixierte immer noch weinend das Kopfkissen, auf dem nun der Kopf ihrer Mutter ruhte.

»Ich hab nur ein paar gebrochene Rippen und ein heftiges Schleudertrauma, mehr nicht. Es ging ja alles so schnell. Ich kann mich gerade noch an das entgegenkommende Auto erinnern, an die gelben Lichter, sonst nichts mehr. Früher hab ich mir das ja manchmal gewünscht, dass es einfach so enden würde. Ein Knall und Licht aus.«

Ella nahm ein Taschentuch.

Ihre Mutter schaute sie aus dem Augenwinkel an, ohne ihren Kopf zu drehen: »Du trägst ja meine Schmetterlinge im Haar. Ich dachte immer, du und deine Schwester, ihr beide hasst meine Schmetterlinge.«

Ella tastete mit der Hand nach dem Kamm in ihrem Haar.

»Wir waren eifersüchtig auf deine Schmetterlinge, und wir haben sie nicht verstanden«, sagte Ella, »du hast sie uns nie erklärt.«

»Wie meinst du das, ihr habt die Schmetterlinge nicht verstanden? Man hat nichts davon, sie zu verstehen. Sie sind Tiere der Verwandlung. Wenn man sie verstanden hat, bedeuten sie schon wieder etwas anderes. Das müsste dir doch eigentlich ganz vertraut sein, anders als deiner Schwester, die ja immer will, dass alles so bleibt, wie es ist.«

»Lass es«, sagte Ella und konnte es kaum fassen, dass sie sich jetzt schon wieder über ihre Mutter ärgern musste, obwohl sie gerade noch gedacht hatte, sie wäre tot.

»Nun ja«, sagte ihre Mutter in ihrem wohlbekannten Tonfall.

Ihre Mutter schien ganz die Alte zu sein.

Ella schaute nun auf das Kopfkissen, erleichtert, dass all das, was sie dem Kopfkissen gestanden hatte, dort unter den Locken ihrer Mutter begraben war und vielleicht seinen Frieden finden konnte.

Da ging die Tür erneut auf und ein Team von Ärzten und Schwestern kam ins Zimmer. Sie baten Horowitz und Ella, der Patientin nun Ruhe zu gönnen. Ella verabschiedete sich von ihrer Mutter, und Horowitz flüsterte Ella ins Ohr: »In Évora soll es ein altes Grandhotel geben. Sollen wir da solange hingehen und einen Kakao trinken? Aus einer Silberkanne mit Keksen auf einer Etagere und allem Drum und Dran? Heute ist immerhin Weihnachten.«

Ella lächelte Horowitz an und nickte.

Dann zog sie die Tür ins Schloss und ließ die Station, in der ihre Mutter lag, die kargen Gänge und den weihnachtlich geschmückten Empfangsbereich hinter sich. Als Ella und Horowitz schließlich vor dem Krankenhaus standen, sagte Horowitz: »Sie muss beim Fahren eingeschlafen sein.«

»Als das Krankenhaus mich heute Morgen anrief, hatte ich solche Angst, dass sie tot ist«, sagte Ella, »und jetzt ist sie wie immer.«

»Ja, das erstaunt mich auch. Sie scheint überhaupt nicht erschüttert, aber vielleicht zeigt sie es nur nicht. Es war wirklich haarscharf. Mich hat das bis ins Mark erschüttert. Und wissen Sie, was am meisten? Dass mein Leben fast an dem Punkt zu Ende gegangen wäre, an dem ich ihm das erste Mal seit Jahren wieder nah war. In der Sekunde, bevor es knallte, haben Ihre Mutter und ich uns noch einmal angesehen, und wissen Sie, was ich da gedacht habe? Ich dachte mir, dass ich glücklich bin und nicht einmal weiß, warum. In diesem Moment gab es für mich keinen anderen Ort als dieses alte Auto, und ich wäre am liebsten ewig so weitergefahren. Die reine Gegenwart, und dann knallte es, genau dann knallte es«, sagte Horowitz.

Ella schaute ihn an.

»Vielleicht stimmt das auch alles gar nicht, und mein Gehirn, oder was auch immer, projiziert das nachträglich in die Situation hinein, aber …«

»… das ist vollkommen gleichgültig«, sagte Ella.

Horowitz lächelte sie an.

»Sind Sie eigentlich nach Portugal gefahren, weil dort das Meer so sehr Meer ist wie nirgendwo anders in Europa?«

»Darüber habe ich auch schon nachgedacht, aber wissen Sie was? Auch das ist erstaunlich. Der Wunsch, das Meer zu verstehen und es zu bereisen, hat sich in Luft aufgelöst, ob Sie es glauben oder nicht.«

»Und was machen Sie jetzt?«, fragte Ella.

»Ich kümmere mich um all das hier, warte, bis Ihre Mutter wieder reisefähig ist, dann fliegen wir zurück nach Berlin und schauen, wie alles weitergeht. Und Sie?«

»Soll ich bleiben?«, fragte Ella.

Horowitz antwortete nicht.

Sie bestiegen ein Taxi und fuhren in das Grandhotel. In der Eingangshalle stand ein Weihnachtsbaum mit elektrischen Kerzen und pastellfarbenen Figuren, die mit Kunstschnee bestäubt waren. Horowitz und Ella setzten sich in zwei dunkle, samtige Sofas, tranken Kakao aus einer Silberkanne und aßen Kekse von einer silbernen Etagere. Und als sie sich verabschiedeten, fragte Ella: »Können Sie meiner Mutter vielleicht ausrichten, dass ich weiß, dass sie mich damals im Krankenhaus besucht hat?«

»Natürlich«, sagte Horowitz lächelnd. »Fliegen Sie denn heute schon wieder nach Berlin?«, fragte er.

»Ich weiß nicht«, sagte Ella, »Sie brauchen mich hier ja nicht mehr, also fahre ich jetzt wohl nach Lissabon zurück. In Berlin kann ich mich so schnell nicht mehr blicken lassen …«

Als Ella in Lissabon aus dem Zug stieg, hatte sie keine Ahnung, wohin das alles führen sollte. Doch dann nahm sie ihren Koffer, ging zum Ausgang und trat durch das große Bahnhofsportal auf die Straße. Kaum war sie im Freien, kam Wind auf, und der Geruch der fremden Stadt wehte ihr entgegen.

29

Ellas Anruf erreichte Paul am zweiten Weihnachtsfeiertag.

»Rate mal, wo ich gerade stehe?«, fragte sie.

Paul schwieg.

»Und rate mal, was ich gerade mache?«, fragte sie.

»Ella? Du bist einfach abgehauen. Du hast unser Weihnachtsfest ruiniert.«

»Ich weiß, Paul, ich weiß, aber ich kann dir das alles erklären. Meine Mutter hatte einen Unfall, deswegen musste ich so plötzlich nach Portugal.«

»Du bist in Portugal?«

»Hm.«

»Deine Mutter hatte einen Unfall?«

»Nicht so schlimm, mach dir keine Sorgen, Horowitz passt auf sie auf, aber das wusste ich vorgestern noch nicht. Da dachte ich noch, sie wäre ... Glaub mir, ich konnte euch das nicht erzählen, weil ihr sonst alle ganz trübsinnig gewesen wärt. Aber natürlich hätte ich es euch erzählen müssen, und das tut mir auch leid, Paul, wirklich, ich weiß, dass ich da einen großen Fehler gemacht habe, aber es war Weihnachten, und an Weihnachten darf man nicht trübsinnig sein, schon gar nicht mit all den Kugeln und Karpfen. Und deshalb bin ich einfach so gefahren, ohne ein Wort zu sagen. Aber jetzt bin ich hier und hab deine Schlafbrille in der Hand, und ihr Samt ist hier noch weicher und ihr Türkisblau leuchtet noch viel mehr. Und jetzt hab ich gerade ein Brötchen gekauft und frühstücke es vor einem Schaufenster, aus dem es nur so herausfunkelt«, sagte sie, »Paul? Bist du noch da?«

»Frühstück bei Tiffany«, sagte Paul mit einer erschöpften Stimme.

»Ha! Genau«, sagte Ella. »Und es regnet in Strömen, aber das macht ja den Diamanten nichts, die funkeln bei Regen oder Schnee, die funkeln durch alles hindurch, jedes Wetter, jeden Trübsinn, jede noch so dicke Schicht. Und weißt du, warum? Sie können nicht anders.«

»Ella? Wie kommst du dazu, mir was von Diamanten zu erzählen, nachdem ich gerade ein Weihnachtsfest stemmen musste mit deiner Schwester und allen ihren Kindern und diesem Langweiler Leo, der mich behandelt, als wäre ich sein Schwiegersohn, und meinem Sohn, dem den ganzen Abend die Enttäuschung über deine Abwesenheit ins Gesicht geschrieben stand, den ganzen verdammten Abend lang?«

Ella schwieg.

»Glaubst du, nach all dem kannst du einfach hier anrufen und mir was von Diamanten erzählen, die durch dicke Schichten hindurch funkeln, weil sie nicht anders können?«

Ella schwieg.

Paul schwieg.

Dann sagte Ella zögerlich: »Ein bisschen glaube ich das schon, um ehrlich zu sein, ein bisschen muss ich das ja glauben. Und weißt du auch, warum? Weil ich auch nicht anders kann und weil ich es so genau vor mir sehe – in jeder Facette. Ich weiß, wie du riechen würdest, ich weiß, wie du laufen würdest, ich weiß, wie du mich küssen würdest, wie du schauen würdest, ich weiß einfach, wie wir hier nebeneinander durch die Straßen gehen würden, wenn du jetzt hier wärst. Wir könnten doch ein paar Szenen aus Frühstück bei Tiffany nachspielen, wir könnten auch was stehlen in einem Kaufhaus mit doofen Masken vor dem Gesicht wie Holly und Paul, und wir könnten aus unserem Hotelfenster auf die Feuerleiter klettern. Es gibt eine Feuerleiter in unserem Hotel, sie ist wunderschön, flaschengrün lackiert, ich hab schon geschaut. Und wozu gibt es ausgerechnet in unserem Hotel so eine Feuerleiter, wenn nicht, damit wir beide auf ihr sitzen und in den Hinterhof schauen, der ganz schäbig ist und genau so, wie man sich einen New Yorker Hinterhof vorstellt? Auch wenn ich natürlich gar nicht in New York bin und auch nicht vor Tiffany stehe, sondern vor irgendeinem portugiesischen Juwelier, aber das ändert ja nichts, oder? Wir könnten trotzdem auf der Feuerleiter sitzen und in die anderen Fenster schauen und raten, was für Leben sich dahinter abspielen.« Sie machte eine Pause, dann: »Paul? Sagst du gar nichts?«

»Nein«, sagte Paul.

»Du bist immer noch böse auf mich, und zu Recht, aber was hätte ich denn tun sollen? Wäre es besser gewesen, wenn ihr gewusst hättet, dass meine Mutter einen Unfall hatte? Wäre das dann ein schöneres Weihnachten gewesen?«

»Darum geht es nicht, Ella.«

»Ja, ich weiß auch, dass es darum nicht geht, aber das, worum es geht, ändert sich doch ständig, und dann verliere ich es wieder aus den Augen, oder vielleicht gibt es das auch gar nicht, und außerdem regnet es jetzt gerade wirklich extrem stark, eigentlich genauso wie in dem Film am Ende.«

»Wir sind nicht in einem Film.«

»Ja, da hast du schon wieder recht, obwohl nicht ganz eigentlich, weil du dir das Holly-Thema selbst eingebrockt hast. Du hast damit angefangen, du hast mir die Schlafbrille geschenkt, und du heißt Paul, genau wie Hollys Freund. Ich fühle mich ja gar nicht so sehr wie Holly, und ich habe auch keinen Kater, den ich einfach auf die Straße setzen würde. Selbst wenn ich einen Kater hätte, würde ich ihn niemals einfach so auf die Straße setzen. Paul, bitte, ich hab nur deine Schlafbrille und meine Wünsche, mehr hab ich wirklich nicht, und deswegen darfst du mir das nicht übel nehmen, auch nicht, wenn ich mir jetzt wirklich so sehr wünsche, dass du nicht mehr böse bist, und dass wir auf der flaschengrünen Feuerleiter sitzen und uns küssen und uns dabei Geschichten ausdenken – aber das willst du ja vielleicht alles gar nicht hören.«

Es knackte in der Leitung.

»Paul? Bist du noch da? Ich kann dich gar nicht verstehen.«

»Ich hab nichts gesagt.«

»Ach so.«

Schweigen.

»Gar nichts, hast du wirklich gar nichts gesagt? Nicht mal was Böses?«

»Ella …!«, rief Paul aus, doch seine Stimme begann weicher zu werden.

»Vielleicht kann ich nicht so gut an einem Ort bleiben. Wenn mein Leben zu lange stillsteht, kann ich es nicht mehr erkennen, und dann hab ich Angst, dass es sich gar nicht mehr bewegt, dass es stirbt, dass ich sterbe, und dann suche ich es ganz schnell woanders. Und schon bin ich weg. Dabei bin ich doch nur weg, um wiederzukommen. Und wenn ich's dann wiederhab und sehe, dass es gar nicht schlapp und fahl am Haken hängt, sondern, im Gegenteil, quicklebendig ist und nur so vor sich hin zappelt, dann bekomme ich wieder so eine Lust aufs Leben und auf dich sowieso.« Pause. »Paul?«

»Ja.«

»Magst du eigentlich tintenblauen Reis?«, fragte Ella.

»Nein.«

Ella lachte erleichtert: »Das hab ich mir gedacht, deswegen hab ich dich auch nicht gleich angerufen. Das ist hier nämlich das Nationalgericht.«

»Ella? Was sollen diese ganzen Geschichten?«

Ella schwieg, dann sagte sie: »Wenn ich nicht mehr an sie glauben würde, dann hätte es ausgefunkelt.«

»Hört das je auf?«, fragte Paul.

»Und dann?«, fragte Ella.

Paul schwieg.

»Paul?«

»Ich weiß nicht, ob ich das kann, Ella, und ob ich das will, weiß ich auch nicht.«

»Tust du mir einen Gefallen und entscheidest erst mal gar nichts, sondern schaust einfach mal, was passiert?«, fragte Ella und fuhr fort: »Wo bist du eigentlich gerade?«

»Im ›großen Salon‹.«

»Weißt du noch, als wir Horowitz' alte Platten gehört haben?«

»Ella …«, unterbrach Paul sie.

»Ja, ja, ich weiß. Aber darf ich dich dann vielleicht später noch mal anrufen, morgen oder übermorgen, wenn's grau ist und dir vielleicht ein bisschen langweilig?«

»Mach's gut, Ella«, sagte Paul.

Dann legte er auf, ging noch ein letztes Mal durch Horowitz' Wohnung, drehte die Heizungen aus, packte seine Sachen und ging in die Küche, um den Kühlschrank zu leeren. Dort goss er sich ein letztes Glas Wein ein. Neben sich auf dem Boden eine Tüte mit zerrissenem Geschenkpapier. Gleich würde er zurück in seine Wohnung fahren. Und dann?

Er trank das Glas aus, und während er es abwusch überlegte er, was er sich jetzt am meisten wünschen würde. Und plötzlich fing es in ihm an zu funkeln, erst matt noch, wie durch eine dicke, verregnete Scheibe hindurch, aber dann immer deutlicher. Wünschen ist ansteckend, hatte Ella mal gesagt, und jetzt wusste er auch, was sie damit gemeint hatte. Er würde jetzt nach Hause fahren, und irgendwann würde sie wieder auftauchen, ihr Arm würde seinen Arm berühren, ihr Fuß seinen Fuß und ihre Schulter seine Schulter. Genau das wünschte er sich jetzt, auch wenn es ihn an die Grenzen seiner Vorstellungskraft trieb oder vielleicht gerade deswegen.

Bücher aus Horowitz' Bibliothek:

Herman Melville, *Moby Dick*
Jules Verne, *20 000 Meilen unter dem Meer*
Joseph Conrad, *Taifun*, *Zwischen Land und See* und *Jugend*
Jules Michelet, *Das Meer*
Victor Hugo, *Die Arbeiter des Meeres*
Daniel Defoe, *Robinson Crusoe*
Ernest Hemingway, *Der alte Mann und das Meer*
Friedrich Nietzsche, *Gesammelte Werke*
Hans Blumenberg, *Schiffbruch mit Zuschauer*
Bernhard Blume, *Existenz und Dichtung (Wasser, Insel, Schiffbruch)*
Joachim Sartorius (Hg.), *Für die mit der Sehnsucht nach dem Meer*
Durs Grünbein, *Die Bars von Atlantis*
Scott Huler, *Die Sprache des Windes*
James Hamilton-Paterson, *Vom Meer*
Alessandro Baricco, *Oceano Mare*
Manfred Gsteiger (Hg.), *Schiffe in der Weltliteratur*
Hartmut Böhme (Hg.), *Die Kulturgeschichte des Wassers*
Hannah Bader, Gerhard Wolf (Hg.), *Das Meer, der Tausch und die Grenzen der Repräsentation*
Sindbad, der Seefahrer
Amy Lovell, *»Verwundertes Glimmen«*

Bücher aus Ellas Regal:

Charles Lewis Meryon, *Memoirs of the Lady Hester Stanhope*

Marie Seurat, *Mein Königreich des Windes. Das Leben der Lady Hester Stanhope*

Dorothy Parker, *New Yorker Geschichten (mit einem Vorwort von Elke Heidenreich)*

John Keats, *The Life and Times of Dorothy Parker*

S. T. Brownlow, *The Sayings of Dorothy Parker*

Ingeborg Bachmann, *Undine geht*

Zora Neale Hurston, *Ich mag mich, wenn ich lache* und *Und ihre Augen schauten Gott*

Joan Didion, *Das Jahr magischen Denkens* und *Wir erzählen uns Geschichten, um zu leben*